テンペスタ
最後の七日間

深 水 黎 一 郎

幻冬舎文庫

テンペスタ　最後の七日間

I

がぶる【動ラ五（四）】
1　波が荒くて船が激しく揺れる。「横波に大きく―・った」
2　相撲で、四つに組み、土俵の外へ寄っていくときに、相手のからだを起こすように激しく揺さぶる。「―・って寄る」

（『大辞泉』）

〈一日目〉

1

実を言うと電話が鳴った瞬間に、何か少しいやな予感を覚えていたのだ。電話の音など本来どれも同じであるわけだが、何故かその電話に関しては、あまり歓迎できない話だという予感が、理由もなく背中を駆け巡っていたのだ。

だから思い切って取った受話器から竜二の声が流れてきた時は、正直ちょっと拍子抜けしたほどだった。何だお前か、と思わず言いかけたくらいである。

だがその数分後賢一は、その竜二の言葉を苦々しい思いで聞くことになった。

「期末試験の前に、もし学年で五番以内になったら、何でも望みを叶えてやると約束したんだけど、それが何と本当に入っちゃったんだよ。そしたら東京に行きたいって言うんだ。でも俺は今年、夏休みほとんど取れなさそうだしさ」

やはりいやな予感は大筋では外れてはいなかったらしい——。

「一週間でいいんだけどさ、何とか頼めないかなあ、兄さん」

「うーん……」

賢一は言葉を濁した。もちろん力になってやりたいのは山々だ。竜二は郷里で一家を構え、自分は都会で独り暮らし、実際に竜二と顔を合わせる機会は、最近は両親の法事の時くらいしかなくなっていたが、それでも二つ年下の竜二が、自分にとってこの世で血を分けた唯一の兄弟であることには変わりがない。

「そりゃあ相手は子供だよ。でも子供だからと言って、約束を破っても良いことにはならないと思うんだ」

それに関しても異論はない。自分が小さかった頃、楽しみにしていた約束を大人が守ってくれなかった時の、裏切られた感はすごかった。大人は次の機会に埋め合わせをすれば良いだろう、くらいの気軽な考えで簡単に子供との約束を反故にすることがあるわけだが、当の子供にとってその経験は、大袈裟に言うとこの世界そのものへの不信感の萌芽にもなりかねないのだ。それを考えると、むしろ相手が子供だからこそ、一度交わした約束は、どんなことがあっても守ってあげなくてはならないとも言えるだろう。

　だがそれでもどこか、釈然としない気持ちが残っていることは事実である。おい竜二、お前は守れるかどうかもわからない約束を、軽々しくした自分のことは棚に上げて、困ったから兄貴に頼めばいいやくらいの適当な気持ちでいるんじゃないのか？

「だから、問題はそういうことじゃないだろ」

　そこで賢一は、わざと少し重々しい口調で言った。

「と言うと？」

「だからどうしてお前がそんな約束を軽々しくしたのか、そしてその約束に、何故俺が巻き込まれるのかということだよ」

「そりゃあもちろん、そんな約束をしたこと自体が、拙かったと思っているよ」

　竜二は、心からそう思っているとは思えないような軽い口調で答えた。

「だけどあまりにも遊んでばかりで勉強しないからさぁ。それにまさか本当に五番以内に入るなんて思っていなかったし。いや元々、頭の回転はすっごく速い子なんだけどね」

今度は親バカか。お前は人にものを頼みながら、同時に一人娘の自慢もするのかよ——滅多に口にしない皮肉まで喉から出かかった。

「それに東京となると、一人でホテルに泊めるのもやっぱり心配だし、俺が仕事休めないとなると、やっぱり頼めるのは兄さんしかいないんだよね」

「まあそれは……」

それはまあ、わからなくはない。このところ東京近郊では、幼女や少女が行方不明になる事件が連続で起きており、マスコミがすわ第二の宮崎事件かと騒ぎ出していることは、普段テレビをあまり見ない賢一でも知っている。女の子を持つ親からしたら、いくら心配しても、しすぎることはない気分だろう。

「いま何年生だっけ？」

「小四」

「小四ということは、一〇歳？」

「まだ誕生日が来ていないから九歳かな」

「それじゃあ一人でホテルなんて、もちろん問題外だよ」

「だよね？」

　竜二はこの反応に力を得たかのように続けた。

「それに兄さんだって、いずれは結婚して子供を育てることになるだろう？　その時の予行練習にはなると思うんだよね」

「予行練習ねえ……」

　賢一は受話器を握ったまま苦笑した。別にガチガチの独身主義者というわけではないのだが、三十代も半ば(なか)を過ぎた今も、そういう予定は全くない。

「それにほら、兄さんの仕事は、時間が結構自由になるじゃない」

　しかし次のこの言葉には、賢一は内心少しカチンと来た。そりゃあ会社づとめをしているお前からすれば、さぞかし俺は〈時間が自由になる〉ように見えるだろうよ。だがそれとヒマというのは、全然違うんだぞ——。

　そこで賢一は、少し険のある声で言った。

「百合子さんはどうなんだ。頼めないのか」

「それが百合子もさ、去年みつばち園のＯＢＯＧ会の幹事になってからは、結構忙しいらしくてさ」

　確かに彼女は普通とは違う環境で育ったわけだし、いろいろと事情はあることだろう。恩返しをしたいという気持ちもわかる。だが養護施設のＯＢＯＧ会の幹事が、そんなにも忙しいものなのだろうか？

「それにあいつは教室だってあるしさ」

「それも知ってるけど……」

だがその〈教室〉とやらだって、確か週に一回程度のものじゃなかったか？　日程をやりくりするなり代行の先生を立てるなりすれば、娘を東京に連れて来るくらいの都合は幾らでもつけられるように思えるのは、自分だけだろうか？

「もちろん一週間と言ったって、毎日毎日どこかに連れて行く必要は別にないからさ。今日は留守番していろと言えば、おとなしくしているから。そういうところの分別は、幸いにしてある子だからさ」

「そういうことじゃなくて俺は、お前が約束したことなんだから、やっぱりお前が連れて来るのが筋なんじゃないのかと言っているんだよ。本人だってそれが望みなんじゃないのか？今後、未来永劫にわたって休みが取れないわけじゃあるまいし」

だが竜二は兄の言葉が終わるまで待たずに答えた。

「いやいや、それが違うんだ。別に俺じゃなくても良いらしいんだよ。とにかく本人が、若いうちに一度東京を見たいらしい」

「若いうちって、いま小学四年生なんだろ⁉」

賢一が素っ頓狂な声を出すと、竜二は受話器の向こうで低音で笑った。

「今どきの小学生はそんなもんだよ。五年生はもうおじさんおばさん、六年生はもうおじいさんおばあさんなんだってさ」

「はあ……」

「今年の夏はどうしても都合がつかないと言ったら、パパの嘘つきと罵(ののし)られる有様でさ。ただ罵られるだけなら良いけど、もし認めてくれなかったら、会社に行って、わたしのパパは大嘘つきですと連呼してやると脅迫するんだ」

うーむ……。賢一は受話器を握りしめながら、声にならない声で唸(うな)った。お前ついさっき、〈そういうところの分別は、幸いにしてある子〉と言わなかったか？　本当にそれが分別がある子のやることか？

「頼むよ。俺が兄さんに頼みごとをしたことなんか、これまで一度もないだろう？」

「う……ん……」

だがこれには思わず言葉に詰まった。それを言われると内心、忸怩(じくじ)たるものがあるからだ。あいつに兄貴らしいことは何もしてやれていないなあと、かねがね申し訳なく思っていることは事実である。もっとも竜二からすれば、結婚もせずに都会で一人わけのわからない暮らしをしている兄貴なんかに、これまで頼みごとなんか一切できないと思っていたのかも知れず、すると竜二が今日電話をして来たのは、本当に最後の手段として藁にも縋る思いからということになるわけで、それを考えると、その期待には何とか応えてやりたい気持ちにもなるのである。

「それにこのお礼はきっとするからさ」

「ばか。そんなもの要るか！」

だからこそ、この台詞には思わず声を荒らげた。この世でたった一人の肉親である竜二が、お礼などという他人行儀な言い方をしたのが気に食わなかったのだ。

「ああ良かった！」

だがそれを承諾の意味に取ったらしい竜二は、次の瞬間、もう安心したような口調に変わっていた。

「え？」

「助かった！　さすがは兄さんだ！」

「待てよ、まだ俺は引き受けるとは……」

「で、頼んでいる俺が言うのも何だけど、一人娘ということで、ちょっと甘やかして育てちゃったから、少々生意気なんだよね。でも兄さんだったら厳しく躾け直してくれるんじゃないかと思って、実はそれも少し期待しているんだ」

2

東京は生まれて初めてという小四の女の子が、一人でJRや私鉄を乗り継いで東京都下の賢一のアパートまで辿りつける筈などなく、賢一は当日東京駅の新幹線ホームに立たざるを得なかった。これからの一週間あまり、ガキのお守りで東京見物かと思うと、賢一の心は暗く沈んでいた。

副業の納期が迫っている時に時間を取られるのも痛いが、憂鬱になる理由はそれだけではなかった。

自分の子供が何人かいてもおかしくない年齢で、いまだにこんなことを言っているのは問題外だとわかっているのだが、賢一は昔から子供が極端に苦手なのである。

もっとも赤ん坊のおしめを替えたりするのは問題ない。相手はまだ人間ではないと思っているから、犬や猫の世話と同じことで、何でもない。おむつを替えている一瞬の隙に汚物をかけられても我慢することができる。哺乳瓶でミルクをあげるのも、スプーンで離乳食をあげるのも、やっとの思いで口に含ませたのになかなか飲み込んでくれず、挙句の果てに口の中でぐじゃぐじゃになったそれらを全部自分の顔に吐き出されるのも、大した問題ではない。なにしろ相手は人間ではないのだから。

また中学生くらいになれば、いちおう理詰めで話ができるから、それほど苦手ではない。共通の話題など、ほとんどないに等しいだろうが、話は何とか通じる筈である。

だからその中間の年代の子供がいけないのである。その年代の子供の、人の心の奥底まですべてを見透かすようなあの目が怖い。目の前の大人の一挙手一投足をじっと見つめて、しかもそれをこの先ずっと憶えているかのような、あのまっすぐな視線が怖い。あんな得体の知れない生き物を、毎日一人で三〇人も四〇人も相手にしている保育士さんや小学校の先生たちは、本当に偉いなと常日頃から思っている。

小学四年生となると、その苦手な年代のど真ん中である。考えれば考えるほど、自分の心が暗く沈んで行くのがわかった。ただでさえ数日前から夏風邪気味で、頭が重いというのに――。

竜二の魂胆は既に見えていた。要するに娘の願いに託(かこつ)けて、うるさいガキを一週間、厄介払いしようということなのだ。もちろんそのガキいや女の子が、〈若いうちに一度東京を見たい〉とのたまっていることは事実なのだろうが、同時に親の方も、これを機会に久方ぶりにのんびりと、夫婦水入らずの時間でも過ごしたいということなのだろう。

当の女の子の名前はミドリ、カタカナでミドリと書く。竜二がごく一般的な〈緑〉を、百合子さんが〈翠〉を主張し、散々争った結果、面倒くさいのでカタカナにしたのだという。

それを聞いた時は一体どういう親だと思ったが、自分が口を出す問題ではなかった。

　賢一からしたら、やはり現状たった一人の姪に当たるわけであり、当然のことながら全くの初対面ではない。女の子が幼稚園に上がるか上がらないかという頃までは、帰省した折などに頼まれて何度か子守りをしたことだってある。だが両親が相次いで他界し、賢一が帰省自体をしなくなってからは、会う機会もなくなっていた。

　ただ赤ん坊の頃から、一度泣き出すと手がつけられないタイプの子で、たった二時間程度の子守りでも、へとへとに疲れたことを憶えている。あのクソガキが期末試験で学年五番に入ったというのは本当なのだろうか？　少子化の影響で、今は一学年に生徒が一〇人くらいしかいないとか、まさかそういうことではあるまいな？

　入場券を買って新幹線のホームに突っ立っているうちに、今度は別の不安が胸をよぎった。新幹線が到着したら、このホームはたちまち人で溢れ返ることだろう。果たしてその人ごみの中、ミドリを見つけることができるだろうか。降りたところでじっとしていてくれればいつかは見つけられるだろうが、人の流れに乗って、うっかり改札の外に出てしまったらどうしよう。ホームに行きさえすれば会えると思っていたのは甘かった。もっと待ち合わせ場所をきっちり徹底するべきだった。

　それにせいぜい五、六年ぶりとは言え、子供の成長は早い。最近の写真を見たこともない。

以前百合子さんは一家の写真を年賀状にしたものを送って来てくれたものだが、賢一がうっかりその小市民的な感性を揶揄(やゆ)するような発言をした翌年から、ぴたりと賀状を送って来なくなった。

だがその心配は杞憂にすぎなかった。新幹線の乗降口から、純白のブラウスに赤と黒のタータンチェックのスカートを穿(は)いた一人の少女が、たたたと走って来て賢一の目の前に、ぴょこんと立ったからだ。

「兄ちゃん、兄ちゃんだよね！」

そう言って飛び跳ねる。

「あ、ああ……」

そうか。子供の成長は確かに早いが、自分の方は多少生え際が後退した程度で、ほとんど何の変化もないのだった。

「おひかえなすって」

すると女の子はその場で片手を前に出し、腰をかがめた。

「このたびはどうも、クソガキのお守(も)り、ご苦労さんです」

「へ？」

ミドリは再びぴょん、とその場で飛び上がるように上体を戻した。緑のリボンを結んだポニーテールが、波打ちながら揺れる。

「お、大きくなったな」

可愛くなったなと言いかけて、あわてて訂正した。少女の背負っていたモスグリーンのリュックを持ってやり、長いエスカレーターに並んで乗る。

エスカレーターで下りながら竜二の携帯に電話を入れると、竜二はすぐに出た。

「おい、たった今、とりあえず無事に着いたぞ」

「駅まで車で送って、新幹線に乗せたからね。そりゃあまあ着くよね」

竜二はまるで、おい太陽が東から昇ったぞ、と言われたかのような口調で答えた。

「それじゃあ健闘を祈るよ。もし何かあったら電話してよ」

「あ、ああ……」

「じゃあ頼んだよ、兄さん」

それだけ言って電話は切れた。ずいぶんとあっさりしたものだが、きっと平日の昼間の会社員とは忙しいものなのだろう。賢一は携帯を仕舞うと、女の子の方に向き直った。

「えーとそれで、どこへ行きたいんだ？　ディズニーランドか、原宿か？　スカイツリーか秋葉原か？　遠慮せずに、とりあえずどこでも行きたいところ言ってごらん」

「うーんとね……」

ミドリは襷（たすき）がけにしたポシェットから、子猫の写真が表紙になっているメモ帖を取り出した。真ん中あたりのページを開いて言う。

「まあ、とりあえず明日は初心者コースということで、皇居だの都庁だのロッポンギヒルズだのを、サクッと見ればイイかなぁ。地下鉄の一日乗車券ナルモノを買えば、たぶん安上がりだよ」

「ああ、一日乗車券ね……」

どうやらガイドブックを詳細に読んで来たらしい——。

「でその次の日からは、オプショナル・スポット訪問ね。えーとね、まず午前中はエム・エス・ジェー」

「ん？　ＵＳＪか？　あれは東京じゃないぞ」

「だからエム・エス・ジェーだって」

「何だそれ？」

「知らないのぉ？　ミナミセンジューの略だよ」

「え、南千住？」

賢一は思わず訊き返した。ＭＳＪと略されると、ものすごくカッコ良い場所に聞こえるが、あそこらへんに何か、子供が行きたがるようなスポットなどあっただろうか？

「コヅカッパラ刑場跡。江戸時代の処刑場のアトでさ、クビキリ地蔵もあるんだ」

「はあ」

「ここで処刑された死体はマイソウしないでほったらかしだったから、ウジ虫とかいっぱいわいて大変だったんだってよ」

「へえー」

「そして午後からは、同じアラカワ区だからミノワのジョーカンジに寄ろう。知っているよね？」

「あ、うん……」

賢一は曖昧な口調で頷いた。実は全くの初耳である。

「投げ込み寺だよ。むかしヨシワラで死んだユウジョの死体を、投げ込んだ寺だよ」

「ふうーん。よく知っているな、そんなこと」

小四の女の子の口からいきなり発せられた、吉原だの遊女だののきわどい単語に焦りながらも、賢一は平静を装って答える。

「これくらいはジョーシキでしょ。で、その次の日の午前中はオオモリ海岸に行こうね」

「海苔でも買うのか？」

するとミドリは小莫迦にしたような目を伯父に向ける。

「前の日にコヅカッパラに行ってオオモリと来たら、流れでもうスズガモリ刑場跡に一〇〇％決まっているでしょーが。ここで火あぶりになった有名人は、かの八百屋お七、まあ放火は当時はシザイと決まっていたからしょーがないけどねー。せっかくエドに来たからには、この二つの刑場跡はゼッタイに見逃せないよ」

「江戸じゃなくて東京な」

「あー最近はそうも言うらしいね、八っつぁん」

「八っつぁんって誰だよ」

「ま、とにかく。東京に来てこれを見ないのはモグリでトーシローだってことは、マチガイないってことよ」

「それじゃあ俺は、モグリでトーシローだな……」

賢一は歩きながら肩を竦めた。東京には大学入学以来、もうかれこれ十数年住んでいるわけだが、今言われた場所は一箇所たりとも行ったことがない。

「それから京浜トーホク線でハママツチョウに戻って、東京タワー」

「やっと観光らしくなって来たな」

「の隣にある、ゾージョージの水子地蔵。それから次の日は……」

「おい、ちょっと待て！」

賢一は慌ててミドリの話を遮った。自分とミドリの身長差に気づき、上体をかがめながら言う。

「おい、お前はパパから何か聞いていないのか」

「何を？」

ミドリがじっと見上げて来る。目が大きいので、こうして上目遣いで見つめられると、顔の半分くらいが目に見える。

そう言えば元々目の大きい子供だった。小さい頃はそればかりが目立って、目玉おばけみたいなアンバランスな印象だったのだが、この五、六年の間に顔のほかの部分が成長を遂げてそれに釣り合うようになったのだろうか。赤ん坊の頃は野暮ったかった頰の膨らみもすっきりして、垢抜けた感じに変わっている。

「だから、俺にだって仕事もあるし、予定もあるってことだよ。一日じゅう付き合ってあげられる日もあるが、半日の日もある。たぶん家で一人留守番してもらう日もあるだろう。わかっているのか、そこらへんのところ」

「ああ、そのことか。それなら耳がカクシツカするくらい聞いたよ」

「カクシツカ？」

「かたくなること」

なるほど、角質化ね——賢一は脳内で漢字変換を終えて答えた。昔は耳に胼胝ができると言ったものだが、最近はそういう言い方をするのだろうか？

「じゃあそれは約束な」

するとミドリはその場で片手を挙げ、まるで選手宣誓でもするかのように指先をぴんと伸ばした。

「はーい、誓いまーす。兄ちゃんが出かける時は、ミドリはおとなしく家で留守番してまーす」

それを見て賢一は、思わず吻っと安堵の溜め息を洩らした。ふむ感心感心。幼稚園にあがった頃だったらもうここで、びえーんと大地を揺るがすような大音声で泣きわめいていたことだろうが、さすがに小学校四年生くらいになれば、この世の中のすべてが自分の思い通りになるわけではないと、わかっているようだ——。

「こーんな可愛い子が、たった一人で東京を歩いていたら、思いっきりキケンだもんね！」

「む……」

聞き分けは多少良くなったかも知れないが、生意気さの方が格段にグレードアップしているようである。

「それからね、あとどーしても行きたいのは、コデンマ町のジッシ公園ね」

「小伝馬町？」

「そこはね、むかし重罪人を収容した牢屋敷があったところなのよぉ。今は普通の公園になってるけどぉ。ヨシダショーインが処刑されたのもここでしょ」

　吉田松陰もミドリの口にかかると、何だかアニメの登場人物の名前のように聞こえる。

「コヅカッパラやスズガモリで処刑されるザイニンは、ハリツケ、ゴクモン、火あぶり、のこぎり挽きなんかを受ける前の日に、江戸市中ヒキマワシになったんだけど、その時はコデンマ町の牢屋敷が、出発点で終着点でもあったのよぉ。江戸の町の見おさめ、ってわけだね、八っつぁん♪」

「だから八っつぁんって誰だよ！　それにそういうことを、あんまり楽しそうに言うなよ」

「その牢屋敷の敷地内にも、斬場（キリバ）と呼ばれるショケイバの他に、カタナの切れ味を試すための様場（タメシバ）なんかもあったはずだから、そこのアトも残ってたら見たいのよねェ♡」

「はあ……」

「どう？　見事なプランでしょ？　まあ言ってみれば、トーキョーの外側から徐々に内側に攻めて行くサクセンなわけ。オーテマチの三井物産ビルの隣のマサカドの首塚を見て、それからヨツヤでお岩稲荷ね。この二つはあまりにも有名だけど、いちおうおさえておかないとね。それからアカサカのベンケイ濠。ここはむかし、身元不明の死体を捨てる場所だったのね♡」

「どうやって調べたんだ、そんなこと」

「調べるも調べないも、その道のプロのあいだでは、全部有名なスポットだよ♪」

「プロって一体、何のプロだよ！」

「はて」

ミドリは首を45度横に傾ける。

「シンレイスポットのプロでしょ」

「心霊スポットのプロなんて、いないだろ」

「いるよ」

「あのなあ、プロというのは、それで生計を立てている人のことを言うんだよ。たとえばプロゴルファーというのは、ゴルフの大会に出て、その賞金で生活している人のことを言うんだ。わかるか、俺の言っていること」

「はへ？」

「心霊スポットめぐりで生計を立てている人はいないだろう？　あるいはそういうところを人に案内することで、お金を貰っている人はいるかも知れないが、それはプロのガイドであって、心霊スポットのプロとは言わない。人にゴルフを教えて生活している人のことを、レツスンプロと言ってプロゴルファーと区別するように」

するとミドリは顔を上げ、きりりとした眉を、呆(あき)れたように顰(ひそ)めた。

「理屈くせー野郎だなー。兄ちゃん、女の人にモテないでしょ」

「わ、悪かったな」

賢一は憮然としながら、とりあえず会話が成立していることに気づいて吻(ほ)っとした。

3

山手線をぐるりと半周し、池袋で私鉄に乗り換える。ミドリは、賢一のアパートが東京駅から遠いのに呆れた様子だった。

「まだ着かないのぉぉぉ？」

うんざりした顔で語尾を伸ばす。新幹線からずっと鉄道に乗りっ放しだから、さすがに厭(あ)きたのだろう。

「都内の移動は、新幹線のように速くは行かないんだよ」

「こーんなに乗ったら、もうじき、うらじおすとっくあたりに着いちゃうんじゃないの？」

「つ、着かないよ」

家に着いたら着いたでまた大騒ぎだ。賢一が学生時代から住んでいる築三〇年の三階建てアパートの三階北西向き、本とCD以外はほとんど何もないその部屋を一瞥して、「なかなかしんぷるな部屋だねえ」と微妙な表現をする。それでもそれ以上不平めいたことは口にせず、部屋の窓から見える武蔵野の緑を指差して、何だ東京って意外にきれいなところじゃんと言う。遠くに見える団地や都営住宅の殺風景な光景にも、東京に来た実感が湧くと言って大喜びする。もっと良く見ようと窓枠によじ登ろうとするのを止めるのが大変だ。自分の部屋の窓からの眺めを喜ぶ人間がいるなんて、夢にも思ったことのない賢一は、不思議な気持ちでその横顔を見つめた。

夕食はいきつけの中華料理屋から、出前で餃子とチャーハンを取って食べさせた。部屋にテーブルと呼べるようなものは勉強用のものしかないので、折り畳み式の卓袱台を畳の上にセットして、向かい合わせに座って食事をする。多少栄養が偏ろうと、この一週間は自分と同じ外食あるいは店屋物で我慢してもらうことになるだろう。ところでこの店、味は可もなく不可もなく、盛りの良さが最大の売りの店なのだが、賢一でさえいつも少しは残してしまう皿をさすがは育ち盛り、ミドリはへろへろと平らげる。その食べ方がいかにも一心不乱にものを食べているという様子なので、賢一は思わず笑ってしまった。行儀作法そのものはそれほど悪くないのだが、なにしろ食べるのに一所懸命なので、時々チャーハンの御飯やハムの切れ端、グリーンピースなどを畳の上にぽろぽろ零す。

「おい、落とさないようにゆっくり落ち着いて食べろよ」

見兼ねて注意するが、ミドリは悪びれる様子は微塵もない。

「いやいや、タタミにもときどきエイヨウをあげないといけないよ」

「はあ？　畳に栄養？」

「ほら、いろいろあるじゃん、ドーブツ性タンパクとか、食物センイとかさ」

だがその次の瞬間にはすっくと立ち上がり、たたたと走って行っては流し台からふきんを持って来て、自分が零した御飯粒などを一粒一粒丁寧に拾う。なるほど要するにへそ曲がりなのだなと賢一は理解した。やろうと思えば造作なくできることでも、大人に注意されて、それをすぐにそのまま実行するのは癪に障るのだろう――。

あんまりミドリが美味しそうに食べるので、夏風邪気味であまり食欲がなかった賢一も、気が付くとつられて全部残さずに食べていた。

その日はそれから夜が更けるまで、ミドリが学校のことや遊びのことなどを一方的に話すのを、賢一はずっと付き合って聞いていた。大人顔負けの難しい言葉を知っていたりするが、そうかと思えば逆にごくごく簡単な言葉を知らなかったりする。

「ねえ兄ちゃんって、パパの兄ちゃんなんだよね」

奇妙な言い方だが、これに関しては百合子さんに責任があると言えるだろう。彼女が賢一のことを、この子の前でも〈義兄さん〉と呼んでいたからだ。「さあ義兄さんに遊んでもらいなさい」などと言うのだから当然そうなる。彼女は〈おじさん〉と呼ぶよりも、その方が賢一が喜ぶに違いないと思っていたのだろうが、二〇以上歳の離れたミドリに〈兄ちゃん〉と呼ばれるのは、やはり違和感がある。

「ああそうだ。だから俺はお前の伯父ということになる。今後は〈兄ちゃん〉じゃなくて〈おじさん〉と、正しく呼びなさい」

「ふうーん。じゃあおじさん、おじさんから見て、パパってどんな子供だったの？」

「え？」

突然浴びせられた問いに、戸惑いながら答える。

「お前のパパは運動が得意で、うらやましいほどだったよ。野球部のキャプテンでエースだった話は、聞いたことがあるだろう？」

ここはとりあえず竜二を持ち上げる方向で話すべきだろう。事実激しいスポーツは医者に止められていた自分から見ると、健康優良児で何度も表彰され、スポーツ万能だった竜二の姿は目に眩しいほどだった。

「でも、せいせきは兄ちゃんの方が良かったんでしょう？」

「おじさんな。だけど学校の成績の良し悪しなんて、大したことじゃない。毎日一定の時間、馬鹿正直に机に向かえば、誰だってそれなりの点数は取れるものさ。だがあいつみたいに速い球を投げることは、俺には逆立ちしたってできない」

「じゃあママは？　おじさんから見て、ママはどんな人だったの？」

「どんな人って言われても……。ママはママだろ」

答えながらも、少し苛々しはじめていた。無邪気な表情をしているからと言って油断はできない。こんな風に少しずつ情報を集められて、帰ってからおじさんはこんなこと言っていたよ、などと報告――本人は単なる報告のつもりかも知れないが、実質的には立派な告げ口――されたら厄介だ。ましてや親が子供に教えていないことをうっかり言ってあとで恨まれでもしたら、割に合わないこと甚だしい。

「ママって、おとうさんとおかあさんがいなかったんだよねぇ」

「うん」

百合子さんは、小さい時に交通事故で両親を亡くした、いわゆる交通遺児だった。みつばち園は、彼女がそれから成人するまで過ごした養護施設である。

「それじゃあパパとママって、どこで知り合ったんだろ」

「友達の紹介だって聞いているけど……」

実を言うと、自分もそれ以上のことはあまり詳しく知らない。竜二がこの人と結婚すると言って百合子さんをいきなり家に連れて来た時、自分は奨学金をもらって海外留学中だったからだ。

「じゃあ二人とも、相手のどこが良かったんだろ」

「おい、そういうことはパパやママに直接訊け」

「だって、訊いても答えてくれないんだもの」

「何だ、訊いてみたのか」

「うん。でも教えてくれなかった」

「ははは。それはきっと照れくさいんだろう」

「何で照れくさいの？　大事なことジャン」

「何でって……。大人には、子供に言うのは恥ずかしいことだってあるのさ。大きくなってから訊いたら、多分教えてくれるよ」

　その百合子さんは美人で細かい気配りもできて、兄から見ても文句のつけようがなかったが、同時にどこか蔭のようなものを感じさせる女性だった。竜二が彼女に惹かれたのは、その美しさではなくむしろその蔭の部分にではなかったかと想像したこともあったが、いずれにしても子供に言うべきことではあるまい。それにその蔭のようなものにしたところで、交通遺児という彼女の生い立ちを知って、自分が勝手に作り上げたイメージなのかも知れない。

それから再び学校の話になった。話題が逸れたことに賢一は安堵する。ときどき友達のひとみちゃんの恋人はケンタ君などというどうでもいい話に脱線したりもしたが、辛抱強く聞いて相槌を打っていた。

「ところがね、ケンタ君には隣のクラスのサキちゃんというメカケもいるわけよ」

「妾？」

「そう。それでホンサイのひとみちゃんが一学期の終わりの日にね、一体どっちを愛しているの！　ってケンタ君につめ寄ったから、クラスじゅう大騒ぎだったの」

「ふうーん」

賢一は苦笑した。もちろん実際は他愛もない恋愛ごっこなのだろう。だが本妻だの妾だのという言葉を平気で使う小学四年生の女の子を見ていると、何となく隔世の感を抱かざるを得なかった。俺がこいつぐらいの年齢の頃は、〈愛〉とか〈恋〉という単語を口にすることさえ、気恥ずかしかったもんだがなあ。流行っている歌謡曲を歌う時も、そういう歌詞が出て来ると、妙に意識して口ごもったり、そこだけラララに変えたりしていたもんだがな——。

「それで、お前のカレシは何というんだ？」

ところが賢一が軽い気持ちでそう訊くと、それまで上機嫌で喋り続けていたミドリが、急にぶすっと頬を膨らませた。

「うるせーなー。ほっとけよ。どーせオレは、彼氏いない歴イコール年齢だよ」

「へえー。どうして？」

　思わずそう尋ねていた。

「そんなこと知るかよ！　学校のクソガキどもは、オレが近付くと逃げるんだよ。て言うか、そもそもそういうこと本人に訊くか、ふつう？」

「なるほどねえ。みんなまだ小さいのに、ちゃんと人を見る目があるんだなあ」

　笑いながら賢一がそう言った瞬間、ミドリが鋭い視線で賢一を睨（にら）み、ドスの効いた声で言った。

「くっそてめえアジみたいにたたきにすっぞ！」

「アジのたたき？　いやあそれは勘弁して」

　顔に似合わず口が悪いなあと思いながら慌てて謝るが、ミドリは依然として睨み続けている。

「どうせ兄ちゃんには、九歳の乙女のデリケートな気持ちなんか、わかるわけないのよ！」

「だから謝っているじゃないか。それに繰り返すが〈兄ちゃん〉じゃなくて〈おじさん〉な」

「仕方がねえ、今回だけは許す。以後気をつけるように、おじさん」

腰に手を当てて、したり顔で命令する。

一気に険悪になった雰囲気を何とかするべく、賢一はにこやかな笑顔を作りながら訊いた。

「ところでお前は、大きくなったら何になりたいんだ？　何か夢とかあるのか？」

だが賢一がそう口にした途端、ミドリはうんざりしたような顔に変わった。はああ、と大きな溜め息をついて、ばたっと卓袱台の上に俯伏す。

「またそれっスか……。どーして大人ってみんな、フタコト目には同じこと訊くのかねー？訊く方はいいかも知んないけどさ、正直言って飽き飽きなんだよねー、訊かれる方はねー」

「そうか、みんな訊くのか……」

「しかもあんまり何度も何度も訊かれるから頭に来て、〈へんしつしゃ〉とか〈とおりま〉とか答えると、大笑いするか、むっとして無言になるのか、そのどちらかなのよね」

「そ、それは当たり前だ」

賢一は絶句した。

「その反応もいい加減に厭きたからさー、首をちょっとかしげて、上目遣いで〈およめさん♡〉とか答えると、一転してニコニコして頭とか撫でようとするのよねー。バッカじゃねーの？」

「そ、そうなのか……」

「あと、子供に〈ジンセイの目標〉とやらを訊くのもやめて欲しいね。そんなことわかるかよー。て言うか八つや九つで人生の目標をはっきり持ってたら、逆に気持ちわりーだろー。まあメンドウだから、〈スイセイムシ〉とか答えることにしてるけどな！」

「酔生夢死？　よく知ってるな、そんな言葉」

「四字ジュクゴは大好きなのさ。笑いを取るためにはベンキョーしないとね。あと〈カンタンのユメ〉とかねー」

「へえー」

笑いを取るために勉強しているとは、なかなか偉いものである。だが同時に周囲の大人たちにも同情を禁じ得ない。軽い気持ちで小学生に訊いて、酔生夢死やら邯鄲の夢という答えが返って来た場合、大人は一体どんなリアクションを取れば良いというのだろう？

「ねえそれよりさぁ、あたしの学校でのあだ名、知りたい？」

かと思うと唐突にはしゃぎ出す。まさかそんなもの知りたくないとは言えず、賢一は訊き返す。

「渾名？　一体何なんだい？」

本名がミドリだから、どうせミポリンとかミドリンとか、そんなところだろう――。

「本当に知りたい？」

「あ、ああ……」

「じゃあ、教えない♪」

　ニッコリ笑う。

「何だよおい。じゃあいいよ、別に」

「いやーん、聞いて聞いて！」

　突然哀願調になって賢一の袖を引っ張る。

「どっちなんだよ！」

「聞いてくだされ、お代官さま」

　その場で畳の上で正座し、土下座する。

「じゃあ言えよ、早く」

「本当に聞いて下さいますのん？」

　親指の腹を噛みながら、芸者のように横座りする。

「誰なんだよ。聞くよ。聞くから言えよ」

「あのね、〈ハカイオウ〉」

　目を輝かせ、ぴょん、と飛び起きながら言う。

「破壊王？」

「うん♪」

賢一の背中を、冷や汗が一筋流れる。

――

これだけはしゃいで疲れなければおかしい。さすがのミドリも十時を過ぎると、敷いてやった蒲団にコテンと倒れ込むように寝入ってしまった。パジャマ代わりの薄手のスウェットには、二匹の小熊がプリントされている。一丁前の口を利くくせに、寝顔はやっぱり小学生だ。きりりと凜々しい眉毛の下で、閉じたまぶたを縁取る長い睫毛(まつげ)が、寝顔に柔らかな黒い影を落としている。

明日以降に備え、自分も早目に寝ることにして、ミドリの蒲団の隣に蒲団を敷いて横になったが、いつも床に就く時間に比べてあまりにも早いので、眠気が全く訪れない。

そこで部屋の電気は消したままテレビだけを点(つ)け、ヘッドフォンのコードを一杯に延ばして、夜のニュース番組を見ていた。

ミドリはすやすや眠っている。賢一にとって部屋の中で自分以外の人間が寝ているというのは、正直それだけでちょっと不思議な光景である。

画面では、ここ最近都内で起きている、連続幼女失踪事件が取り上げられていた。これまで四人の少女が行方不明になっているのだが、いずれの少女も、まるで神隠しに遇ったかのように消えてしまい、生きているのか死んでいるのかもわからない。誘拐の可能性が強いわけだが、不思議なことに、その後犯人からの要求などは一切ないという。

「ここまで捜査が難航しますと、最悪の事態も想定しなければなりませんねえ」

銀髪のニュースの解説者が、その割には暢気そうな口調で喋っている。

「しかし身代金の要求などが一切ないところを見ると、単なる誘拐とも考えにくいですね」

ブーンという蚊の羽音がしたので、賢一は立ち上がってベープマットを取りに行った。

戻って来ると、ゲストとして呼ばれたらしいプロファイルの専門家という人間が映っていた。薄い頭髪を補おうとしてか、わけのわからない分け目になっているプロファイル専門家は、フリップをカメラに向けながら何やら説明しようとしていた。

「現状わかっている限りの情報で、最悪の事態を想定してプロファイリングするならば、犯人は選択型サディストの小児性愛者の可能性が高いと思われます。宮崎某もそうでした。その特徴は次の通りです」

カメラが大写しにしたフリップには、箇条書きでこんなことが書いてあった。
①25歳以上の未婚男性

②幼少期に虐待を受けていることが多い
③子供や子供に関係するものに異常な興味を示す
④大人の女性とつきあった経験がないか、あっても非常に貧弱
⑤一人暮らしあるいは両親と接触の少ない同居
⑥治療法は存在しない

「この〈⑥治療法は存在しない〉というのが怖いですね」

「そうです。ですから早く止めないと、犠牲者の数がどんどん増えて行ってしまうことになりかねません」

すでに咬(か)まれてしまったらしい上腕部をぼりぼり掻きながらぼんやりそれを見ていた賢一だが、①と⑤は自分も当て嵌(は)まることを知ってぎょっとした。②と③は幸いにしてまあ違うと言えるが、④だってぎりぎりセーフ程度のものである。結婚しないで一人でいるだけで、世間から偏見の目で見られることは、既に嫌と言うほど経験済みであるが、まさか連続幼女失踪事件の犯人のプロファイリングに、二つもひっかかってしまうとは——。

それから画面は、この事件についての情報提供を呼びかける二十四時間フリーダイヤルの電話番号を書いたフリップへと移って行った。

〈二日目〉

1

翌朝ミドリは、見事に鼻のてっぺんを蚊に咬まれていた。かいーなくそと言いながら、賢一から渡されたムヒを塗って「くそ。煙が目にしみるぜ」と古い歌のタイトルのようなことを言う。やがて痒みが治まったらしく、突然機嫌を直して飛び回る。

「さ、早く行こ」

アパートの門を出たところで、ゴミを出した帰りらしい日出夫にばったり会った。

「何よ賢さん、まさか子供がいたの？」

この男は賢一より五歳ほど年下で、真下の部屋に住んでいるのだが、いつも女言葉で話すと言うよりもズバリ、おかまなのだ。仕事も新宿のその手のバーに勤めている（らしい）。ただしまだ手術はしておらずホルモン注射だけなので、今も化粧の下にうっすらとヒゲの剃り跡が見えている。今は短髪だが、仕事の時はカツラをかぶるらしい。賢一は自分では完全にノンケという自信があるのだが、日出夫は何故かそんな賢一を賢さんと言って慕って来る。

「まさか。弟の子供だよ。ミドリだ」

「まー可愛い。食べちゃいたいくらい♡」

日出夫はコブシを二つ握って口元に持って行き、片足を外側にちょん、と跳ね上げた。

「おい、お前はそっちの趣味もあるのか？」

「まさかあ。今のは言葉のアヤよ」

「お前が言うとシャレに聞こえないからやめてくれ」

いきなり変な奴に会ってしまったものだが、ミドリはさほど驚くような素振りも見せず、ぺこりと頭を下げてから、賢一を駅へと急がせた。

それから言われる通り地下鉄の一日乗車券を買い、東京の名所めぐりを始めた。だがレインボーブリッジも都庁も六本木ヒルズも、ミドリは一〇秒くらい見つめるとすぐに、もういい、次行こう次と言う。

「展望台とか、昇らなくていいのか？」

賢一は不思議に思って尋ねた。こんな遠くから見るだけなら、絵葉書で見ているのと大して変わらない。こちらとしては楽だが、何だか少し張り合いがない。

「いやだねー、かんこうと言うと高い所という、そういうすてれおたいぷな発想は」

良かれと思って言った賢一は憮然とする。

「名所なんか別にどうだっていいのさ」

「じゃあ見なくたって良いんじゃないのか？」

これ幸いと言ってみたが、ミドリは断固として首を横に振る。

「それはダメ。本当にあるかどうかは、カクニンしないと！」

変なことを言うなあと賢一は思った。

「さあ次行こう、次！」

そんな中、立ち止まってしげしげと眺めたものは、意外にも国会議事堂だった。

「うーん。これは予想していたよりも、はるかにカッコ良い建物だねぇ」

賢一も改めて眺めてみる。言われてみれば建物の頂上のテラコッタ製の四角錐は、ロケットの先端部か何かに見えなくもない。ひょっとしてそこが子供の気を惹くのだろうか？

「中でやっていることも、外側と同じくらいリッパだと良いのにねぇ」

中にいる〈先生たち〉にも聞かせてやりたいようなことを言って、くるりと背中を向ける。

「さあ次行こう、次！」

ときどき建物の壁に手を触れて、壁に沿って動かしてみたりする。

「おい、手が真っ黒になるぞ」

「うるさいなあ、拭けばいーんでしょ」

並んで歩きながら賢一のジーンズの腰の部分に、埃のついた指先をなすりつける。ジーンズに幾筋もの黒い線がつく。

「あーこら！　洗濯したばかりなのに！」

楽だと思ったのはとんでもない間違いだった。何度も何度も地下鉄を乗り換えたり乗り継いだりしているうちに、賢一はぐったりと疲れてしまった。東京メトロの一日乗車券恐るべし。これは遣い出がありすぎる——。

東京じゅうの一般的な名所を、とりあえず眺めるだけ眺め終わると、いつの間にかもう夕方に近い。朝から元気いっぱいだったミドリも、さすがに少しは疲れたらしく、ターミナル駅構内の喫茶店で一休みすることに同意した。

「ずいぶんと回ったなあ」

ミドリが細長いスプーンでチョコレート・パフェに食らいつくのを見ながら、賢一は運ばれて来た水で心臓の薬を嚥(の)み、それからゆっくりとコーヒーをブラックのまま飲んだ。日頃の運動不足がたたって、膝やふくらはぎも痛い。

「ねえ、この近くにデパートある？」

ミドリが細長いスプーンを口に銜(くわ)えたまま、突然顔を上げて訊く。

「ちょっと歩けばあるよ」

「じゃあ、ちょっと寄っていい？」

「あ、ああ……」

しまった。嘘も方便、ないと答えれば良かったなと思ったがもう後の祭りで、休憩時間はあっさりと打ち切られ、二人は並んで駅前の通りを歩く。ティッシュ配りが一メートル間隔で並んでいるが、ほとんどが若い女性向けらしく、賢一には渡さない。賢一に渡されるのは消費者金融のティッシュだけである。

「東京はよかところじゃのう」

その声に慌てて振り返ると、ミドリが胸に山ほどのポケット・ティッシュを抱えてよろよろと歩いて来る。

「見ず知らずのニンゲンに、こんなにチリガミをくれるなんて」

「ばか。お前が受け取るからだ！」

賢一が叱りつけると、立ち止まって唇を尖らした。

「何だよー。兄ちゃんがカゼひいているみたいだから、もらってやったんじゃねーかよー」

言われてみれば、夏風邪気味の自分は、確かに昨日から何度も洟をかんでいる。恐らく一つ貰おうと手を出したら、次から次へとティッシュ配りに捩じ込まれたのだろう。

「わかった。今のは俺の言い方が悪かった」

賢一が謝ると、ミドリは頰を膨らませたまま襷にかけたポシェットを開け、その中に貰ったティッシュを全部押し込んだ。ポシェットはぱんぱんに膨らんで、歪な形になった。

デパートに着いた頃には、ミドリの機嫌はすっかり直っている。カバン売り場が見たいと言うのでエスカレーターに乗る。エスカレーターの上でばんばん飛び跳ねるのを止めさせるのが大変だ。

「こら！　おとなしく乗っていろ！」

エスカレーターの側面の壁には、同じチラシが何枚も並んで貼られていて、乗っているあいだじゅう、嫌というほど目に入る仕組みになっている。

【匠の技──実演販売展──七階特別催事場にて】

しばし黙ってそれを見ていたミドリが、突然こちらを振り向いてニカッと笑った。

「ねえねえこれって、〈タクミのワザ〉って読むんだよね」

チラシを指さしながら、賢一を肘でツンツンとつつく。

「そうそう。よく読めるな」

「あたし、このコトバにメチャクチャ弱いのよねー。〈タクミのワザ〉！　ああ～ん。〈タクミのワザ〉！　いや～ん♡」

そう言って身をくねらせる。

「へ、変な声出すなよ」

「タクミのワザ見ようぜおいちゃん、タクミのワザ！」

袖を引っ張られるがままに着いた七階催事場は、まるでお祭りの屋台のように賑わっていた。ソバの手打ち。ハンコ屋。一刀彫の彫刻師。漆塗りの職人が、お椀本体や蓋を溜塗りに仕上げる実演を行っている。朱を下塗りした木製の器の上に、透明な漆を見事な手さばきで薄く塗り付けて行く。

会場の隅に、誰もいない一劃があるので行ってみると、本当かどうか知らないが、〈日本一の時計職人〉という幟が立っていて、五十くらいの気難しそうな男が畳の上に胡坐をかいて、腕時計の修理をしていた。クオーツではない、ピゲやブルゲなどの昔ながらの手巻き式の最高級腕時計を、日本で分解修理できる数少ない職人の一人というプロフィールが貼ってある。

実際すごい職人なのかも知れないが、時計の修理は見世物としてはあまりにも地味である。実際ここだけ、まるでブラックホールのように周囲に誰も人がいない。

だがミドリは意外にも興味をそそられたようで、立ち去ろうとした賢一の手を振りほどいて、時計職人の手さばきを凝っと見つめ続けている。

職人は、委細構わず悠然と作業を続けている。木製の年代ものの作業机の抽斗を開けると、そこには小さな部品が細かく仕分けされて入っている。職人は筒状になった拡大鏡を目の上下の筋肉で器用に挟み込み、極細のドライバーで高級そうな時計の中を修理している。きっと歯車のまわりにホコリ一つ入っても故障の原因になるのだろう、〇・一ミリ単位で慎重に慎重にドライバーの先を辷らせて行く。

それをじっと見ていたミドリが、突然身をくねらせながら、黄色い声を上げた。

「ああーん♪　いやあ～ん♪　くすぐったいよぉぉん♪」

職人が思わずドライバーの先を辷らせた。歯車らしきものの一部がどこかへ飛び、筒状の拡大鏡が畳の上を転がる。男が慌てて畳の上に這いつくばるのを見て、賢一はミドリの手を引いて大急ぎでその場を逃げ出した。冗談じゃない。ピゲやブルゲの値段なんて、下手したら自分の年収に匹敵する……。

階段の前まで来たところでやっと一息ついた。

「こら。いたずらするんじゃない！」

叱りつけたが、ミドリはとぼけた顔で澄ましている。

「は？　こんなのイタズラのうちに入らないよ。ちょっと時計の気持ちになってみただけじゃない！」

「時計の気持ちって……」

「大体あたしが本気でイタズラしようと思ったら、こんなもんじゃ済まないわよ！」

背筋が凍るような思いで歩いていると、今度は逆に、人が大勢集まっている一劃があった。

一体何を売っているのだろうと人垣の間から覗き込むと、意外にも鍋や釜、フライパンの類である。

今どきそんなもの、そうそう売れるものではないと思うのだが、目の前で大柄の女性が、梱包された鍋らしき四角い箱を、笑顔の販売員から受け取って去って行った。

四十代後半くらいのその販売員が、日焼けした顔から白い歯を覗かせながら声を張り上げる。

「はあーい、お次はこの魔法のフライパンです！　何とこのフライパンには、ものすごーく賢い小人さんたちが住んでいて、このフライパンで作るものを、何でも美味しくしてくれるんです！　あ、そこのお嬢さん、いま笑いましたね？　よろしい、では証明して御覧に入れましょう」

販売員は、なかなか話術が巧みで、客たちは話に引き込まれている。ちなみにいま〈お嬢さん〉と言われたのは、販売員とほぼ同じくらいの年齢の中年女性だ。

「料理を美味しくしてくれる賢い小人さんたちは、小さすぎて普段は目には見えません」

販売員はそう言って卓上コンロの上のフライパンを斜めにし、中に何も入っていないことを示した。

「でもその存在を確かめる手段はあります。普段はお休みしている小人さんたちですが、水を飲むと元気になるので、水を入れてあげます」

そう言うと、横にあったコップの水をフライパンの中にざあっと注いで、脇に置いてあったアルミ製の鍋蓋をかぶせた。

「それでは一緒に十数えて下さい。小人さんたちが目を覚まします！」

そう言って指を立てながら、一、二、三とゆっくり数を数えはじめた。客の何人かは従順にも、販売員の指に合わせて一緒に数字を数えている。

すると七まで数えたところで、その言葉通り、フライパンにかぶせたフタがカタカタと震動をはじめ、やがて踊り出した。

賢一はこの不思議な光景に目を瞠(みは)った。もちろん販売員はさっきからフライパンに一切手を触れていないし、下のコンロに火がついているわけでもない。

「分量を間違えた時や味付けに失敗した時など、中の小人さんにお願いすれば、きっと助けてくれるハズです。はい、この魔法のフライパン、目には見えない賢い小人さんたちをつけて、本日だけの特別価格、３９８０円でのご提供です！」

ところがその時だった。甲高い声が突然売り場じゅうに響いた。

「おいこら、てめえ、いい加減にしろよ！」

ミドリだった。両手を腰に当て、小さな身体で仁王立ちになっている。

「何が料理を美味しくしてくれるカシコイ小人だよ！　フタをする瞬間に、手の中に握りしめていたコウブンシポリマーを投げ込んだだけじゃねーか！」

販売員は、一瞬怯っとしたように動きを止めたが、そこはさすがにプロ、声の主が小さな女の子であることを確かめると、すかさず猫撫で声に切り替えて言った。

「さすがはお嬢ちゃん、お目が高いねー！　お目は高いが視線は下から、なあんちゃって。参ったなあ。下から覗くのは反則だよー」

だがミドリは仁王立ちのポーズのまま右手を伸ばし、作り笑いの販売員をぴし、と指差した。

「そのほう、今日は特別に見逃してやろう。だがこのエド城下では、二度とそのようなアコギな商売はせぬように！」

一方的にそう宣言すると、くるりと背中を向けて歩き出す。まるでモーゼが杖を一振りしたかのように人垣が左右に割れる。賢一はその後を慌てて追いかける。

「コウブンシポリマーって？」

ようやく追いつき、並んで歩きながら訊く。

「高分子ポリマーは、赤ちゃんの紙オムツとかに使われている素材だよ。水を吸うと、五〇倍から六〇倍に膨れ上がるのさ」

「へぇー、よく知ってるなあ」

賢一は素直に感心した。もちろんどこかにタネがあるのだろうとは思っていたが、手の中にそんなものを握っていたことにも、フタをする時に素早く投げ込んだことにも、全く気が付かなかった。

「ふん、舐めるんじゃねえよ！　あんな子供だましのトリックじゃあ、逆に子供は騙せねえってことよ。こちとら、つい最近までゲンエキだったんだからよ！」

「現役って？」

「ほんのスウネン前まで、紙オムツの世話になっていたんだからよー。おいこらてめえ、そこまで言わせんじゃねーよ。察しろよ！」

「な、なるほど……」

「大体ボリすぎだろ、３９８０円って。たかだか１０００円くらいのフライパンだぜ、あれ」

「まあそうなんだろうけどさ」

賢一は窘めにかかる。

「だけどお客さんたちも、本当にフライパンの中に小人がいるとは思っていないわけで、何かタネがあるのはわかって楽しんでいるわけだから、あんな風に言うのはちょっと と……」

するとミドリは歩きながら、鋭い眼光で賢一を睨んだ。

「何だよー。じゃあ黙っていれば良かったのか？」

「あんな風に人前で指摘したら可哀想かなと」

「どーしてさ。もし騙されて買っちゃう人がいたら、その人の方が可哀想じゃん」

「うーん、それはまあ自己責任というか……」

「だって嘘じゃん。あたし、この世で嘘つきが一番嫌いなの！　それにあの人、そもそもタクミでも何でもねーし。他の人はみんないちおうタクミだけど、あの人はただのサギ師じゃん。あいつはタクミの場を穢し、タクミ萌えのオレのゲキリンに触れた！」

「うーん……」

賢一は歩きながら肩を竦めた。まあいいか。と言うか、もう終わってしまったことは仕方がない。もしこれが大人だったら、営業妨害で訴えられても文句は言えないが、思ったことをそのまま口にしても大目に見られるのが子供の特権ならば、今日のところはそれを免罪符に利用させてもらおう――。

そのまま当初の目的であるカバン売り場へと移動する。するとミドリは一転して真面目な表情へと変わり、小さくうーむと唸りながら、革製のショルダー・バッグをいくつか手に取って検討をはじめた。こういうのを矯めつ眇めつと言うのだろうか、あらゆる方向から念入りに眺める。

「ねえ兄ちゃん、これ、どう思う？」

ふと気付くと、その中の一つが自分の目の前に差し出されていた。

「いいんじゃないの」

「似合うかなあ？」

「似合う似合う」

賢一はなげやりに答えた。賢一にとって、女性のデパートでの買い物に付き合うのは、ほとんど苦行に近い。別に意地悪をしているつもりはないのだが、品物がたくさんありすぎて目が眩んでしまうのだ。なおも我慢して品物を見ていると、今度は頭痛がして来る。そうなるともう何を見ても同じに見えて来て、似合うでしょ、と訊かれると似合う気がするし、ダメかなあと訊かれるとダメな気がして来る。正直に答えているつもりだが、尋ねた方は賢一のこんな態度が大いに不満らしく、今まで付き合った女性たちは、別れる前にこの点を必ず非難したものだった。

——美学とかやっているくらいだから、もう少し生活のセンスのある人かと思ってたわ

――そのたびに、美学とはそういう学問じゃないんだよと、心の中で呟いたものである。

「そっか。いやぁー、悪いねえ」

「ん？」

ふと我に返ると、ミドリがニタニタ笑いながら、小さな手で自分の背中をポンポン叩いている。

何のことだかわからないまま、２８０００円の正札のついたバッグを手渡され、ミドリの小さな手が、今度ははっきりと賢一の背中をレジの方へと押した。
二、三歩歩いてからさすがに気づいて立ち止まった。
「ちょっと待てよ。俺が一体いつ買ってやると」

「まあまあ。細かいこと気にしていると、大きくなれないよ！」

そう言いながら背中をどんどん押し続ける。

「細かくないよ！」

さすがに声を荒らげると、ミドリは突然向きを変えて、ひとり見当違いの方向に歩きだしながら、これ見よがしに大声を出した。

「なあんだ、シケてんなあ！　シブチンだなあ！」

賢一が２８０００円のバッグを売り場の元の棚に戻す間に、その姿はどこかへ消えている。

「おい、どこへ行った」

返事はない。蒼くなってあちこち捜すと、柱の蔭にきをつけをして隠れている。

「こらぁ、急にいなくなって、心配したぞ！」

ミドリはその言葉を最後まで聞かず、ぱっと走って逃げる。短いスカートが翻り、今日はピンクの頭のリボンが揺れる。賢一は急いで追い掛ける。このだだっ広いデパートの中、迷子にでもなられたら一大事だ。賢一はあちこちで人にぶつかりながら、ようやくミドリの細い手首を摑（つか）まえた。

「こら、逃げるな」

するとミドリは、周囲に集まって来た野次馬たちに向かって叫んだ。

「たすけて！　この人ゆうかい犯よ、ゆうかい！」

賢一はぎょっとして立ち止まる。ミドリは片手を摑まれたままその場にしゃがみ込み、もう片方の手で頭を抱えながら再び叫ぶ。

「たすけて！　ぶたないで！」

「え？」

小さな女の子がこんなことを叫んでいたら、普段でも道行く人はぎょっとして足を止めることだろうが、時期がまた悪い。賢一は慌てて言う。

「おいこら、俺がいつお前をぶったんだよ」

「いや、いや。背中にジュッとするのもやめて！」

「背中にジュッ？」

一体何のことだろう——。

「タバコの火はいや！　熱くて、痛い！」

「お、おい！」

賢一は絶句し、腕を摑んでいた手を思わず放した。

するとちょうどその時、店内のスピーカーから、無機質な女性の声でアナウンスが流れて来た。

「白いブラウスに紺のスカートの、六歳ぐらいのお嬢ちゃんが、お母様とはぐれて迷子になっています。見つけられた方は、一階正面玄関左のアナウンス室まで……」

「あ、あたしだ」

ミドリは小さく叫び、止めようとする賢一の腕をすり抜けて走りだす。

慌てて追いかけようとした賢一の行く手を、三〇歳くらいの小肥りの女が遮る。

「あの子は、あなたの子ではないですね」

背が低く目の細い女は、鋭い口調で詰問して来る。

「ち、違いますけど……」

「ではあなた、あの子とどういう関係ですか？」

「どういう関係って……。わ、わたしはあの子の伯父ですよ、伯父」

賢一は声を裏返しながら叫ぶ。この間にもミドリの姿が視界から消えてしまうのではないかと気が気でない。

「証明できますか？　あなたがそれをできない場合、私は今すぐ警備員を呼ぼうと思います」

この場で証明なんて、できるわけがない。写真付きの家系図でも持って歩けと言うのか？

「ですからあの子は私の姪なんですよ。めい」

「でもそう言っているのはあなただけですよね」

「だから、それがあの子の手なんですよ！」

賢一の声は悲鳴に近い。

「それに私の見るところ、あなたとあのお嬢さんは、あまり似ていませんよ」

「そんなこと言われたって……」

賢一は途方に暮れ、その場に立ち尽くした。ぐるりと周囲を見回すが、ミドリの姿はもうどこにも見えない。

昨夜見た連続幼女失踪事件のニュースが頭をよぎる。目の前が冥くなり、心臓の鼓動が激しくなった。このまま万力のようなもので心臓が締め付けられるように苦しくなるのが狭心症の発作だ。

だがその時、誰かシャツの袖を後ろから引っ張る者がいる。

振り返ると、いつの間にか売り場を一周したらしいミドリが、涼しい顔で真後ろに立っている。

「ねえ、早く行こうよ」

ミドリはニカッと笑うと、その場にいる全員に聞こえるような、わざとらしいほど大きな声で言った。

「カバン売り場ね！　お・じ・さ・ん！」

2

さっきの喫茶店でジゴキシンを嚥んでいて本当に良かった。何度か深呼吸をして息を整えてから賢一は、こんな風に逃げ出したり、あらぬことを口走るのは卑怯である旨を諄々と説いて聞かせたのだが、ミドリはどこ吹く風だ。

「だけど兄ちゃん、あたしが戻って助かったでしょぉ？　もしあのまま戻らなかったら、今ごろ兄ちゃん、タイーホされていたかもよぉ？」

逮捕ではなく、タイーホと変なところを伸ばしてミドリが言う。

「それはそうだけどさ……」

それはそうかも知れないが、そもそも全ての元凶は、変な行動に出たお前だろうがこのクソガキめ！　という呪詛の言葉が喉から出かかったが、目的のためには手段を選ばないその行動力をまざまざと見せ付けられた直後であり、これ以上の敵対的行動に出られたら困るので、内心の怒りをひた隠しに隠しながら友好の微笑を浮かべて佇んでいると、既にミドリは何事もなかったかのように、バッグの選定に戻っている。

「やっぱり、さっき選んだこれかなぁ？」

フンフンと鼻唄まで歌っている。

「うーむ……」

仕方がない。もう二度とこんな風に逃げ出したりしないという約束と引き換えに、買ってやることに同意する。ブランド品ではないのがせめてもの救いだが、それでも賢い小人さんたちが住んでいるフライパンが、七個買える金額である。いやもちろんフライパンも要らないが。最終日にはお土産代わりにブラウスの一枚くらい買ってあげざるを得ないだろうと覚悟はしていたが、いきなり二日目から散財とは先が思いやられる。

すぐに使うと言って値段のタグをハサミで切ってもらい、バッグを肩から提げて、ミドリははしゃぎ回る。中に詰めてあった茶色い紙を捨ててもらい、代わりにポケット・ティッシュで歪な形に膨らんでいるポシェットをそのまま中に入れ、右の肩から提げたり、左の肩から提げたり、襷にかけたりしながら忙しく飛び回る。

「いやー、丁度こういうのが欲しかったんだ。ありがと、兄ちゃん」

「だから俺はお前の伯父だって。おじさんと呼べ」

「ふぁーい。わかりました、お・じ・さ・ん！」

今度は厭味なくらい〈おじさん〉を強調する。

「やっぱり一家に一台、持つべきものは、気前のいいおじさんだね！」

「それにしても何が〈六歳ぐらいのお嬢ちゃん〉だ。その歳で、もう三分の一もサバ読みやがって！」

これはあくまでも特例であることを示すために賢一は仏頂面で毒づくが、ミドリの天真爛漫な喜び方を見ると、それ以上怒る気分が削がれてしまうのも事実である。ある種の貝が、外套膜のはたらきによって貝殻の内側に作り出す銀色の光沢、あれと同じようなものがミドリの小さな躰の内側にもびっしりと敷きつめられていて、ミドリが喜んだりはしゃいだりすると、内側から滲み出て来るその光が、あたり一面を明るく照らし出すような気がするのだ。

「もうノバナシで喜んじゃうね！」

　何かおかしいと感じた賢一は、次の瞬間気が付いてすかさず訂正した。

「おい。それを言うなら、〈手放しで喜ぶ〉な」

「ふうーん」

「誰々を〈野放しにする〉という表現はあるが、〈野放しで喜ぶ〉という表現はない。喜ぶ時は〈手放しで喜ぶ〉んだ」

「ノバナシで喜んじゃいけないの？」

「だから、いいとか悪いとかの問題じゃなくて、日本語として間違いなんだよ」

「だからどーしてノバナシだと間違いで、テバナシだと正しいのよ？」

「うーん……」

　賢一は言葉に詰まった。一体何と説明すれば良いのだろう？　九歳の女の子に向かって、そもそも言語の主要な役割は、万人に広く受け容れられているシニフィアンとシニフィエの関係を再生産することによって、意思の疎通を容易にすることであり、そのシニフィアン＝シニフィエの関係を、無闇に攪乱させるような言語活動は奨励されないのみならず、多くの場合その本人が社会生活を円滑に送るに当たって大きな障害となる、などと説明してみたところではじまらないことだろう――。

「だから、誰も〈野放しで喜ぶ〉とは言わないということだよ」

「誰も言わなくたって、フンイキが出てればそれでいーじゃない」

「うーん……」

そう言われると、そういう言い方があってもいいかなと思えて来る。少なくともこの子に関しては、〈野放しで喜ぶ〉の方が、表現としてぴったり来るような気もする。

と言うか、もういちいち訂正するのが面倒くさい！　手放しだろうが野放しだろうが、もう勝手に喜べ！

などと思っていると、飛び回っていたミドリが舞い戻って来て言う。

「いやー、子供が無邪気に喜ぶ姿って、カワイイねえ――」

「自分で言うなよ」

賢一は再び毒づくが、そう言われると、自分まで少し嬉しくなって来るのが不思議だ。

そのミドリは片手でバッグを抱きしめながら、もう片方の手で賢一のシャツの裾を思い切り引っ張る。

「さあ兄ちゃん、ムダ遣いしないで早く帰ろ♡」

賢一は引かれるがままに歩き出す。

3

帰りの電車の座席に座りながらも、ミドリは小さな蜜柑(みかん)のように二つ並んでいる膝小僧の上に、買って貰ったばかりのバッグを載せて、胸にひしと抱きしめている。

時々大きな瞳(め)できょろきょろと車内の様子を窺(うかが)い、またひしと抱きしめる。

「何だか世界じゅうの人が、あたしのバッグを狙っているような気がするなあ」

「バカ。考えすぎだ」

賢一は苦笑した。

「そりゃあ田舎に比べたら東京は物騒だけど、こういう人が大勢いる公共の場では、それほど心配は要らないよ」

「でも、こんな素敵なバッグ、カタトキも目を離せないよ」

まあそう言われると、買ってやった方としては悪い気はしない。

「やっぱり、ちゃんとホーソーしてもらった方が良かったかなあ」

凜々しい眉を八の字に寄せ、心から心配という顔をする。ここらへんはやはり田舎者である。

「しっかり持っていれば大丈夫だって。ひったくりとかスリは、どうせ狙うんなら、ヴィトンとかシャネルとか、そういうもっと高いバッグを狙うから」

実際乗っている車両をざっと見渡しただけで、若い女性で、ブランド品のバッグを持っていない人を探す方が難しい。

こういうのを見ていると、いくら不景気と言っても、やはりこの国は世界で稀に見る高所得水準の国なのだなあと思わざるを得ない。賢一はかつて美術史研究のためにイタリアのローマに二年間留学したことがあるのだが、ローマでもヴェネチアでも、またブランドものの本場ミラノでも、現地の人がブランドもののバッグをこんな風に普段使いしている姿など、一度も見たことはない。

「でもああいうの、正直オレにはわからないなあ」

ミドリが声をひそめながら、賢一の耳に口を近づけて来る。大きな瞳は車内を見回し続けている。

「何が？」

賢一もつられて小声で答える。

「だって、みんな同じよーなの持ってるじゃん。どうして他人が持っているのと同じのが欲しいんだろ」

「それはきっと逆じゃないかな。みんなが持っているから欲しいんだと思うよ」

「どうして？」

ミドリが目を丸くする。

「どうして他の人と同じのが欲しいの？」

「いろいろと安心だからだよ。定番とか言って」

「ふうーん。でもそれってよーするに、私はバッグ一つ自分のセンスじゃ選べません、みんなと同じものを持ってないと不安です、とまわりの人に言って回っているよーなもんじゃないの？」

賢一はちょっと愕(おどろ)いてミドリの顔を見返した。実際それは他のところが——主に精神や感性などが——貧しいから、誰もが知ってるブランド品で見せかけの豊かさを演出しているだけではないのか、〈生活のセンス〉なんていうのは、結局はそういう見せかけの豊かさのことではないのか、常々そんな風に思っている賢一としては、本当ならミドリのこの意見にもろ手を挙げて賛成したいところなのだが、とりあえず今はその声が少しずつ大きくなるのを抑える方が先決だった。

「わかったから、少し黙っていろ」

「ふあーい」

ミドリは不満そうに口を噤(つぐ)んだ。

特急の通過待ちでしばらく電車が止まった。今日一日だけですっかり疲れた賢一は目を閉じていたが、その耳に、言いつけ通りしばらく黙っていたミドリの呟き声が、またぞろ聞こえて来た。

「これってホントーなのかなあ……」

細目を開けて脇を見ると、ミドリがバッグを開けて、さっき貰ったティッシュのビニールの中に入った小さな紙を見ている。

「ホントーにこれを持っていくだけでお金くれるの？」

何とミドリが見ていたのは、〈素人でも楽しく働ける明るいお店〉が、若い女の子を募集しているというチラシだった。派手な色で印刷されたチラシの下に〈店内見学券〉なるものがついていて、これを切り取って店に持って行くだけで、一万円差し上げますと書いてある。

「ば、ばか、そんなの読むやつがあるか！」

賢一が慌てて紙を取り上げると、ミドリはもう一度目を丸くした。

――――

私鉄の駅に降りると、もうすっかり夜である。今日一日で財布のすっかり軽くなった賢一は、悄然（しょうぜん）と歩を進める。

一方ミドリは、バッグを胸に抱えながら無邪気に空を指差す。

「あ、星が見える」

賢一はその声に促され、顔を上げて夜空を見上げた。駅前には大きなスーパーがあり、いつも人でごった返しているのだが、角の交番を過ぎ、スーパーの裏手の駐車場の方に行くと、街灯も少なく夜が深くなる。そこからさらに脇道に入ると、いっそう闇が深まり、闌干(らんかん)たる星空が展(ひら)けた。

「ねえ、あの星なあに？　あの凄く明るい星」

ミドリはまっすぐ頭上を指さしている。

「ああ、あれはわし座のアルタイルだよ。いわゆる七夕の彦星だ」

「あー」

ミドリは合点が行ったような顔になる。

「あれかぁ。一年にいっぺんだけ会って、何かするってやつかぁ。ああオトナっていやらしーなぁ。フケツだなぁ」

賢一は無言のまま咳払いをする。

「じゃあ、あの赤いのは？」

「あれはさそり座のアンタレスだ」

「あんたレズ？」

「ち、違う！　アンタレス！　火星と同じように赤い星だから、〈火星に対抗するもの（アンチ・アーレス）〉と名付けられて、それが縮まったものだ」

「はーん。でも、どーして星っていろんな色してるの？」

かと思うと、突然まともなことを訊いて来るからややこしい。

「それは表面の温度によるんだよ。表面が赤やオレンジ色をしているのは、摂氏三〇〇〇度くらいの比較的温度の低い星だ。あのアンタレスや、星としての寿命が尽きかけているオリオン座のベテルギウスなんかがそうだな。一方全天で最も明るいシリウスや、同じオリオン座でもリゲルなどは青白い色をしているが、これは表面温度が一〇〇〇〇度以上の高温の星なんだ」

「へえー。だけどタイヨウはどっちでもないじゃん」

しかもこちらが説明している途中でよそ見をしたり鼻唄を歌ったりしているので、何だ聞いていないのかと説明の手を抜くと、突然鋭い質問をして来るから油断ができない。

「うん。太陽の温度は六〇〇〇度ぐらいだから、ちょうどその中間ぐらいに当たるわけだよ。それくらいの温度だと、星は黄色く見える」

もし太陽の温度がもっと高かったら、ママンが死んだ数日後にアラブ人を殺した男は、犯行の動機を尋ねられて「太陽が青白かったからだ」と答えたのだろうか――。

などと下らないことを考えていた時だった。賢一は背中にふと、誰かの視線を感じた気がして振り返った。

だが誰もいない。電柱の蔭で一瞬影のようなものが動いた気もしたが、よく見ると街灯の下でステ看板が黒い影を伸ばしているだけだ。

「どうしたの？」

ミドリも立ち止まり、自分の顔を不思議そうに見上げている。

「いや、何でもない。気のせいだ」

「だけど東京でこんなに星が見えるなんて、スゴイねぇ」

「何で？　お前の家のまわりの方が、もっと良く見えるだろう？」

ミドリは首を横に振る。

「家の前にでっかいコンビニができてから、星なんて一つも見えないよ」

何だか田舎よりも田舎くさいと言われているような気もするが、とりあえず子供らしいところもあるんだなと思い、賢一は白鳥座だのさそり座だのを教えてやる。夏の大三角形などを教えてやると、ミドリは伯父を少しは見直したような顔になる。それならばとギリシャ神話の話などを盛り込んで少し本格的に話してやると、ミドリは大きな瞳（め）を瞠（みひら）いて、真剣な表情で賢一の話に聴き入る。

「だけど兄ちゃん、なんでそんなに星のこと詳しいの？」

「俺は小さい頃は、天文少年だったんだよ」

「パパはそんな話、してくれたことないよ」

「ははは。確かにお前のパパは、星とかには全然興味がなかったなぁ」

少しは竜二の鼻をあかしてやったような気にもなり、またひとつひとつに素直に驚くミドリの反応が面白く、賢一は家に着いてからも、星座の本を開いて見せながら話を続けた。

〈超巨星の大きさ比べ〉という図が載っているのでそれを指さす。

「見てごらん。さっき見たアンタレスは、こんなに大きい星なんだ」

その図には、十円玉くらいの大きさのオリオン座のベテルギウスに、五円玉くらいのアンタレス、一円玉くらいのくじら座のミラが、横一列に並んでいる。

「はーん、じゃあこいつらって、ひょっとして地球よりも大きいわけ？」

ミドリは素朴な疑問を呈する。

「もちろん。まるで比べものにならんよ」

賢一は米粒ほどの大きさの太陽の、そのまた隣にある、インクのしみのような黒点を指さす。

「これが地球だ」

「なぁーんだ。じゃあミドリ、アンタレスに住む！　大きいところに住みたい！」

「そ、それはちょっと無理だ」

「どーして？」

「と、遠いし、それにそもそも人間は住めないよ」

「じゃあ兄ちゃん住めるようにしてよ。そして家を建ててミドリにプレゼントしてよ。大きい星ならきっと土地も安いだろうしさぁ」

一体どこまで本気で言っているのか、さっぱりわからない――。

4

賢一が着替えを済ませ、卓袱台の前に腰を下ろして一服しようかと思った瞬間に、ドアをノックする音が聞こえた。

こんな時間に一体誰だろうと思いながら開けると、そこに立っていたのは懐かしい顔だった。

「聖川(ひじりかわ)じゃないか！」

嬉しくなった賢一は思わず叫んだ。

「よう、久しぶり」

　動きやすそうな麻のサマージャケットを着た聖川は、少し硬い表情で微笑み、片手を挙げた。

　大学のゼミで一緒だった男である。その後賢一は大学院に進学したが、この男は採用試験を受けて警察官になった。文学部の美学専攻から警察官というのはかなり珍しく、当時キャンパス内でちょっと話題になったものである。

「一体何年ぶりかな、この部屋に来るの」

「卒業してからは、初めてだろ？」

　学生時代には何回か遊びに来たことがある筈だが、さすがに警察官は忙しいらしく、聖川は卒業後はゼミのＯＢ会などにも滅多に来ることがない。ただし今日は非番らしく私服姿だ。

　聖川は部屋の中を見渡し、ミドリの姿に目を留めて、一瞬背中を固くしたように見えた。

「まあ上がれよ」

　突然の来訪に驚きつつもそう言うと、聖川は硬い表情のまま、じゃあ五分だけと言いながら革靴を脱いだ。

「変わってないな、ここは」

「まるで時間が止まったみたいだろ」

賢一は自嘲気味に答えた。正直卒業して一〇年以上経つのに、いまだに学生の頃と同じところに住んでいるのは、同級生の中でも自分くらいのものだろう。普通は結婚したり会社で転勤になったりして住所が変わる。

「こんにちは」

部屋の隅で足を投げ出して星座の本を眺めていたミドリは、きちんと座りなおして頭を下げた。全く、外ヅラだけは良い奴だと思いつつも、きちんと躾けられているところは助かる。聖川も「こんにちは」と返しながら、卓袱台の前に腰を下ろした。

「ビールを飲むか？」

「いや、まだ勤務中だからアルコールはＮＧだ」

「勤務中？　それじゃウーロン茶にするか」

「ああ」

賢一が冷蔵庫からペットボトル入りのウーロン茶を出してコップに注ぐと、聖川はそれに軽く口をつけ、現在の部署について自分から話し出した。

「えぇ？　警視庁の強行犯捜査係？　じゃあバリバリの刑事ということか。すごいじゃないか」

だったら私服なのも納得だ――。

「ただの兵隊だよ」

　今度は聖川の方が自嘲気味に答えた。

「そういうお前こそ、今や大学の先生だそうじゃないか。いつの間にかずいぶんと差をつけられたなぁ」

「先生と言ったって非常勤講師だぞ。将来の保障は何もない」

「だけど真面目にやっていれば、そのうち教授だか准教授だかになれるんだろう？」

　賢一は首を横に振った。

「神のみぞ知るだが、正直言ってそれは望み薄だと思う。俺も大学院に進むまで知らなかったんだが、大学というところは研究室付きの助手からキャリアをはじめない人間は、いつまで経っても講師のままというところでね、それでも昔みたいに新設の大学がばんばんできている時代だったら、こんな俺でも何とかなったかも知れないが、子供の数が減っている今は、新しくできるよりも潰れる大学の方が多いし、潰れないまでもどこも経営が苦しいから、常勤は最低限にして、できるだけ非常勤でまかなおうとしているんだよ。なにしろ同じ授業一コマあたりのギャラが、非常勤ならば常勤の五分の一程度で済ませられるからね」

「そんなに待遇が違うのか」

　聖川は目を丸くした。

「自分が学生で授業を受けている時は、教壇に立ってる先生が教授か講師かなんて、気にしたことすらなかったけどなあ」

「俺だってそうだったよ。だが現実はそうなんだ。もちろん教授になれば教授会とか卒論審査とか、拘束時間も増えるから単純には言えないけどな。あくまで同じコマ数を受け持っている常勤の教授と非常勤の年収を比較すると、それくらいの差になるという話」

「正規雇用と非正規雇用に格差があるのはどこでも同じだけど、それにしても五分の一はひどいなあ。それじゃあ大学側はなるべく常勤の先生は雇いたがらないだろうなぁ」

「はは。もっともポストがゼロになったわけじゃないし、定年で退職する教授だっているわけだから、つまりは俺の能力不足ということだけどな」

「だけど風の噂で聞いていたけど、お前は大学院に行ってからも留学したり学会発表をこなしたりと、バリバリやっていたんだろう？　そのお前がその常勤とやらになれないで、一体誰がなれるのさ」

「いやあそれは……」

賢一は苦笑しながら言葉を濁した。

「ところであの子は？」

それから聖川は、突然思い出したかのように部屋の奥に目を向けた。

ミドリはさっきから急に静かな〈よい子モード〉になって、部屋の隅で今日行ったところの感想のようなものを、例の子猫の表紙のメモ帖に書き込んでいる。足は崩しているが、スカートの裾はきちんと伸ばしている。

「ああ、姪のミドリだ。今ちょっと預かっている」

「姪？」

「だから、弟の子供だよ」

「なるほど、そうか」

聖川が急に笑顔に変わった。

意味がわからない。賢一は尋ねた。

「何がなるほどなんだ？」

「いやあ最近首都圏で、小さな女の子が続けて四人も行方不明になる事件が起こっているの、知っているだろう？」

「ああ、テレビのニュースで見たよ。いま、知らない人はいないだろう」

「じゃあそのうち二人が最後に目撃されたのが、この管区内だということは？」

「え、そうなのか？」

それは知らなかった――。

「実を言うと、四件すべてが同一犯によるものという確証はいまだないんだが、少なくともその二件に関しては、関連性が高いとの判断の下に、ここの所轄に合同の捜査本部が立っていて、俺もいま、ここの署に応援に来てるんだ」

「ははあ」

合同の捜査本部とか聞くと、刑事ドラマでお馴染みの、本庁と所轄間の確執やら意地の張り合いなどがすぐに連想され、我ながら貧困な発想だと思う。

「それで少しでも情報が欲しいから、捜査本部では二十四時間フリーダイヤルの電話とファックスで、情報提供を呼びかけている」

「ああ、それもニュースで見たよ」

「ならば話は早い。実はそれで今日、とある情報提供があったんだよ」

「どんな？」

賢一は暢気に訊き返した。

「三十代半ばの、いつも一人で歩いている独身男性が、これまで一度も見たことのない小さな女の子を連れ回しているのを見た、とな。その情報には、ご丁寧にアパートの住所まで書いてあった」

「そ、それがひょっとして、ここだったのか？」

賢一は素っ頓狂な声を上げた。聖川はすまなそうに頷く。

「まあこういうのは、1000件情報があって、うち999件はガセ、あるいは無関係な情報なんだけどな。ただその残る1件が事件解決に結びつく可能性もあるから捨ててはおけない。捜査本部でも一応誰かに様子を見に行かせるということになったんだが、その時、何だか見覚えのある住所だとぴんと来たわけだ」

「それでお前が代表して様子を見に来たというわけか」

ようやくこの旧友が、こんな時間に何の前触れもなく訪ねて来た本当の理由を知って、賢一は苦笑した。まさか連続誘拐犯の疑いをかけられていたとは――。

「最初は、お前がまだここに住んでいるなら、お前から何か情報が得られないかと期待していたんだが、どうやらズバリお前のことだったらしいな。同じような二人連れ、お前は見ていないだろう？」

「見ていない」

賢一が首を横に振るのを見て、聖川もまた苦笑した。

「悪く思うなよ」

「思わないよ」

もちろんこの近所に、そんな目で自分を見て、通報した人間がいたということはショックである。まさか日出夫じゃあるまいな？　あいつには弟の子だとちゃんと言ったよな？

　だが聖川に対しては、何ら悪い感情は抱かない。見ず知らずの威圧的な刑事に、いきなり訪問されて容疑者扱いされることに比べたら、天国と地獄ほどの差がある。

「一体いつまで預かっているんだい？」

「一週間だけだよ」

　一週間で良かったとつくづく思う。まだ二日目でこの有様だから、もし一ヶ月も預かることになったら自己破産はまず確定的、それどころか過労と心労で涅槃（ねはん）の世界に華麗に旅立つことにもなりかねない。

「改めて訊くが、この近所で何か不審な人物を見たことはないか。用もないのに同じところにずっと立っている男とか。また何かおかしな出来事はなかったか。どんな小さなことでも良い」

「いや……」

　賢一は首を横に振った。元々時事的なニュースを熱心に追う方ではないし、正直なところ、テレビのニュースで事件の概要を知った時も、どこか遠い世界の話だと思っていた。だから少女たちが最後に目撃されたという場所なども気にも留めていなかったし、プロファイリングが自分にも幾つか当て嵌（はま）まることを知ってぎょっとしたのだ。

「実はこれはマスコミなどでは流れていない情報なんだが、今回の犯人は、誘拐する少女を厳選しているふしがある」

　聖川はそう言うと、目の前のウーロン茶の入ったグラスを凝っと見つめた。

「これまで行方不明になった少女たちは、いずれも近所や学校で評判の美少女だったんだ。たまたま目に付いた子を行き当たりばったり誘拐するんじゃなくて、じっくりと時間をかけてターゲットを選んだ末に、一瞬のスキを狙って誘拐を実行しているようなんだ。とにかく気をつけてくれ」

　そう言って顔を上げた聖川の目は、学生時代には決して見せなかった鋭い光を湛えていて、どちらかと言えば坊ちゃん育ちでおっとりしていたこの男が、今では一人前の刑事として成長したことを雄弁に物語っていた。

「これは過去の事件だが、スーパーのレジで母親が支払いをしているほんのちょっとの隙に、そこから一〇メートルも離れていないトイレに行った女の子が誘拐されたという例もある。娘が戻って来ないことに気付いて母親が騒ぎ出した時には、犯人は猿轡を嚙ませた女の子を、大型のナップザックに詰めて、それを背負って堂々と店から立ち去った後だった」

「そ、その女の子はどうなったの？」

　賢一は声を潜めて訊いた。

「聞かない方がいい」

聖川は眉を顰める。

「と言うと……？」

「一週間後に遺体で発見された」

「は、犯人は？」

「残念ながら、まだ捕まっていない」

「…………」

頭ではわかっていたつもりだったが、初めて実感した気がした。この物騒な世の中、子供、特に女の子を無事に育て上げるということは、大変なことなんだな——。

「今回行方不明になっている子供たちは、果たして無事なんだろうか」

賢一はおずおずと訊いた。

「それがわかれば苦労はないさ」

「テレビでは身代金の要求などは一切ないと言っていたが、本当なのか？」

「本当らしい。上層部が俺たち捜査員にも、何か隠しごとをしているのではない限りはな」

「そうなのか……」

「親御さんの気持ちを想像するだけでいたたまれなくなるが、捜査員一同、もちろん誰一人あきらめてはいない。最初の女の子が行方不明になってからもう二ヶ月近くになるわけだが、新潟の三条市で起こったやつのように、誘拐されて一〇年近く監禁されて、大人になってから見つかった例もあるし。いやもちろん、一日も早く助け出すためにみんな頑張っているんだが」

「万が一怪しい奴を見かけた場合は、フリーダイヤルにかけるべきか？　それともお前に連絡するべきか？」

「どっちでも良いよ」

聖川は苦笑しながら答えた。

「もし確実なネタで、俺の出世を助けたいならば俺にかけてくれよ。ガセネタだったらフリーダイヤルでいいよ」

「そういうことか。じゃあ、何かあったら連絡するよ」

「うむ、頼むよ」

聖川はそれからスマートフォンを取り出して、メールを打ち出した。最新機種らしく、興味を示したミドリが立ち上がって覗き込む。

メールを送信し終えた聖川は、その視線に気付いてにっこり微笑んだ。

「お嬢ちゃんは何も心配しなくて良いからね」

それから賢一の方に向き直って続けた。

「まあお前がついているんだから大丈夫だと思うけど、いちおうこの辺のパトロールを強化するように、いま所轄の警備課にメールをしておいたよ」

「そうか、恩に着る」

それから聖川は、ゲームでもする？ と言ってスマートフォンの画面をゲームモードにしてミドリに見せたが、ミドリが首を横に振ったので、今度はカメラモードにして、一緒に撮らない？ と誘った。ミドリは今度は同意して、すぐにノリノリのVサインを向けた。賢一は最新機種の取り扱い方がわからず、何度も説明を聞いて、ようやくミドリと聖川のツーショット写真を何枚かフレーム内に収めた。

「そういえばお前、携帯は持ってないのか」

ふと気付いて賢一はミドリに訊いた。

「持ってないよ」

「欲しいだろう？」

「そりゃあ、いつかは欲しいけどさ。やっぱりこういうもんは、自分で料金を払えるようになってから持つのが、スジってもんだろ？」

「へえー、偉いなぁ、お嬢ちゃん」

それを聞いて聖川が吃驚(びっくり)した顔をした。

それから聖川は、しっかり鍵をかけろよと言い残し、来た時の硬い表情とは別人のような笑顔で帰って行った。

5

ミドリは昨日と同じ時刻にすやすや寝息を立てはじめたが、十数年ぶりの旧友との再会に気持ちが昂(たか)ぶっていたのか、身体は疲れているのにこの日も寝付けなかった賢一は、昨夜同様部屋の電気は暗くしたままテレビだけ点けて、ヘッドフォンで大相撲のその日の取組みのダイジェスト番組を見ていた。

相撲観戦は賢一の唯一とも言える趣味である。ミドリが来てからは、夕方にリアルタイムの中継を観るのは諦めたが、せめてダイジェストは観ておきたい。

十両の目ぼしい対戦が終わって、いよいよ中入り後の取組みである。今日は早い勝負が多くて時間が余っているらしく、取組みに先立って、幕内力士の土俵入りが映し出されていた。西の花道から、色とりどりの化粧まわしをつけた幕内力士たちが、一列に並んで登場し、場内アナウンスから四股名(しこな)を告げられると、一人ずつ土俵に上がって行く。

「何だこれ。ファッションショーか？」

「うわぁ」

びっくりしてヘッドフォンを頭から外す。いつの間にか起きて来たミドリが、目をこすりながら隣にちょこんと座っていた。テレビの光に照らされて、陶器のようにすべすべの頬が青白く光る。

「いやこれは相撲だ」

「それくらいはオレにもわかるよ。いま何してんの、これ」

「これは土俵入りと言うんだ」

「何のためにするの？」

「何のためって……」

改めて訊かれるとわからない――。

「ま、まあ言ってみれば、力士たちの入場行進みたいなものだな。これからこういう力士たちが相撲を取りますよと、観客たちに示すんだ」

起きてしまった以上は、部屋を暗くしているのはミドリの目に悪いだろう。賢一はヘッドフォンのジャックを抜くと、立ち上がって天井の電気を点けた。

西の正大関が、四股名のアナウンスと共に土俵に上がる。横綱の土俵入りは別に単独で行われるので、大関が最後となる。

全員が土俵に上がると、力士たちはぐるりと土俵を囲むように整列した。

「何だこれ、主人公の選択画面か？」

「ゲームじゃないんだから」

すると次の瞬間画面の中の力士たちは、全員同時に柏手を打った。それから全員が化粧まわしの一端を片手で掴み、全員同時にそれをちょっとだけ持ち上げる。

「みんなの動きがぴったり合ってるねー」

ミドリが感心したように言う。

「うむ、そうだな」

「一糸マトワヌ統率ぶりだなー」

うむ、そうだな、とさっきと同じ相槌を打ちかけて、何か少し違うような気がして内心首を捻った。

そして次の瞬間、ミドリの日本語の重大なる間違いに気付き、賢一は慄然と身を震わせつつ訂正する。

「おい、そ、それを言うなら、一、糸乱れぬ統率ぶり、な」

「どう違うの？」

「ぜ、全然違うよ！」

そう言いながら賢一は次の瞬間、すっかり鬱になってしまった。訂正しながらも、彼ら幕内力士たちが、全員揃って一糸纏わぬ土俵入りを行っている光景を、頭の中でありありと想像してしまったからだ。

実際に見たわけではもちろんないのに、頭の中に浮かんだその脳内イメージだけでトラウマになりそうだ。オエー。言葉の力というものはげに恐ろしい。たとえ言い間違いであっても、一度言葉として発せられたものは〈言霊〉としての力を持つとは、このことなのか……。

一方ミドリは、自分のほんの小さな言い間違いが、恐るべきトラウマを伯父に植え付けたことなどつゆ知らず、土俵入りを終えて花道を下がっていく画面の中の力士たちの背中目掛けて、楓（かえで）のような手を合わせて拍手を送る。

「あー終わった終わった。さよーなら、さよーなら。ぱちぱちぱち」

だが西の力士たちが奥に消えると、続いて東の花道から、東の力士たちが一列になって登場する。

「何だ、まだいたのかよー」

ミドリは真後ろにひっくり返る。

だが次の瞬間、まるで起き上がり小法師（こぼし）のようにまた起き上がって来て、東の力士たちが西の力士たちと同じように土俵を取り囲んで拍手を打ち、化粧まわしの片側を持ち上げるのをじっと眺める。

　そしておもむろに口を開く。

「それにしても、何でみんなでコカンをチラリと見せるんだ？　何か誘っているつもりなのか？　チラリズムとかいうやつか？」

　賢一は噴き出した。

「まさか。あれは何も武器を持っていないことを示すための所作だ。相撲というのは、勝負事である以前に神事だったからな」

　そうこうしている間に、中入り後の取組みがはじまった。

　元大関だが、ワキの甘さが災いして陥落し、幕尻まで下がってしまった力士が登場した。

　そして新入幕の力士に寄り切りであっさりと負ける。ベテラン好きの賢一としては、見ていてちょっと辛くなる光景である。

　そこへ解説の何とか親方が、だみ声で追い討ちをかける。

　――立ち合いすぐに二本差されてしまいました。あいかわらずワキが甘いですねェ。

「ワキが甘いってことはないだろー」

　ミドリが横からいちゃもんをつける。

「あんなに汗びっしょりかいているんだから、しょっぱいはずだぞ？」

「そうじゃない。ワキが甘いというのはだな……」

賢一は懸命に説明するが、全てにおいてマイペースのミドリは、聞いている素振りもない。

続いて人気の巨漢力士が登場した。やはり賢一が応援している一人である。真正面からの押し合いには無類の強さを誇るのだが、最近はまともに正面からぶつかって来る相手がおらず、とうとう幕尻近くまで番付を下げてしまった。

案の定この日も、立ち合いすぐにいなされ、たたらを踏んだところを横向きにされて、あっさりと向こう正面に押し出されてしまった。

「うーん、横からの攻撃には弱いんだよなあ。真正面から来てくれれば強いのに」

「ふうーん。何だか〈ギン〉みたいな奴だねぇ」

「ギン？」

「ショーギの」

「ん？　ああ将棋の〈銀〉ね……」

次の取組みは勝負がもつれた。土俵の真ん中で東の力士が内掛けを仕掛け、西の力士がそれを堪（こら）えるところ、東の力士が相手の足に掛けている足を、思い切り跳ね上げた。二人ともほぼ同体で土俵に落ちたが、跳ね上げられた西の力士が一瞬先に落ちたようで、東に軍配が上がる。

「おお、これは珍しい」

技マニアでもある賢一は、思わず画面に向かって身を乗り出す。

——ただ今の決まり手は、河津(かわづ)掛け、河津掛け——

おお、やはり河津掛けであったか。昭和の河津掛けの名人陸奥嵐(むつあらし)のそれには及ばないものの、なかなかの切れ味ではないか……などと感慨に耽(ふけ)っていると、ミドリが眉間に縦皺を寄せて言った。

「キマリ手は、〈行かず後家〉？」

「か、河津掛けだ！」

賢一は声を裏返して叫ぶ。

「似てるじゃん」

「〈河津掛け〉と〈行かず後家〉、全然違うだろ！」

と言うかそもそも、どうして九歳のガキが、行かず後家なんて言葉を知っているんだ？

耳年増すぎるだろ！

続いて西からこれまたベテランの力士が登場した。頭髪がかなり薄い。後頭部の方に僅(わず)かに残っている髪を、前の方に持って来て何とかマゲを結っているのが痛々しい。賢一は再び心の中で拍手する。

「この人だけ、一人おっちゃんやなー」

「うん。この力士は、まだ年寄り株を持っていないんだよ。だからなかなか引退できないんだ」

「年寄りカブ？　何だそりゃ」

目を丸くしているミドリを見て、また余計なことを言ってしまったと反省するが、時すでに遅しである。

「それを手に入れると、年寄りになるのか？」

それでは浦島太郎の玉手箱である——。

「えーっと、年寄り株というのはだな、何と言うかその、力士が引退したあとの、一種の協会役員の資格みたいなもののことだ」

「ふうーん。それってしたくべやとか花道とかに落っこちていないのか？」

「落っこちてないよ。数が決まっているから、定年で辞める親方の株を譲ってもらうしかないんだ。譲ってもらうと言っても、もちろんタダじゃない。何千万とするんだ」

「はーん、何だか変な世界だねえ」

理解不能という顔で言ったかと思うと、次の瞬間には再び画面を指差す。

「いいなーあの服。どこで売っているの？」

羨ましそうな顔でのたまう。

「服？」

賢一は画面の中を慌てて見る。服？　一体誰の服だ？

「あの真ん中にいる人の服だよ」

「ぎょ、行司の衣裳かよ」

賢一は一瞬たじろぐ。

「あ、あれはきっと、特注品じゃないかな？　ど、どこにも売っていないよ」

「何だ、トクチューヒンかあ」

「そうそう」

賢一は吻っと胸を撫で下ろす。

だがミドリはテレビの画面をじっと見つめながら、大きな目を妖しく光らせている。

「ということは、チューモンすれば作ってもらえるということだよね？」

賢一の背中をひんやりとした汗が流れる。

「ほ、欲しいのか？」

「死んでもいらねー」

賢一は畳の上にがくりと崩れ落ちる。一体何なんだ――。

〈三日目〉

寛文七年（一六六七）刑死者の菩提を弔うため一寺を草創した　これが現在の史蹟小塚原回向院である（……）大罪人が伝馬町の牢獄なり　小塚原の刑場に於て仕置となる時は　その遺体は非人頭に下げられこの境内に取捨となった　故に埋葬とは名のみであって土中に浅く穴を掘り　その上にうすく土をかけおく丈けであったから　雨水に洗われて手肢の土中より露れ出ること等決して珍しくなく特に暑中の頃は臭気紛々として鼻をつき　野犬やいたちなどが死体を喰い残月に嘯く様は　この世ながらの修羅場であった

（小塚原刑場跡碑文）

1

ミドリは朝になると、賢一より早く起きて自分の蒲団を畳み、郵便受けから新聞を引き抜くと、賢一を起こさないように窓際の明るいところへ持って行って、隅から隅まで読む。やがて新聞にも厭きると、賢一の枕元目がけて突然たたたと走って来ては、「♪あったらしーい朝が来たぁー、希望のぉ、朝だぁ」とラジオ体操の音楽を大声で歌いながら飛び跳ねる。

チャチャチャチャチャチャチャチャチャチャチャチャチャチャチャチャチャーチャア。

「手を、大きくあげてぇ、背伸びのうんどう！」

何よりも強力な目覚ましであり、賢一は跳び起きる。賢一が目をこすりながら蒲団を畳んでいると、横からそれを手伝いながら、「うーん、フトンを畳み続けて七〇年、いま、タクミの技が冴える！」と訳のわからないことを言う。賢一が近くのコンビニに朝食のサンドイッチを買いに行こうとすると、「出来合いのものは体に悪いよ」と言って食パンと生卵に変更させ、台所に立って器用にスクランブル・エッグなどを作る。賢一がペーパーフィルターで淹れたコーヒーを、真似してそのままブラックで飲もうとして、うえぇ、苦い！　と顔を顰める。

毎朝必ず飲みたがるのは牛乳である。

「カルシウムをちゃんと取らないとね。特にジョセイは、若いうちから気をつけていないと、しょしょしょしょーになりやすいって言うからね」

「しょしょしょしょー？」

「何かそんなやつ。ホネが弱くなるやつ」

「ああ……」

どうやら骨粗鬆症のことらしい。恐らく字面で見たことはなく、耳で音だけ聞いた知識なのだろう。

それにしても九歳から骨粗鬆症の予防とは、何とも準備の良いことである――。

朝食が終わると、今朝の新聞の中で、わからなかった箇所を質問する。読めない漢字などの時は問題ないが、苦手な政治やほとんど縁のない金融関係の用語の場合は、賢一は冷や汗をかくことになる。

「ねえ、みなし法人ってなあに？」

「ねえねえ、カバードワラントって何なの？　ねえ」

賢一が答えられないと、「兄ちゃん大学の先生なんでしょう？」と大きな瞳で冷ややかに見つめられるのが余計にこたえる。経済とか政治は俺の専門じゃないんだ。俺の専門はイタリア絵画、ルネサンスからマニエリスムにかけて、どうだ、わかるか、と煙に巻いてみるが、やはり新聞に出ている言葉の意味を説明できないのは、一人の大人として肩身が狭い。

天文少年だった筈の賢一が、文系に進んで研究者を志すまでになったのは、何よりも本を読むのが大好きだったからだが、いつの間にか自分の専門と関係のない活字は、極力読まない癖ができてしまった。

あれは大学院に進んで間もないある日のこと、賢一が図書館でフランスの現代哲学者の本に読み耽っていると、修士二年の先輩がやって来て、本の背表紙を覗き込んで愕いたように言った。

「へえー、そんな専門と関係のない本を読むなんて、余裕あるねえ。随分とムダな勉強をするんだねえ」

その時は、何というケチな精神だろうと反撥心を掻き立てられたが、院の学年があがって来ると、いつの間にか同じような思考回路に染まっている。なにしろルネサンス美術についての研究書に全部目を通すだけでも、人生の大半が終わってしまうほどの量であり、そのうち日本語に翻訳されているのはほんの一部だから、語学の勉強も必須である。一方学費や生活費を稼ぐためアルバイトもやらなくてはならないし、紀要に論文も書かなくてはならない。博士課程進学のための選抜試験もある。なるほどこうして大学の教員棟に掃いて捨てるほどいる〈専門バカ〉が出来上がるわけかと謎が解けた気分になったが、ならばお前は専門外の〈読書〉を優雅に楽しんで、ポスト争いから外れてもいいのかと訊かれると、それはやはり困るということになる。

リュック一つで来たので持ち合わせの服の数こそ多くないが、そこはさすがに女の子、スカートの色と合わせて髪のリボンを変えてみたり、ブラウスとスカートの組合せを変えてみたりして、昨日と同じ格好にならないようにしているようだ。靴下はいつも白である。ワンポイントも何も無い三足二〇〇円くらいのやつを、毎晩寝る前に自分で手洗いしては洗面所の前に干している。賢一が昨日と同じジーンズなのを見て、毎日替えなきゃダメだよ、と生意気な口調で窘めて来る。

靴は黒いエナメルだが、底のラバーが厚めで歩きやすそうなものを履いている。

「早く、早く！」

その靴のホックをパチンと留めて、玄関先で飛び跳ねていたミドリは、賢一の出掛ける準備が出来たと見るや否や、そのまま歓声を上げて外へ飛び出す。

「おい、ちょっと待てよ」

慌てて靴を履いて後を追いかけるが、玄関を出ると早くもミドリの姿は外廊下のどこにもない。

焦って鍵をかけ、早足で歩き出すと、「わっ！」と言いながら、目の前に突然飛び出して来る。

「お、おい、愕かすなよ……」

素で吃驚(びっくり)した賢一は、思わず胸のあたりを押さえて立ち止まる。

今は使われていないが、かつては掃除用の道具を収納していたらしく、外廊下の壁に少し引っ込んだところがあり、そこにすっぽりと埋もれるようにして隠れていたのだった。

どうやら竜二は娘に、伯父の心臓のことは教えていないらしい。

話しておくべきだろうか？

2

どの電車に乗っても賢一は、必ず何人かの乗客の視線がミドリに注がれていることに気付いた。無表情な勤め人が書類を繰る手を休めて、ミドリの膝小僧のあたりのかさぶたをぼんやり眺めていることもあれば、ニキビだらけの顔の浪人生とおぼしき若者が、ミドリの横顔に惹きつけられるように視線を向けていることもある。一方ミドリは、これらの無遠慮な視線の刃（やいば）を浴びながらも、見られることに慣れきった人間の態度で慌てず騒がず、座席の上で足をぶらぶらさせている。地下鉄が地上に出ると、新鮮な桃の表面の和毛（わたげ）のような頬の産毛が、逆光を浴びてかすかに光る。

実際こうして黙っていると、正統的な美少女としても充分に通用するんだよな——。

賢一は想像の中でその姿を郷里の小学校の校庭に立たせてみた。大きな瞳（ひとみ）とつややかな黒髪は、まるでそこだけ南国の流絢（りゅうけん）な風が流れ込んでいるかのように映ることだろう。ミドリは、学校の男の子たちはオレが近づくと逃げるんだよと、彼氏いない歴イコール年齢の身の上を嘆いていたが、内気で口下手な雪国の少年たちが、ミドリを前にして逃げ出したくなる本当の理由は、あるいは本人が想像しているものとは違うのではないだろうか？

「なに？」

凝っと見つめている賢一の視線に気付いて、ミドリが胡散臭そうに言う。

「顔に何かついてる？」

「いや、そうやって黙っていると、箱入り娘に見えるから恐ろしいなあと思ってな」

だがミドリは照れもせず、かと言っておだてにも乗らない。

「もしもあたしを閉じ込めるつもりなら、ハコじゃあダメだね。オリか何かじゃないとね」

「オリ入り娘かよ……」

小塚原刑場跡は、地下鉄の南千住駅を出て、道路を渡ってすぐのところにあった。殺風景なブロック塀の中に入ると、花崗岩で作られた巨大な首切り地蔵が見える。地蔵の裏手には、割れた墓石がごろごろと転がっている。古い卒塔婆が紐で紮げて積まれている。すぐ隣が常磐線の線路で、けたたましい音を立てながら貨物車の切り離しが行われている。

「うわ。すごいなあ」

車の煤煙によるものか、黒く汚れた塀に嵌め込まれた碑文を読んで賢一は思わずたじろいだ。上野から地下鉄で一〇分もかからないところに、こんなところがあるなんて、全然知らなかったな——。

さてミドリはと視線を移すと、この背中がうすら寒くなりそうな処刑場跡の中を、フフンフン♪　と鼻唄を歌いながら歩き回ったり、デジカメであちこち写真を撮りまくったり、誰のものかわからぬ墓に凭（もた）れて休んだり、何か出てこないかなぁと言いながらその辺の地面を靴の先で掘り起こしたりと、なかなか精力的に御活躍あそばれている様子である。大方クラスで心霊写真でも流行っていて、プリントアウトして何か写っているだの写ってないだの大騒ぎするのだろうと賢一は想像した。

「ここでゴクモンになった有名人と言えば、何と言っても鼠小僧次郎吉だよねぇ」

「獄門？」

「まさかおいちゃん、獄門を知らないのぉ？」

ミドリが大きな目をさらに丸くする。

「いや、もちろん——」

——知っているぞ、と言いかけたが、よく考えたら正確な意味は知らない。獄門島という有名な小説があることは知っており、いつか読みたいと思っているが、さっき述べたような事情で読んだことはない。

「どういう意味だっけ？」

「獄門とは、ザイニンの首を斬ったあと、その首を三日間、台の上にさらしておくケイバツのことです。カラスが目をほじくったりして大変だったんだから。わかりましたか、おいちゃん」

一体誰にとって大変だったのかよくわからないが、とりあえず「はい」と賢一は答える。賢一がマメに訂正した結果、〈兄ちゃん〉とは呼ばなくなったが、なかなか素直に〈おじさん〉とは呼ばない。

一旦門を出て、高架の下をくぐると回向院がある。決して広くない境内をびっしりと墓が埋めている。高橋お伝や腕の喜三郎など有名人の墓は、いたずらを防ぐためなのか青い網目状の針金ですっぽりと蔽われている。見上げると〈ちよだ〉という簡易旅館の看板。プラスティック製の看板の真ん中が大きく破れていて、〈よ〉の字は下半分の丸いところしか残っていない。

ここではミドリは、例の鼠小僧次郎吉や、桜田門外の変を起こして処刑された水戸浪人たちの墓を探し出して、やはりデジカメに収めていた。

それからまた歩いて三ノ輪の浄閑寺に向かう。入り口がわかりにくかったが、ようやく見つけて中に入ると、やはり大小さまざまな墓が、高い壁と壁の間にひっそりと並んでいた。その真ん中にひときわ大きな石造りの塔が立っているので近づいて見ると、それは無縁の遊女を悼んで建てられたという新吉原総霊塔だった。塔の下の方には花又花酔の句が刻み込まれている——生れては苦界、死しては浄閑寺。その隣にはそんな遊女たちを愛した永井荷風の詩碑もある。賢一は煙草をふかしながらそれらを読み、遠い昔の薄幸の女性たちにしばし思いを馳せた。彼女たちのほとんどは、わずかな金で幼い頃に親に売られ、劣悪な衛生環境の中で躯(からだ)を売ることを強制され、そして一度病気になると、ほとんど看護らしい看護も受けずに暗い行灯(あんどん)部屋に寝かされ、死ぬと早桶(はやおけ)に入れられてこの寺の穴の中に投げ込まれたのだという——。

一体何が楽しいのか、ここでもミドリは寄って来る藪蚊を両手で追い払いながら、境内を歩き回っている。かと思うと賢一の目の前で木の根にけつまずいてばたりと転ぶ。それでも泣き出しはせず、ちくしょうと言いながら立ち上がっては、脚やスカートについた土を払ってまた歩き出す。吉原だの遊女だのその内容を、一体どこまで理解しているのかわからないが、眉を寄せて神妙な顔をしている。

「昔の人って、いろいろ大変だったんだねえ」

短いスカートから伸びるむき出しの細い脚は、いくら追い払っても襲って来る藪蚊によって、すでに何箇所も食われて赤くなっている。

「ああ、そうだな」

「こういうのを見ると、あたしって何て幸せなんだろうって思うなぁ。親が二人ともちゃんといるし。ママなんか、物心ついた時には一人ぼっちだったんだもんね」

なかなか良い心掛けでないか。賢一は感心しながら言った。

「そうそう、そういう風に、常にいろんなことに感謝の気持ちを持つのはとても良いことだ」

「それにステキで気前の良いおじさんもいるしね」

「ん？」

露骨な機嫌取りのようでもあるが、やはり悪い気はしない。

「しかし今日は俺にとっても、いい勉強になったよ。もう結構長い間東京に住んでいるけど、東京のこういう裏の歴史のこととか、これまでほとんど気にしたことがなかった」

「うえっへっへ。そうでしょ？」

ミドリは突然勝ち誇る。

「なかなか育て甲斐があるねえ、この子は」

そう言って手を伸ばし、自分で自分の頭を撫でる。

「だからそういうこと自分で言うなって」

「だって、誰も言ってくれないから、自分で言うのよ」

「それは逆だな。自分で言うから、誰も言ってくれなくなるんだ」

「ふうーん」

ミドリは小首をかしげる。

「世の中って、けっこう面倒くさいんだねえ」

3

歩いているうちに、一軒の古美術店の前に出た。ショーウインドウには、古い陶磁器や甲冑、根付などが整然と並んでいる。

ミドリがくんくん、と鼻を鳴らしながら言う。

「タクミのワザの匂いがプンプンするなー」

言うが早いか、スカートを翻してガラスの扉に手をかけようとする。その小さい身体は好奇心ではち切れそうで、何でも見てみたいのだろう。それはわかるが――。

「ちょっと待て。店の中に入りたいのか」

賢一は先回りして店のドアを手で押さえながら言った。昨日のようなことをまたやられたら、たまったものではない――。

「もち」

「じゃあ入るのはいいけど、今日は絶対に悪戯するんじゃないぞ。悪戯しないと誓えるならば、入ってもいい」

「はい、誓います」

ミドリは素直に片手を挙げて選手宣誓をした。

店内にはやはりガラスケースが並び、中には書画や掛け軸の類も飾られていた。なかなか手広く商売をしているらしい。これらの品は日光に当てると劣化するため、表のショーウインドウには飾らない。

ミドリは興味深そうにそれら書画骨董の類を眺めている。子供のくせに妙にじじむさいところがあるのは一体何の影響なのか。とりあえず宣誓を守って騒ぎ出す気配はないようなので、賢一も安心して飾られている品物を見はじめた。

特に充実しているのは焼き物のようだ。古伊万里、古唐津、楽茶碗。ケースの中でぽつんと一つだけ他と離れて置かれた、雪のような肌の萩焼が気に入り、これで抹茶を飲んだらさぞかし旨いだろうなと思ったが、二〇〇万円の値札を見て思わず首を竦めた。

店の奥では店主とおぼしき初老の男と、それよりはやや年下の、五十がらみの勤め人らしき男が、一枚の掛け軸を前に話し合っていた。

「どうですか、探幽の龍虎図です。これだけのものは、ウチでも滅多に入りません。これを逃したら、もう手に入れるのは難しいですよ」

「それはわかるんだけど、ちょっと値段がねえ」

「いや、いつもご贔屓いただいているサカタさんだからこそ、この値段でいいと言ってるんですよ。はっきり言ってウチの儲けは殆どゼロなんですが、名品がそれにふさわしい人のところに収まるのを見るのは、損得抜きで気持ちがいいものでしてね」

「いやあ、そりゃあもちろん、欲しいことは欲しいよ」

　サカタさんと呼ばれた勤め人は、黒縁の眼鏡をかけ直し、掛け軸を食い入るように眺める。

「どうですかこの余白の美。間違いなく本物ですよ。いま見た通り、落款も印章も、完全に一致していますでしょう？」

「それは疑ってないよ」

　二人の前には狩野探幽の大判の画集が、何冊も拡げられている。いずれもオフセットによる精巧な美術印刷だ。そのうちの一冊は、大政奉還が行われた二条城二の丸御殿大広間の障壁画の頁が開かれている。

　ということは、あそこに掛けられているのは探幽の本物？　これはまた、思わぬところで思わぬ眼福。この店に入りたいと駄々をこねたミドリに心の中で感謝しながら、賢一は吸い寄せられるかのように店の奥へと進んだ。

　だが賢一は一目見てすぐに気分が悪くなった。後ろをついて来たミドリの手を引いて、小声で言う。

「出るぞ」

「え？」

ミドリは怪訝そうな顔をしながらも、おとなしくついて来た。

店を出たところでミドリが口を開いた。

「どうして急に店を出たのさ」

「胸糞が悪いからだよ」

「どういうこと？」

「さっき店の奥に飾られていた掛け軸、一体幾らで売りつけようとしていたのか知らないが、あれは真っ赤なニセモノだ」

「どうしてわかるの？」

ミドリは目を丸くする。

「あれは十七世紀の、狩野探幽という人の作品だと店主は言っていたが、そして実際に絵は、狩野派の特徴を備えていたが、贋作だ」

「だけど、どーしてそんなこと、一目でわかるの？　お店のジョウレン客らしいあの人が見分けられなかったのに」

「落款、つまり画家のサインという意味だが、それは【探幽斎法眼筆】となっていて、その下に押されていた印章、すなわちハンコは【采女(うねめ)】という印章だった。落款も印章も、非常に精巧に似せてあったが、決定的にダメなことがある」

「それは？」

「専門的な話になるが、狩野探幽が采女を名乗ったのは三十三歳まで。一方法眼に叙せられたのは三十七歳の時で、法眼になってからは采女の印章は一切使っていないんだよ。だからこの二つが同時に一枚の画面に記されているということは、本物だったら絶対にあり得ないことなんだ」

　探幽は幕府の御用絵師の地位に甘んじず、あらゆる技法を探求し、吸収し続けることによって、狩野派中興の祖となった画家である。従って仮に画面構成上、狩野派の伝統から多少外れたところがあっても、それだけで贋作と決め付けることはできない。そこを贋作者は狙ったつもりかも知れないが、落款と印章の時代のズレは致命的である。

「へえー。だったら今すぐ、あのお客さんに教えてあげなくちゃ！」

　ミドリはそう言って、店の中に走って戻ろうとする。賢一はその小さな手首を慌てて摑んで止めた。

「そ、それはダメだよ。お店の商売を妨害することになってしまう」

「だけどあのままだったら、あの人騙されて買っちゃうかも知れないじゃん！」

そう言って手を振り切り、再び店内に戻ろうとする。

「だけど、お店の人に怒られちゃうよ」

賢一はミドリの手をしっかりと握り直す。

「だって、ニセモノを売りつけようとしてるんだから、あの人悪い人じゃん。悪い人は、とっちめてやらないとダメじゃん」

「もちろん知り合いが騙されそうになっていたら全力で止めるけど、知らない人だし」

「何それ、ダセェ。知らない人だったら騙されてもいいって言うのかよ！」

ミドリの目は憤怒に燃えている。

「さっき俺が言ったサインとハンコの時代のズレだが、贋作を作った人は、わざとやった可能性もある。見る人が見れば一発で贋作とわかる証拠を、わざと画面上に残しておくんだ。それだと騙された人間は、後日騙されたことに気付いても、そんなものに引っかかったことを恥じる気持ちから、敢えて騒ぎ立てたりせずにうやむやにするケースが多いからね」

「何じゃそりゃ。腹黒にもホドがあるだろ」

ミドリはその場で地団太を踏む。

「昨日も言ったけど、こういうのはあくまでも自己責任なんだ。だから残念ながら、騙される方が悪いと言うしかないんだよ、この世の中は」

「うわあダセェ、ますますダセェ。他人に親切にしろとか、一日一善とか、愛はセカイを救うとか、人類みな兄弟とか、サンザン綺麗ごと言う割には、大人はイザとなるとこれだもんなあ。やっぱり兄ちゃんも、そういう下らない大人の一人なんだね」

「む……」

賢一は言葉に詰まった。下らない大人の一人——か。違うと言いたいが、残念ながら言い返せない。

「じゃあさ、お店の人に聞かれないようにして、あのおじさんだけにこっそり買わないように言ってあげるのは？　それもだめ？」

「それだったらいいけど、だけどどうやって？」

「兄ちゃん、携帯持ってるよね？」

「あ、ああ……」

賢一はポケットから携帯を取り出した。

「店にかけて」

ミドリが店の看板を指差す。もちろん看板には電話番号が載っている。

賢一は言われるがままにその番号を押した。発信音が聞こえて来る。

だがこれでは、あの店主が出るだけではないのか？　それから先は一体どうするつもりなんだ？

「代わって」

ミドリが小さな手を差し出す。

ハラハラしながら携帯を渡す。まあデパートの催事場と違って、電話越しならば、とんでもない事態に発展することはないだろう——。

やがて店主が出たようだった。ミドリが、思い切り子供っぽい声で言った。

「すみませ〜ん。いま、うちのパパがお店に行ってると思うのでぇ、パパに代わってくださ〜い♡　急用なんですぅ♡」


——


「とにかく、買っちゃダメ！　それニセモノだから。サインとハンコの時代がずれてるから！　少なくとも、二、三日はよく考えて！」

ミドリは早口で事情を説明し、さっさと電話を切った。

それから二人で場所を移動し、物陰から店の入り口を見つめていると、さっきの実直そうな勤め人が店から出て来て、きょろきょろあたりを見回しはじめた。

きっと謎の電話の主を探しているのだろうが、見つからないのであきらめて、店内に戻ろうとした。

えっ？　戻るのか？　と思った瞬間に、扉の前で足を止め、そのまま方向転換すると、足早に駅の方角へと歩いて行った。

「とりあえず今日はやめてくれたみたいね」

ミドリが吻っとしたように言った。

「だけど、どうしてあの人に娘がいるとわかったんだ？」

賢一はさっきから抱いていた疑問を呈した。

するとミドリは目をひん剝いて答えた。

「はああ？　そんなの知らねーよ。何でオレがあの人の家族コウセイ知ってるんだよ。超能力者かよ」

「じゃ、じゃあ、もしもあの人に娘がいなかったらどうしたんだ？　さっきの電話は、思い切り怪しい電話になっていたじゃないか」

「そんなの、どーでもいーんだよ。たとえ娘なんかいなくたって、お嬢さんから電話です、と受話器を渡されたら、大抵の男の人はとりあえず電話に出るでしょ」

ミドリは涼しい顔でのたまう。

「はあ……」

全く、大胆と言えば聞こえはいいが——。

4

「ところで今晩、何か食べたいものはあるか?」

並んで歩きながら訊くと、一日一善、見知らぬおじさんを助けたことに気を良くしてか、元気いっぱいスキップを刻んでいたミドリが、突然うーんと唸りながら舗道の上にしゃがみ込んだ。

「どうした?」

賢一も一緒にしゃがんで横から覗き込むと、ミドリはきりりとした眉を八の字に顰めて、呻(うめ)くような声を出した。

「あああああ、頭が割れそう、割れそう」

「だ、大丈夫か?」

賢一は焦った。さっきまで超がつくほど元気でも、突然具合が悪くなるのが子供というものである。それはわかっていたし、一週間の間にはこういうこともあるかと覚悟して保険証も預かってはいるが、まさかこんなところで。果たしてこの近くに病院はあるだろうか——。

ところがそのミドリは、頭を抱えた両腕の隙間から、賢一をちらりと見ながら続けた。

「ううううう。これはきっと、トロ欠乏症だあ」

「はいっ？」

　賢一は耳を疑う。

「トロの中に含まれるフホーワシボーサン、これがミドリの頭痛に効くんだよなあ。赤身じゃだめよ、赤身じゃ。中トロか大トロでないと」

「何だそりゃあ？」

「本当だよ、本当。あー、頭が割れる」

　顔を歪めながら、自分の側頭部をトントンと叩く。

「だけどトロ欠乏症なんて、聞いたこともないぞ」

　すると今度は突然すっくと立ち上がり、両の腰に手を当てた。

「うんにゃ。百合子がうっかり言い忘れたんじゃ。この子には中トロか大トロが必要なんじゃ。絶対そうじゃ」

「な、何なんだお前は……」

　そのあまりの変化に賢一はたじろぐ。

「わしか。わしは見ての通り長老じゃ」

「見ての通りと言われても……とにかく長老は引っ込め」

そう言う賢一は、いつの間にかミドリのペースに嵌まっていることに気付いていない。

「引っ込めとはなんじゃ、引っ込めとは！　年寄りの言うことは聞くもんじゃ！」

ミドリは仁王立ちのまま、だみ声で怒鳴り散らす。

「全く、最近の若いもんと来たら、年寄りをウヤマウことを知らんのか！　貴様のような奴がおるから最近の日本は！」

なぜ俺は三十代半ばにもなって、九歳のガキに〈最近の若いもんと来たら〉と怒鳴られなくてはならないのだろう……非常に非常に疑問に思うのだが、今日も朝から散々歩き回って疲れていることもあり、今はとりあえずトロを食わせておとなしくしてもらう方を選びたい。

「仕方ねえなあ。寿司を食わせりゃいいんだろ寿司を！　ただし回転寿司で我慢しろよ」

「よっしゃあ！」

だみ声でコブシを握り、その場でくるりと一回転する。

「なかなか良い心掛けじゃ。年寄りにヤサシクしておくと、年寄りカブが手に入るかも知れんぞよ！」

「いや、俺は年寄り株、関係ないから」

ミドリは席に着くと、まずはセルフサービスのお茶を淹れてずずずと飲む。横目で廻っているネタを睨みながら、鮮度を確認する。目がすわっている。ガリを小皿に取ってちょっと口に入れ、またずずずと茶を飲む。そしてしみじみと一言、

「うーむ。さすがは利休どののお点前じゃ」

賢一は放っておいて、コハダを取って食べた。コハダは無地の皿なので一二〇円である。

「はーい、廻っていないのはどんどん注文してくださいよー」

職人の声に反応して、満を持していたミドリが甲高い声で叫ぶ。

「すいませーん。大トロくださーい！」

「へい、大トロ！」

カウンターの中から威勢の良い声が上がり、金皿に載った堂々たるミナミマグロの大トロが差し出される。確か金皿は一皿五〇〇円だ。ミドリは器用に握りを引っくり返し、醬油をネタの端にちょっとだけつけて、小さな口の中へ一気に押し込む。それから口をコサインカーブのように動かしながら、たちまちのうちに食べ終える。

「ん、んまい♡」

それからミドリは、賢一が戦々恐々と見守る中、絵皿のいくら、かんぱち、ウニなどの高級ネタを次々と注文しては、それを太平洋戦争開戦直後の日本帝国陸海軍を彷彿とさせるような破竹の勢いで平らげはじめた。絵皿は無地の皿の倍だから一皿二四〇円である。

ときどき食べる手を休め、はぁ〜と溜め息を吐く。

「いやー、極楽、極楽。長生きはするもんじゃのう♡」

「子供らしく、卵焼きとか、かっぱ巻きとか、食べたらどうだ？」

黄色いスカートを穿いた田舎娘のような素朴な風情で、無地の皿に載って廻って来た卵焼きを指差しながら、賢一は懸命に弁舌を揮う。

「ほ、ほら、このタマゴなんか、ダシがよく効いて、実に美味しそうだぞ。おおこっちのかっぱ巻きは、きゅうりの青が何とも瑞々しい！」

もちろんあくまでも回転寿司であり、いくら食べられてもここの支払いができないという事態に陥ることはさすがにないだろうが、この調子で残りの日々も食われるようだと、いざミドリが帰った後、月末まで一人、水だけ呑んで生活するような状況にもなりかねない。賢一の勤務する大学では、非常勤講師の賃金は実出講回数に応じて支払われるシステムなので、夏休み中はヒマな代わり収入が激減するのである。

「いらない」

キッパリ言い切って、またもや大トロを注文。顔じゅうが溶けて流れ出しそうな表情で食べ終わると、突然真顔に戻って、賢一の耳元に口を近づけて囁く。

「ミドリばっかり注文しているの恥ずかしいなあ。兄ちゃん、代わりに注文してよ」

「えっ、何を？」

賢一もつられて小声で答える。

「ボタンエビ」

「ボタン海老は、さっきから廻っているじゃないか」

ちょうど角を回って、有頭のボタンエビが載った金皿が近づいて来たところである。ミドリはベルトコンベアーにぶつかるほど顔を近づけて、上京後初めて見せるような真剣な表情で、その皿を凝視しはじめた。皿が流れるにつれ、ミドリの顔も一緒に横に移動する。

だが、スツール式の椅子から転がり落ちそうなぎりぎりのところで移動を止めると、くるりと賢一の方を向き直り、一シラブルずつゆっくりと区切りながら呟いた。

「か・・わ・・い・・て・・る」

大きな目が、遮光器土偶のように細くなっていた。

「多少乾いていたって、味は変わらんよ」

「いや。握りたてが食べたい」

「同じだって」

「だめ。ネタの鮮度が違う、鮮度が」

小声で駄々をこねる。

「だけど、廻っているのは注文できないよ」

テーブル席でパネルで注文するような店ならできるかも知れないが、この店はカウンターのみの対面方式である。

「甘いね、きみ」

ミドリは人差し指を一本立てて、賢一の目の前で車のワイパーのように左右に動かした。

「ちっちっちっちっちっ。仕方がない、私が自分で頼もう。ついでに賢一くん、きみに回転ズシで新鮮なネタを食べる秘策を特別に伝授してあげるから、よおーく見ておくように！」

そう言うが早いかミドリは甲高い声を張り上げた。

「すいませーん。ボタンエビのワサビぬき、ダブルでぇ♡」

「はいよー、ボタンエビのサビぬき、ダブルで」

職人の威勢の良い声が響き、それから約一分後、美女の裸身のようにつややかに光るボタン海老の握りが四つ、二枚重ねの金皿の上に載って、カウンターの中から突き出された。

「へっへっへ。これが子供の特権ね。回転ズシ屋のワサビって、しょせん練りワサビで弱いから、あたしは全然平気なんだけど、ワサビ抜きにすれば、廻っていないから必ず握ってもらえるのよ♪」

「どこで憶えたんだ、そんな技」

「そりゃああんさんとわてとでは、人生における苦労の量が違いますもの」

はあぁ？　お前が一体いついかなる苦労したと言うんだこの極楽トンボめ！　と言い返してやりたいのは山々だが、九歳の子供相手にそれも大人気ないかと反省し、賢一は無地の皿のかじきを取って食べる。

一方ミドリは散々駄弁を弄しながらも、その間も食べるスピードは全く落ちない。それどころか食べながら、皿の上に残るボタン海老を、まるで賢一からガードするかのように左手で覆っている。

「心配するな。お前のを取ろうとは思ってないよ」

「あげようとも思ってない♡」

また一つ食べる。両手を頬っぺたにつけて、うっとりした表情になる。

「あーん、人生って、すてき♪」

そりゃ、それだけ言いたいこと言って、好きなものばっかり食べていれば、人生素敵だろうよ——思わずそんな悪態をつきそうになったが、それもやはり大人気ないかと思い直し、目の前にどんどん積み上げられて行く金皿や絵皿に、ピーター・ブリューゲル（父）の描いたバベルの塔の幻影を重ね合わせながら、賢一はかんぴょう巻きに卵焼き、イカやタコなどの無地の皿シリーズで、地味にまとめて夕食を終えた。

5

「いくら夏休みだと言っても、たまには勉強しろ」

家に帰り、ミドリの脚にムヒを塗ってやってから、賢一は重々しい声で言った。そもそも竜二からも、「夏休みのドリルを持たせるから、夜はちゃんと勉強させてよ」と言われていたのだ。野球ばっかりやっていて全然勉強しなかったお前が、いつからそんなことを言うようになったのかと思って聞いていたのだが、実際のところ少し静かに勉強でもしてくれないと、こちらの気の休まる暇がない。

「勉強かぁ。まあジョウケン次第では、やってあげてもいいんだけどさぁ」

「条件？」

「あたし、ポテトチップスを食べながらじゃないと、勉強できないのよねー」

何だよ今度はポテトチップスかよ。そもそも何で勉強するのに条件があるんだよ――賢一は心の中で毒づいたが、冷静に判断して、それ一袋で静かになってくれるならば安いものだと考え直し、近くのコンビニに買いに出かける。どうせ明日も同じことを言って駄々をこねるだろうと思い、二袋買って来る。

「ほらよ」

「やりぃ！」

　ミドリは歓声を上げてポテトチップスの袋を受け取り、机の上でさっそく破ろうとするが、袋の口が固かったらしく、「あかねー！」と癇癪を起こして叫ぶ。かと思うと急に袋が開いて、うわぁと愕く。それから袋の中身を、開いた算数のドリルの上にざあっとあけてしまう。袋の口からポテトチップスの群れが金貨のようにざくざくと現れて、問題を覆う。

「おい、そんなことしたら、ドリルの本が汚れちゃうじゃないか」

「いいの。こうして出て来たところから解いていくのが、ミドリのやり方なの」

　そう言って食べながらドリルに向かう。端の方のポテトチップスをつまんで、その下から出て来た計算問題を、設問もロクに見ずに解いて行く。

　だが途中で「ポテチが邪魔でよく見えねーな。やっぱ全部食ってから集中してやろう」と所信表明演説からの逸脱を宣言し、シャープペンシルを抛り出して本格的にパリパリポリと食べはじめる。

　しかし全部食べ終えると、当然の如くドリルはポテトチップスの油でテカテカに光っている。ミドリはしばし茫然とその染みを眺める。

　それからドリルを目の高さに掲げ、開いたページを指でつまみながら、天井の電気に透かして歓声を上げる。

「わぁー、キレイ♪」

「え？」

「見て見て。ほら、プラネタリウムみたい♡」

光に透かすと、油の染みた箇所が、白く点々と夜空の星々のように光るのである。

「おい、そんなことはどうでもいいから、勉強しろ！」

賢一が強い口調で言うと、ミドリはキャスター付きの椅子の上でくるりと身を翻し、机に向かった。

「どーれ、んだらそろそろ勉強でもすっべかなぁ！」

わざとらしくズーズー弁で言う。それからシャープペンシルを何度かチャカチャカ言わせるが、まるでトレビの泉の観光客のように、畳の上に後ろ向きに抛り投げる。

「なんだあ、こいつ！　芯が出ねえや！　やる気が失せちまったぜ！」

賢一は抛られたシャープペンを拾ってやる。

「芯がないんじゃないのか」

「知ーらない。終わっちゃったんじゃない？」

ノックボタンを押してみる。やはり芯がないようである。

「兄ちゃん、芯持ってない？」

「おじさんだ。芯はないが、鉛筆ならあるぞ」

「うーん……」

ミドリは頭を抱える。

「シャープペン以外だとダメなんだなぁ。ミドリはゲイジュツ家肌だからねぇ、いろいろと難しいんだよ」

そう言いながら、がくりと机の上に崩れ落ちる。

「あーあ、せっかくやる気になったのに……」

ナメクジのように机の上にでれん、と伸びながら、伸ばした手の先で筆箱のフタをパカパカ鳴らす。よく見るとその中には、尖らした鉛筆が何本も並んでいる。

「何だよ、鉛筆がたくさんあるんじゃないか」

しかも一本一本全てに森岡卯一郎事務所という捺金（なっきん）が刻印されている高級鉛筆である。

森岡卯一郎とは賢一の郷里の代議士で、一時は副総理をもつとめたほどの実力者である。総理にはなれなかったが、総理を作る男、キングメーカーなどと言われていた時期もあった。今は与党内の若手議員に道を半分譲ったような形になっているが、地元の地盤は磐石であり、今でも総選挙では、全国で二番目か三番目に当確マークが点くような人物である。

地元では福祉や教育にも熱心なことで知られている森岡卯一郎のことであり、ミドリも何かの記念品としてもらったのだろうが、削っただけでほとんど使った形跡が見られない。

「だからエンピツじゃやる気にならないんだって。ゲイジュツ家は道具にはうるさいのさ」

まったく何が芸術家肌だと悪態の一つもついてみたいが、そこをぐっとこらえて賢一は、財布をズボンの後ろのポケットに入れて立ち上がる。

「ようし。じゃあシャープペンシルの芯さえあれば、絶対に勉強するんだな！」

「するよ♪」

ミドリはニコッと微笑む。

「誓うか？」

「オトコに二言はないぜィ」

「よし。太さは〇・五、硬さはＨＢで良いんだな」

いい歳して自意識過剰気味と思うのだが、同じコンビニに何度も続けて行くのは、店員にこいつ他に行くところないのかよと思われそうな気がして恥ずかしい。だが芯がないとなれば、あしたもあさっても勉強しない口実を与えてしまう。ミドリにこれ以上言い訳を与えないために太さと硬さを確認したのは、賢一にしては上出来である。

シャープペンシルの芯だけを持ってレジに行くと、さっきもレジにいた長髪を後ろで束ねたオタクっぽい店員が、口の端をちょっと歪めて笑ったような気がしたが、気のせい気のせいと自分に言い聞かせて家に帰る。

「ほらよ」

コンビニの袋ごと、ミドリに渡す。ミドリはさっそくノックボタンのキャップを外し、中に芯を入れる。キャップを再び嵌めてノックボタンをチャカチャカ押す。しばらくすると、当たり前のことだがさっき入れた芯がペン先から出て来る。それを指の腹でツンツンつつきながら歓声を上げる。

「やったあ。新しい芯だあ♡　もったいないから、勉強や〜めよ」

「おいこら！」

賢一は我知らず大きい声を出していた。

するとさすがのミドリも今度こそ諦めたらしく、突然背中を向けて机の上にかがみ込んだ。部屋の中に静寂が訪れる。

それまで散々ゴネた割には、一旦勉強をはじめるとその姿は真剣そのものだったので、賢一も安心して背中を向け、卓袱台の上で明後日の講義の予習に取り掛かった。大学は夏休み中だが、その間を利用して行われる、通信課程の学生のための夏季スクーリングの講義を受け持っているのである。

賢一が将来の進路を決める必要に迫られていた丁度その頃、文部科学省が大学院重点化というのを打ち出し、院生を増やすべく、学部のゼミで教授が優秀な学生に直接進学を勧めたりもしていた。元々進学志望だった賢一は、渡りに船とばかり、就活は一切せず、院試一本にかけて見事合格することができた。

ところが、美学関係の就職難は賢一の予想をはるかに超えたもので、博士課程を修了する時には、母校のポストはおろか、公募の教員募集すら一校もない状況だった。そのまま自動的にポスドクになり、アルバイトで食いつないでいるうちに、何とか非常勤講師として系列大学の一般教養課程のコマを数コマ持たせてもらえるようにはなったが、それは賢一が思い描いていた研究者生活とは程遠いものだった。そうこうしているうちに奨学金の返済もはじまり、アルバイトから解放されるどころか、むしろ増やしてそれに対応しているのが実情だ。非常勤講師はボーナスや住宅手当のような福利厚生の類は一切ない。しかもその一般教養課程のコマもこの夏季スクーリングのコマも、すべてが一年契約で、自動的に来年更新されるという保証はない。

現在その大学院重点化は、就職先の増加が見込めないまま博士課程修了者の数のみを増加させ、若手研究者たちに深刻な就職問題を引き起こした天下の悪行政として批判の対象になっているが、賢一本人としては特にそれを恨む気持ちはない。元々人文科学系の研究なんて、野垂れ死に覚悟でやるものだと思っていたし、実際自分で選んだ道で好きな勉強をして来たのだから、その後の就職難までお役所に文句を言うのはおかしいと思う。

講義の準備そのものはミドリが来る以前から進めていたので、細かい部分を確認し、話の順番を決めるだけで終わった。ミドリがおとなしくドリルを続けているのを見て、賢一はこれ幸いと続けて副業の方に取り掛かる。

賢一の副業は、語学力を生かして院生時代からやっていた実務翻訳である。

一口に実務翻訳と言っても、その分野は愕くほど多岐にわたっていて、一人ですべてをカヴァーすることは不可能だ。賢一の専門は特許分野、特に日本のメーカーが外国で新技術の特許を申請するための特許明細書の和文英訳を主な仕事にしている。2500ワードから3000ワードが実務翻訳の一日当たりの平均仕事量とされているが、賢一は調子が乗れば3500ワードこなすこともある。

仕事をはじめた頃は、コンピューターの仕様書やマニュアル、会社案内やカタログの英訳など、来る仕事は何でも引き受けていたが、あるとき繊維加工技術の特許文書を手がけたところたまたま出来が良かったらしく、翻訳仲介の会社はそれからそればかりを回してくるようになった。何か専門分野を決めないといけないと常々思っていた賢一にとっても、それは渡りに船だった。

特許分野の翻訳者は企業の技術者あがりが多いらしく、文系出身の自分にやって行けるのだろうかという不安はあったが、実際に要求されるのは専門知識の多寡ではなく、表現力や柔軟な思考能力、そしてそれを決められた形式の中にどう盛り込むかなのだった。そもそも今までにない技術だから特許を申請するわけであり、ネイティブだってそれを正確に翻訳することは難しい。この世に既にあるものならば絶対にネイティブの方が有利だが、まだこの世にないものに関しては、努力次第でネイティブ以上に的確な訳文をものにすることも可能なのだ。

近い将来優秀な翻訳ソフトができたら、その職業自体要らなくなるんじゃないの？　そんな風に言われることも多いし、実際仕事が減っている仲間の話も耳にする。賢一としてはただ、人間の手になる繊細で完成度の高い訳文をクライアントに提供し続けることによって、機械による大量翻訳に一人ドン・キホーテのように立ち向かうのみである。

賢一が仕事に集中して、時間を忘れかけた頃だった。

「ガオー！」

突然背後で雄叫(おたけ)びが沸き起こった。我に返って振り返ると、ミドリが椅子から立ち上がって猛獣と化していた。

「ガー！」

「何だよ、びっくりさせるなよ」

「やだ！」

「やだじゃない。静かにしろ！」

「ふう～ん。静かにして欲しいの？」

少女の目が、何かを思いついたかのように妖しく光った。

「もちろんだ」

「ウフフ。し・ず・け・さ！」

賢一は思わず耳を押さえた。

「うえっへっへっへ！　ち・ん・も・く！」

六畳のガラス窓が、びりびりと音を立てた。

「でっへっへっへ！　せ・い・じゃ・く！」

「あーうるさい！」

「針の落ちる音も聞こえるとは、まさにこのこと！」

「いい加減にしろ！　大声を出すな！」

「大声出してるの、自分じゃん」

一人普通の声に戻っている。全くもって、一から一〇まで憎たらしいガキだ。

「それは、お前が黙らないからだ！」

「しょうがないじゃない。タイシツなんだから」

「何だよ、体質って」

「ミドリ、イッテイの時間以上黙っていると、体がバクハツするのよ！」

「そんな体質があるか！」

「それがあるんだなー、ここに」

ミドリは右手の親指を立てて、自分自身を指差す。

「ためしにバクハツしてやろうか？　ああん？」

よーし、してみろよと言い掛けて、いやいやここでこいつの挑発に乗ることは、結局こいつのペースに嵌まってしまうことだと考え直し、大人としての超然たる態度を心がける。

「ごちゃごちゃ言わずに勉強しろ！　子供にとっては、勉強が仕事だろうが！」

「シゴトは家庭に持ちかえらない主義なんだよねー」

そう言って上唇と鼻の間にシャープペンシルを挟み込む。

「お前なあ、〈ああ言えばこう言う〉という言葉を知っているか？」

「はて、何かおっしゃいましたか？　最近耳がメッキリ遠くなりましてのう」

耳を押さえながら、首をかしげる。

「うーむ……」

「大体ね、あたしは頭悪いんだから、ベンキョーには向かないの」

「何を言っているんだ。お前は期末試験で学年で五番以内に入って、それで東京行きを許されたんだろうが」

「だってすっごくベンキョーしたもの、今回は」

「一学年は何人なんだ？」

「ん？　一五〇人くらいかな？」

「何だそんなにいるのか。それで五番以内なら、すごいじゃないか」

「全然ダメっしょ。今回はすっごくベンキョーしたもの。東京に来てみたかったから。でも五番目ギリだったんだから、やっぱりミドリ頭悪いんだよ。あーあ、人生ってムナシイなあ……」

「おい、お前はまだ九歳だろ！」

「十二月になったら一〇歳だよ。あーあ、とうとうフタケタになっちまう」

「同じだ！　その歳で気安く、〈人生は空しい〉なんて台詞を言われたら、俺みたいな大人は、一体どうしたらいいんだよ！」

「わかってねーなー。九歳だから言えるんでしょーが。兄ちゃんみたいになってから言ったら、そのまんまじゃん。シャレになんないじゃん！」

賢一は黙り込む。うーむ……。

「それにそもそもベンキョーなんて、イナカでもできるわけですよ。せっかくトーキョーにいるんだから、星見に行こうよ。兄ちゃんの星の話聞きたいよ」

東京にいるんだから星とは、考えてみると変だが、そう言われるとやはり昨夜の話が面白かったのだろうかと賢一は少し嬉しくなる。せっかくならば本格的にと、押入れの中からニコンの双眼鏡などを出す。もう長い間使っていないので埃をかぶっている。ミドリは雰囲気を察知して、ひとしきりよろこびの舞いを舞う。何だかうまくごまかされたような気もするが、まあいいだろう。

「へーえ、兄ちゃん、ソーガンキョーなんか持ってたんだ」

「ああ。これは俺がちょうどお前くらいの年齢の時、お小遣いとお年玉を頑張ってためて買ったものだ」

埃を払ってキャップを外し、柔らかい布で対物レンズと接眼レンズを拭く。

「さては、デバガメ用ですな？」

いきなり鼻先にカウンターパンチを食らって賢一はのけぞった。

「な、何でそんな言葉を知っているんだ⁉　ばか。天体観測用だ！」

だがミドリはニタニタ笑いながら、肘で伯父をツンツン、とつついて来る。

「ええもん持ってまんなあ、さすがはこの道七〇年！」

「だから、何の道だよ！」

そもそも俺って何歳？　と思いながら、街灯を避けて裏通りを公園まで歩く。ミドリはもう待ちきれず、飛び跳ねながら手をいっぱいに伸ばして、賢一の手から双眼鏡を奪おうとする。

「早く見せろよおっちゃん、ケチケチせんと！」

「いま焦点を合わせてやるから待て」

「ええやないけ。減るもんやなし！　でへへへへへへ」

賢一は思わずのけぞる。

「き、気持ち悪いね、お前」

「でっへっへ。へんしつしゃのご用命はお早めに♪」

「要らんよ！」

大騒ぎを続けるミドリに双眼鏡を渡す。ミドリはまず月に対物レンズを向け、「うわあ。クレーターって、本当にあるんだ」と感心する。「あの一番大きなやつに水ためて泳ぎたい！」と壮大なことを叫ぶ。

「うわぁ。何だこりゃあ？」

かと思うと、ＵＦＯでも発見したかのように、素っ頓狂な声を出して大きくのけぞる。その対物レンズの先を目で追って、賢一は冷静に答える。

「恐らくお前がいま見ているのは、電線の先の金具だろうな」

「なあんだ、そうか。ぎゃはははは」

そう言ってはしゃぎ回るミドリの姿を見ていると、自分の子供の頃のことが、否応なく思い出された。

生まれてはじめて双眼鏡や望遠鏡で天体を見た時の、言葉では言い表せないほどの感動は、今でもはっきりと憶えている。いま自分が見ているのは、何千年あるいは何万年も前に発せられた光であり、それが気の遠くなるほど広大な宇宙空間を旅して、たったいま地球に届き、そのかすかな光を二枚のレンズが集光して、自分の網膜の上で確かに像を結んでいる——それは奇跡などという陳腐な言葉では言い表せないようなものすごいことだと思ったし、この世に生まれて来て良かったと心から思ったものだった。

あの時、この感動をこの先一生憶えていようと思ったし、実際、絶対に忘れないという自信があった。

だが……。

自分は一体いつから、いろんなことに愕いたり感動したりすることをやめたのだろう。子供の頃は、毎日毎日が心が躍るような喜びや、胸が詰まりそうな悲しみや、身体全体が震えるような感動の連続だったのに。

この調子で行ったら、大人になるまでとても自分の身がもたないとまで思っていたのに――。

一方ミドリは賢一のそんな感慨を尻目に、西の空でひときわ明るく輝く宵の明星、金星に双眼鏡を向けるが、今度は一転してがっかりした声を出す。

「何だぁこいつ、何も変わらねえじゃねえか」

「恒星や惑星は、双眼鏡ではほんの少し大きく見える程度で、ほとんど変わらないよ」

「何だ、意外とツマンネーやつだなお前！」

ミドリは双眼鏡ごしかつ頭ごなしに金星を罵倒する。

むしろ双眼鏡が一番威力を発揮する天体は、星雲や星団である。もっと倍率の高い望遠鏡ならばアンドロメダ大星雲くらい見せてあげられるのだが、双眼鏡となるとやはり散開星団あたりが一番面白いだろう。そう思った賢一は、ミドリの真後ろに立って腰をかがめ、手を伸ばして双眼鏡を摑む。

「見せんかい！」

双眼鏡を奪われると勘違いしたミドリが、再び摑もうとして奪い合いになる。

「これこれ、こういうもんは、冥土の土産にトシヨリに見せるもんじゃ！」

「だから見せるって！　落ち着け！　俺はピントを合わせてやろうとしているだけだ！」

ようやく東の空に顔を覗かせはじめたおうし座に、対物レンズの先を向けながら賢一は叫ぶ。

「早く、早く」

だがミドリが待ち切れずに時々手を伸ばすので、そのたびに双眼鏡がブレる。

ようやくピントが合い、ミドリに告げる。

「いいか、俺のすぐ前に立て」

ミドリが賢一の前にぴたりと体を密着させると、自分の膝がスカートを穿いたミドリの腰とぶつかり、そこから伸びる棒のように細い二本の脚からは、とても想像できないような丸みと弾力に賢一は驚いて、慌てて足を少し後ろに引いた。

それからその場で屈み込み、そのまま方角と角度を変えずに双眼鏡をミドリの目に当ててやる。

「見てごらん。これが有名なプレアデス星団、日本名では〈すばる〉だ」

「ほう、どれどれ。見てしんぜよう」

そう言って双眼鏡に手をかけて覗き込む。そして予想違わず感嘆した声を上げる。

「おおおぉぉ！　まるでホーセキバコをひっくり返したみたいだねえ♡」

　何だ、女の子らしい表現をすることもあるんだな、と思いながら賢一がそっと手を離すと、ミドリは続ける。

「それも買ってもらったホーセキが、全部ニセモノだとわかったオメカケさんが、頭に来てぶん投げたホーセキバコ♪」

「ごほん」

　賢一は咳払いをする。

「ぴっかぴっかのギンギンに光っているねえ」

「うむ。このプレアデス星団は、生まれたばかりの若い星の集まりだからな」

「いつ生まれたの？」

「今からおよそ五〇〇〇万年前だな」

「ごせんまんねん？」

　するとミドリは接眼レンズから目を離して、素っ頓狂な声を出した。

「おいてめー。オレがコドモだと思ってばかにしてんだろ。何でそれで若いんだよ！」

「だって地球は四十五億年だから、それに比べたら、ずっと若いだろ？」

「だってあんた、ごせんまんねんでっしゃろ？　いちまんねんが五〇〇〇個でっしゃろ？」

　商品の納入個数を確認する堺の商人のような口調でミドリが言う。

「だってそうじゃないか。仮に地球を四十五歳の人間に喩えたとしたら、〈すばる〉はまだ生後六ヶ月ということになるんだから、まだハイハイができるかできないかだろ？」

「だったらそのとき兄ちゃん何してたのよ」

「その時って？」

「だからこのホシが生まれたときよ！」

「お前は何を言っているんだ。五〇〇〇万年前だぞ？　俺が生まれているはずないだろ？」

「だろ？」

　ミドリは突然鳶職（とびしょく）のオヤジになり、片手で双眼鏡を摑んだまま、両手を腰に当ててだみ声で言う。

「おいそこの若いの。てめえが生まれる前のことを、そんな風に軽々しく言うもんじゃねえな！」

　賢一は黙り込む。広大な宇宙の広がりについて、真面目に教えてあげたいと思っていたのだが、まさか鳶職のオヤジに頭ごなしに叱られるとは思わなかった——。

　それでも何とか気を取り直し、星座だけではなくもう少し突っ込んだ話をと思い、宇宙全体の大まかな構造なんかも話してやる。

「だけど、何でそんなに遠い星までのキョリがわかるのさ？　誰かが巻尺で測ったのか？」

「うーん。星までの距離の求め方はいろいろあるけど、まあわかりやすいところでは、年周視差というのがある」

「ネンシュウシサ？」

「ああ、地球は太陽のまわりを一年でぐるっと一周するだろう？　だからもしも相手が動かない恒星だったら、同じ星を半年後には、地球と太陽間の距離の二倍分、ざっと言うと三億キロメートルなんだが、それだけ離れた地点から見ることになる。すると視差が生じて、その差は地球に近い星であればあるほど大きく、遠い星であればあるほど小さくなる。それによって地球からの距離が求められる」

「ははあ、なるへそ」

　ミドリは頷く。

「つまりデバガメが銭湯の女風呂を覗く時に、覗く窓を変えると窓の近くにいた巨乳のおねーちゃんが、ひんぬーのおねーちゃんに変わったりするけど、奥のところにいるバアさまは常に見えていると、そういうことですな！」

「はい、そういうことです！」

　賢一は直立不動で答えた。その譬（たと）えはわかりやす過ぎる。今みたいな説明をしたら、理科の時間はハナクソをほじくる時間だと固く信じている不良男子中学生たちも、目を輝かせて話を聞いて年周視差を理解することだろう。

それにしても若いくせにこいつのギャグはしつこい。どうやら今日は、あくまでも出歯亀ネタで押し通すつもりらしい。

「あとオレが不思議なのはさ、星の話とかしてて、すっげえ遠い星なのに、その星に何々の元素があるとかないとか言うじゃん。あんなのどうやってわかるのさ？　誰もその星に行ったことなんかないわけだろ？」

「うん、それはスペクトルの分析によってわかるんだよ」

「あー？」

「プリズムって見たことないか？　太陽の光を七色に分けるやつ」

「おお、あれか！　理科の授業で見たぜ！」

「あのプリズムは、太陽のスペクトルを七色に分けるわけだけど、よく見ると、ところどころに細くて黒い線が入っているんだよ」

「あれってゴミじゃねえの？」

「ゴミじゃない。あれはフラウンホーファー線と言ってだな、太陽の大気中の特定の原子やイオンが、その波長の光を吸収してしまうから、そこだけ黒く見えるんだ。たとえば太陽にはヘリウムが大量にあるから、ヘリウムの原子が吸収してしまう波長の光だけは地球に届かない。実はヘリウムという元素の存在は、地球上ではなく、この方法で太陽の中で初めてそれが確かめられたものなんだけど、これと同じことが、恒星の光のスペクトルでも起きるわけだよ」

「へーえ。ただのオヤジかと思ってたのに、意外に何でも答えるオヤジだったんだな」

　ミドリは感心したように伯父の顔を見る。

「オヤジのところは変えてくれないのか」

　ふと気がつくと、ミドリが双眼鏡を逆さに持って自分を眺めている。接眼レンズをこちらに向け、対物レンズの方から覗いているのだ。

「うわあ、小せえなあ」

「そりゃそうだよ」

「どうして？」

「逆から覗いたら、小さく見えるんだよ」

「だから、どうして？」

「どうしてって言われても……とにかく、そういう構造になっているんだよ」

　賢一は答えながら、突然思い至ったとある考えに、自ら（みずか）愕然とした。

そうか、正に望遠鏡や双眼鏡のようなものかも知れないな——。

自分がミドリくらいの年齢だった頃、これから先に広がる人生は、望遠鏡で覗いたかのように途方もなく巨大なものに見えた。一日はとても長く、一年は無限にも近い時間で、一つ上の学年の子供が、ものすごい大人に見えた。自分が大人になるまでは、気の遠くなるほどの時間の経過が必要だと思われた。

ところが時間には加速度がつくものなのだろうか、一日はどんどん短くなる。一年なんてあっという間で、この前お正月だと思っていたら、もう年の暮れだったりする。そして大人になってから振り返って見ると、過ぎ去った日々は、ちょうど今度は双眼鏡を逆から覗いたかのように、何だかとても矮小なものに思えて来る。

子供の頃の自分には、無限に近い可能性があった筈である。生まれつき心臓に持病があった自分には、その一部はあらかじめ閉ざされていたものの、それでもそれ以外の可能性は、ほぼすべて自分に向かって開かれていた。

だがその可能性は、一瞬ごとにどんどん狭まって行き、こうして俺はいま、うらぶれてここにいる。現実とは否定された可能性の総体である——こう言い切った北欧の哲学者がいるが、このどうしようもなく暗い考え方を、論破する論理は果たしてあるのだろうか。

「なあお前、自分の二〇年後、三〇年後とかを考えてみたことあるか？　一体どうなっていると思う？」

暗い気分でこんなことを尋ねてみたが、元気いっぱいのミドリは、質問をばさりと斬って捨てる。

「知らなーい。そんなの考えたこともなーい」

「じゃあ今考えてごらんよ」

するとミドリは、少し考えてから答えた。

「とりあえず、おばはんになってる」

「いやそういうことじゃなくてさ、もっと内面的なことだよ」

「自分の昔のことは全部タナに上げて、最近の若い子は、とイヤミたらたら言うおばはんになってる」

賢一は思わず噴き出し、自分がついさっき落ち込もうとしていたという事実そのものを忘れた。

———

洗面台のまわりの床が濡れていたので、雑巾でそれを拭き、歯を磨き、電気を消して賢一が寝ようとすると、てっきりもう寝たと思っていたミドリが、蒲団の中で突然パチリと目を開けた。

「ねえ」

濡れたような黒髪に大きな黒い瞳のミドリが蒲団にすっぽり入っている姿は、何か精巧に作られた首だけの日本人形のようにも見える。目と目がまともに合って、賢一はほんの少しどきりとした。

「ミミカキ貸して」

「あ、ああ……」

もう一度電気を点けて、耳掻きを探す。身を起こしたミドリに耳掻きを渡し、背中を向けて蒲団に入る。

「終わったら電気消せ」

「ねえ」

ミドリが再び話しかけて来る。

「ここの部分のこと、何て言うか知ってる？」

「ん？」

振り返ると、ミドリが蒲団の中で肘をついて、耳掻きの端についている、タンポポの綿毛のような、丸くなった白い毛の部分を指さしている。

「え、そこの部分に名前なんかあるのか？」

「あるのさ」

「そうなのか。いや……知らないな」

「知りたい？」

「あ、ああ……」

「じゃあ、教えない♪」

　赤い舌を出して蒲団を被る。

「何だよ全く。じゃあ言うなよ！」

「教えてあげようか♡」

　蒲団から再び顔を出し、小首をかしげる。

「別にいいよ。そんなこと知らなくても」

「いやーん。聞いてよ！」

　蒲団の中で身をくねらせる。

「聞いてくだせえ、お代官様！」

　足をばたばたさせる。

「またかよ。じゃあ言えよ、早く！」

賢一は思わず叫んだ。全くもって、ややこしい。まあ、ややこなのだから当然だが——。

「よくぞ聞いてくれました。この部分はボンテンと言います。ボンはハヤシという漢字の下に平凡のボンを書いて、テンは天地のテン」

賢一の脳裏に、梵天という漢字が浮かぶ。

「それで？」

「ただそれだけさ」

「その先は？」

「別に。ないよ」

「わけのわからない奴だなあ」

するとミドリは、耳掻きを賢一に返し、ニカッと笑いながら蒲団の中に改めてすっぽりと潜り込んだ。

「うえっへっへっへっ。わけのわからない奴と言われると、生きていて良かったという気分になるね！」

「変な奴だなあ」

「うふふ。変な奴もいいね。もっと言ってもっと言って♡」

「じゃあ、普通の奴」

「くっそこの野郎、薬味を加えてなめろうにすっぞ」

「よく知ってるな、なめろうなんて」

「あれうめーよな。オレ、酒は呑めねえけど、あれは旨いと思う」

電気の紐を引っ張って、再びナツメ球に戻す。

「ねえ、一つ訊いていい？」

再びあっさり気を取り直した様子のミドリが、薄明かりの中、目を再びぱちりと開けた。

「何だ？」

「麻薬ってやったことある？　コカインとかヘロインって、どんな感じになるの？」

全く予想していなかった話の流れに賢一はたじろぐ。

「ば、バカ言え。そんなもの、やったことないよ！」

「本当にないの？」

「ないよ」

「なあんだ」

「何言っているんだ、お前は？」

「じゃあオカマバーって行ったことある？　そんなに面白いところなの？」

「行ったことないよ」

「だってあの人、何と言ったっけ？」

「日出夫か？」

「そうそう、あの人、そういうところに勤めているんでしょ？」

「ああ、そうだよ。あいつに来いと何度も誘われたが行ってない」

実際には、一度でいいから来てよー賢さんと、外廊下でしなだれかかられたのだが——。

「何で行かないの？」

「何でって……俺は酒があまり飲めないし、そもそもそういうところ、あまり好きじゃないし」

するとミドリはしばらく黙って考えていた。

「じゃあ大人って、みんな一通りのことをやった上で大人やっているんじゃないの？」

「違うんだよ」

「ねえ、じゃあシーザーとかキリストとか、ノギショーグンとか本当にいたの？」

「ああ、いたんだよ」

話題ががらりと変わったことに吻っとしながら賢一は答えた。それにしてもその面子の中に何故乃木将軍が？　日露戦争の本でも読んだのだろうか？

「だけど、どうしてそんなこと簡単に言えるわけ？」

ミドリは唇を尖らしている。

「兄ちゃん会ったことないんでしょう？」

「そりゃあ、会ったことはないけど、記録に残っているからだよ」

「だけど、その記録がウソじゃないって証拠はあるの？」

「だけどもし嘘だったら、そんな何百年と人が信じて来ないだろう？　シーザーやキリストに到っては何千年か」

「じゃあ恐竜は？　恐竜って本当にこの世にいたの？」

「ああ、いたんだよ」

　すると少女は、蒲団の中で頬をオタフクのように膨らませた。

「だから！　どうしてそんな簡単にダンゲンできるのよぉ。恐竜を自分の目で見たことのある人なんて、この世の中に誰もいないわけでしょう？　だったらどうしてみんなそれを信じられるわけ？」

「それは……化石が残っているからだよ」

「でも、何でそれが本物だとわかるの？」

「それは、その道の権威である学者が言っているからだよ」

「じゃあその人がケンイであると決めたのは誰なのよ。それを決めたのも人間じゃない。その人がまちがってないと、またはウソついてないと、一体誰が保証してくれるの？」

「そりゃあまあ、そうだけどさあ」

「ひょっとしてみんながウソに騙されてないと、いったい誰が言えるの？　その人の知識だって、全部本で読んだり、テレビで見たりしたものなんじゃないの？」

「だけど、一体何のためにそんな嘘をつくんだよ」

「何のためでもなくて、ただウソつくためよ。そんな風に思ったことない？」

「うーん……」

賢一はちょっと返事を濁した。

ない……とは言い切れないかも知れないな――そう思えて来たからだった。

そう言えば小さい頃は、この世界がこういう形をして、ここに存在していること自体が不思議だった。

どうして別の形ではなく、この形なのか？

そして何よりも、この世界は一体何のためにあるのか？

とにかくわからないことだらけだったし、自分が存在しているということさえ、時々本当なのだろうかと疑っていたものだ。一笑に付されるのを恐れて、他の人間特に大人には話さなかったが、長い間、自分は誰か他の人間の夢の中の登場人物で、その人間が目覚めた瞬間に、自分はぱっと消え失せてしまうのではないかなんてことを、真剣に考えていた時期もあった。

　もちろん今は、この世界は何のためにあるのかなどと考えて、時間を空費したりはしない。だがそれは疑問が解けたからではなく、大人になって賢くなったからでもない。そんなことを考えていては、世の中の競争に勝てないことを悟ったからだ。それもどちらかと言うと競争に負けている自分だから、辛うじてそれらのことを憶えているのであって、競争に一路邁進(まいしん)し、勝利し続けているエリートたちは、そんな疑問を小さい頃に抱いていたこと自体、綺麗さっぱり忘れてしまっていることだろう——。

「だけどそんな風に思うこと、あるんだよね。憶えなきゃいけないことが多すぎて、ときどきこんなもの、全部ウソなんじゃないかと思うんだよねー。だってあたし今回来るまで、本当に東京なんてところがあるのか、それすら疑っていたんだから」

「だけど、それまでもテレビとかで、東京の街を見たことはあっただろう？」

「あったけど、そんなの、ゴウセイして作ったものかも知れないじゃん。ＣＧかも知れないじゃん」

「だけど、誰が何のためにそんなことするんだよ」

「ただ騙すためよ。テレビの中に出て来る東京は、全部映画のセットみたいなもので、みんなしてあたしを騙そうとしているんじゃないかとさえ思っていたんだから」

「でも来てみたら、あっただろう？」

「うん、あった。でも他のものはまだ信じてない。本当に日本とアメリカは戦争したのか。本当に南極大陸とかあるのか。オーロラなんて本当に起こるのか。ひょっとしたらウソなんじゃないかと、いまだに心のどこかでちょっと思ってる」

賢一は少女がいろんなところで、建物の外壁や石垣に手を触れていた姿を憶い出し、ミドリはとにかく自分の目と体で、それがそこに本当に〈ある〉ということを確かめたかったのだということに思い当たり、ようやく眠気が訪れたのか、長い睫毛に縁取られた目を閉じてじっとしているミドリの柔らかそうな頰を見つめた。

〈四日目〉

1

朝の天気予報は、くもり時々にわか雨というものだった。降水確率は五〇％。賢一は二人が余裕で入れるような、大き目の傘を持って行くことにした。

小伝馬町の十思公園は、何の変哲もない普通の公園だった。ただ一劃が寺になっており、《江戸伝馬町処刑場跡》という碑が立っている。《為囚死群霊離苦得脱》なる九文字が刻まれた地蔵尊像もある。ミドリの解説によれば、かつて死罪の前日に行われた江戸市中引廻しは、ここが出発点であり終着点だったというのだが、今はその面影を留めるものはほとんどない。

そして将門の首塚は、大手町のビルとビルの谷間にひっそりと建っていた。朝廷に反旗を翻し、新皇を名乗って関東に独立政権を打ち樹てようとした平将門は、俵藤太に弱点のこめかみを射貫かれ、その首は京都の三条河原に梟されたが、三ヶ月間一向に腐ることなく「体はどこだ」と叫び続け、ついにある夜突然天高く舞いあがり、武蔵の国を目指して飛んで行き、この地に落ちたと伝えられている。

まあそれは神話や伝説のたぐいだとしても、これが世界で一番ショバ代の高い首塚であることは、まず間違いのないことだろう。

「確かこれって、その後何度も移転しようとしたけど、そのたびに事故が起こって、移転できなかったんだよな」

「その通り！　兄ちゃんにしてはよく知ってるじゃん！」

ミドリが見直したような目を向ける。

「おじさんな。何かで聞いたことがあるというだけだよ」

移転しようとするたびに工事関係者に死者や怪我人が続出、かのマッカーサーのＧＨＱもここを潰して駐車場にしようとしたが、工事途中でブルドーザーが原因不明の横転事故を起こし、断念せざるを得なかったという。将門の呪いとまことしやかに噂されているらしいが、自分が知っていたくらいだからそれなりに有名な話なのだろう。またこの首塚を含め、東京で平将門に関連している寺などを線で結ぶと、北斗七星の並びになるらしい。

「ここが今回の東京旅行の、ハイライトの一つなのさ。遂にここまでやって来ました。おいおいおい」

首塚を前に、ミドリは感動のあまり咽び泣く。

「へえー、そうなのか」

「それでは不肖ミドリ、これからマサカドの首塚を移転しまーす！」

泣き真似はすぐに止め、片手を挙げて選手宣誓する。

「はあ？」

「そんなの聞いたら、挑戦するしかねーだろ？」

言うが早いか、ミドリは首塚に両手をがっちり当てて、押し相撲の基本であるもろはずで押しにかかるが、首塚はもちろんぴくりとも動かない。腹を立てたミドリは一旦後ろに下がり、たたたと助走をつけて走って来て、エナメルの靴の裏側で首塚にケリを入れる。もう一度、さっきよりもさらに助走をつけるべく下がったミドリを賢一はあわてて止める。

「やめろって！」

「ちくしょー。動かざること山のゴトシだな」

先人たち同様、敢え無く移転に失敗したミドリは、憮然とした顔でブツブツ呟きながら歩きはじめたが、日本橋を歩いて渡り切ったところで、またもや急にはしゃぎ出した。

「あーここやここ。ここらへんに、かつてザイニンの晒し場があったのよぉ♪」

「え、こんなところに？」

賢一は愕いて周囲を見回す。

「1841年には、ニョボンのツミを犯した僧たちが、ここに四十八人もいっぺんに晒されたことがあるのよぉ♪」

「ニョボン？」

それが九歳の女の子の口から発せられたという事実が、賢一の脳の変換機能をマヒさせていた。アニメか何かの可愛いキャラクターの名前のようにも思えた。それこそミポリンの妹分みたいな——。

「だから、オンナにハンザイのハンって書くやつよ♡」

「ああ……」

【女犯】という字がようやく脳裏に浮かび、同時に賢一は返すべき言葉を失う。

それにしても、それらしき標識もプレートも一切ないのに、一体どうしてわかるのだろう——。

「何故って、ニョボンの罪はニホンバシって決まってたジャン。それくらいジョーシキだろ？」

「常識なくて悪かったな」

昼はお好み焼きを食べた。安くてとにかくおなかいっぱいになるものと、懸命に考えて選んだのである。油を薄くひいた鉄板の前で、溶いた小麦粉と生卵と具を、ボウルの中で粘土遊びのように一心不乱に掻きまぜながらミドリは言った。

「ほれほれ覚悟せえ。今すぐヤキを入れてやるぜぃ」

今日は髪を三つ編みに編んで両側に垂らしている。出かける前に賢一が、じゃあこれ一本だけと煙草を吸いはじめた時間を利用して、鏡も見ずに自分で編んだものだ。

午後イチで向かった弁慶濠の対岸には、ホテルニューオータニが聳え立っている。それとコントラストをなすかのように静かに水を湛える濠は、ミドリの話によると江戸時代身元不明の死体を捨てる場所だったという。話に影響されやすいのかも知れないが、そう思って見ると緑色の昏い水が、何だか少し不気味なものに思えてくるから不思議である。

だがそのとき、弁慶橋の下を潜って、一艘の手漕ぎの貸しボートが、笑いさんざめく若いカップルを乗せて現れ、それを見たミドリは憤慨して叫んだ。

「**何だよおまえら、時と場所をわきまえ……**」

賢一はあわてて手を伸ばして、ミドリの口を塞いだ。幸いカップルは気付かなかったようだが、麦わら帽子をかぶった貸しボート屋の親爺にはじろりと睨まれた。

背後に東京タワーの赤い鉄骨が聳え立つ増上寺の境内、見渡す限りいちめんに水子地蔵が並んでいるさまは壮観だった。風がそよとも吹いていないのに、地蔵たちが背負っている風車が、突然いっせいに回り出すことがある。よく見るとその中に、一つだけ逆に回転しているのがある。羽根の向きあるいは空気の対流が引き起こす現象だと頭ではわかっているが、何となく背筋がうそ寒い気分になる。そもそもミドリは水子地蔵の意味するところを知っているのだろうかと賢一は訝るが、うっかり水を向けてきわどい話になると剣呑だから口には出さない。一つ倒すとドミノ倒しみたいに全部倒れるんじゃないかなぁと言いながら、ミドリが一番手前の地蔵に手をかけ、またもやもろはずで押しにかかるのを賢一は必死に止める。お岩稲荷にお賽銭をあげようとした賢一の腕を止め、もったいないそれ、さっき駅前に座っていた外人にあげようとミドリは取り上げる。何か辛いことでもあったのか、落魄して座っていたイラン人とおぼしき男は、白濁した目を大きく瞠いて、一〇〇円くれた少女をアッラーの化身でも見るような目で見つめる。

「今日はまだ時間があるからもう一ヶ所回れるね。じゃあこれから、コウジマチの平河天神に寄ろう」

あっさりと機嫌を直してミドリは言う。一方賢一は、正直もうへとへとに疲れている。毎日適度の軽い運動をすることは、むしろ心臓のためには望ましいのだが、連日これだけ歩き回るというのは、どう考えてもオーバーワークだ。

「言うまでもないと思うけど、平河天神は、いちま～い、にま～いで有名な、あのお菊ちゃんの舞台ね♡」

だが元気いっぱい飛び跳ねているミドリに手を引かれ、賢一もまた歩き出さざるを得ない。

目指す平河天神が見つからずウロウロしている間に、小さな電器屋の前に出た。そば屋の出前持ちや当の電器屋の店員、いかにもヒマそうな近所の親爺などが店頭の大画面テレビを囲んで油を売っている。テレビは相撲をやっている。そう言えばちょうど今日が千秋楽だ。

画面を覗き込んで賢一は叫んだ。

「うわ、結び前じゃないか。あと二番だけだから、ちょっとだけ見せてくれ」

まだ五時過ぎだが、千秋楽なので取組みの進行が早いのだ。

「相撲だったら、この前夜中に見たからもういいじゃん」

そういう問題ではない——。

「あの日とは取組みが違うんだ」

賢一は必死に宥め賺す。

「明日見れば良いじゃん」

「今場所は今日で終わりなんだよ！　しかも優勝がまだ決まっていない。結びの一番が、横綱同士の優勝をかけた大一番になるんだ！」

命を賭して、お代官様に年貢の取立ての延期をお願いする水呑み百姓のような低姿勢で賢一がお願いすると、ミドリは渋々立ち止まる。

「しょーがねーなーこのすもうオヤジ。一試合だけだぞ」

「いや、そこを何とか二番お願いします」

だがミドリが静かだったのはわずか三〇秒だった。この前はダイジェスト番組だったから、仕切りがほとんどカットされていたわけだが、これは生放送である。苛々して来たらしく、ブツブツ文句を言いはじめた。

「そもそも相撲なんて、どこが面白いのよ。男同士で裸で抱き合ってハアハア言っちゃってさ」

「い、いや……」

「そもそも、あのチャラチャラしたものは何なのよ！」

見ると唇の下半分が、見事な富士山形になっている。

「チャラチャラしたもの？」

賢一は不思議に思って訊き返す。

「あのスダレみたいなやつよ！」

「スダレみたいなやつ？　ああ、まわしから下がっているあれか。あれは〈さがり〉と言うんだ」

「何の役に立つの？」

「え？」

賢一は口ごもる。改めて訊かれるとわからない。

「いや、別に役には立たないだろうけど……」

「万が一まわしが外れたとき、イチモツを少しでも隠すためか？」

賢一が絶句するのと同時に、テレビの前の人垣から弾けるような笑いが起こった。見知らぬ中年男たちが振り返り、だみ声で言う。

「まわしが外れたら、さがりも一緒に落ちちゃうよ」

「て言うかお嬢ちゃん、そもそもあれじゃ隠れんぜ！」

「じゃあ、なあに？　お洒落？　スカートのフリルみたいなもの？」

「うん、まあ一種そのようなものだ！」

とにかく黙らせるために、賢一はあわてて同意した。

ようやく大関同士の一番がはじまった。若い大関が立ち合いすぐに十分の形になり、そのまま向こう正面にあっさりと、ベテランの万年大関を寄り切った。

「何だよ。サンザン待たせておいて、あっけねーな。八百長なんじゃねえの？」

「日本相撲協会が蒼くなるようなコメントはやめて」

勝った若い大関は蹲踞の姿勢になり、行司から勝ち名乗りを受ける。

「だいたい相撲ってさあ、勝ってお金もらうときに、ヒクツな動作をするのが気に食わないんだよねー」

「はあ？　卑屈な動作？」

ミドリの言葉に賢一は再び首をかしげる。何のことだろう。

「あれってお金が入ってるんでしょ？　あのノシブクロみたいなやつ」

「ああ、あの袋。うん、懸賞金が入ってる」

「あれもらう前にやるじゃない、みんな。〈いやぁ、どうもどうもどうも〉って」

「ひょっとしてお前が言っているのは、顔の前でチョンチョンとやるやつのことか？」

「そうそう。それそれ」

「あれは別に、どうもどうもと言っているわけじゃない。あれは手刀と言って、刀に見立てた手で、空中に〈心〉という漢字を書いているんだよ」

「おや、そうなのですか？」

と急にミドリ自身が卑屈な調子になって画面を見つめ直した。画面は今の取組みをスローモーションで再生している。それに例によって放送席の何とか親方の嗄(しわが)れ声の解説がつく。

――立ち合いすぐに上手を取りましたねえ。それから下手をのぞかせて、がぶり寄りで出ました。残されると巻きかえてもろざし、土俵際は腰を下ろしてはずに当てがい、万全の相撲です。いやあ、下半身が崩れませんねえ――。

　親方はこの若い大関がお気に入りらしく、勝利にご満悦の口調だが、聞いているミドリの方は、またもや不満が頭を擡(もた)げて来た御様子だ。

「このおっちゃん、さっきから何言ってんだかさっぱりわからねえよー。ウワテだのシタテだの、もろ出しだの」

　テレビの前の人垣が再び沸いた。さっきの中年男のうちの一人が、再び赤ら顔で振り返る。

「いいねーお嬢ちゃん、〈もろ出し〉！」

「も、もろ出しじゃなくて、〈もろざし〉な」

　賢一は横から慌てて訂正する。

「じゃあ何よ一体、モロザシって」

　賢一は再び困惑する。相手が男の子なら、この場で四つに組んで教えてやることもできるのだが、言葉で説明するとなると、これが意外と難しい――。

「……だからさ、まあ要するに……自分の両方の腕が、相手の腕の内側に入っている状態のことだ」

「ふうーん」

　自分が質問した癖に、ミドリは気のない返事。

「じゃあ、がぶり寄りって何なのさ?」

賢一はまたもや弱った。これはさっきより、もっと難しい。

「だからさ……がぶって寄るんだよ」

「だから、それが何だって訊いているのよ!」

がぶり寄り——果たして何と言って説明したら良いものだろう? 賢一が迷っているうちに、ミドリの顔の下半分がみるみる膨れて来た。ま、まずい。このままでは爆発する!

「こ、腰を使うんだ」

賢一の声はかすれている。

「どう使うのよ!」

「うーんと、だからその……前後に腰を振るように動かしながら、ずいずいと押して行って寄り倒すと言うか、その……だからその……何と言うか、その……」

言葉ではどうしても説明することができない。しかしギャラリーが大勢いるこの場で実演してみせるのも、動きとしてかなり恥ずかしい。テレビの前の男たちは、今や画面そっちのけで全員振り返り、賢一とミドリのやりとりを、ニヤニヤしながら眺めている。そんな中ミドリは小さなコブシを天に突き上げて、「教えろ! がぶり教えろ!」とシュプレヒコールを繰り返している。

「ケチケチすんなよあんちゃん」

そう言って賢一を肘でツンツンとつつく。

「なあ、教えろって、がぶり寄り」

「うーん……」

横綱同士の千秋楽結びの一番は、星の差一つで追っていた東の正横綱が勝ち、東西両横綱が同星で優勝決定戦にもつれ込むことになった。こうなるとテレビの前からとても動けない。

「うわあ、優勝決定戦だ。頼む！　あと一〇分で終わるから、見せてくれ！」

賢一は両手を合わせ、懸命に宥め賺したが、ミドリの我慢は限界に達しつつある。

「約束が違うだろ、このすもうオヤジ！」

まだ目指す平河天神が見つかっていない。着くのが遅くなって、境内に入れないことを危惧しているのだろう。

乱れた大銀杏（おおいちょう）を結い直した両横綱が入場して来る。横綱同士の優勝決定戦、場内は凄い熱気である。綺麗に掃き清められた土俵に上った呼び出しが、気合を入れてそのノドを披露する。

「ひがあ〜あ〜あああああああああしいいいいいいいいいいいい〜」

「もう！　なんでこの人、しゃべるのこんなに遅いのよ！」

ミドリは怒りのあまり地団太を踏む。

「この人何とかさん、あの人何とかさんって、普通に紹介すればいいじゃない！」

テレビの方に向き直っていた人垣から、再び失笑がこぼれた。

「いや、〈この人〉とか〈あの人〉じゃあ、雰囲気が出ないんだ」

「大体において、相撲はノロすぎるわよ。何だってこいつら、さっきから何度も何度も塩まいたり、立ったり座ったりしてるのよぉ！　相撲取りたいんならさっさと取ればいーじゃん」

「立ったり座ったりじゃない。これは仕切りと言うんだ」

「何でもいいけど、どうしてそれを何度も何度も何度も繰り返すのよ！」

「こうして力士は少しずつ集中力を高めていくんだ」

「やる方は良くても、見ている方は時間のムダじゃないのよぉ。さいとう先生が言ってたよぉ。誰かが一分遅刻したら、それは時間が一分ムダになったんじゃないんだって。一分遅れたせいで授業がはじめられなかったんだから、一分かけるクラスの人数分の時間がムダになったんだって。こいつらがだらだら立ったり座ったりしているおかげで、いま日本じゅうで、ぼーだいな時間がムダになっているのよぉ」

失笑は爆笑に変わった。

平河天神はその後すぐに見つかり、ミドリはあっさり機嫌を直す。そろそろおなかが空いて来る時間である。賢一はひそかに作戦を練る。昨日のように食べたいものをミドリに尋ねる失敗はもう二度と繰り返してはならない。どこかに安くて量の多そうな定食屋でもあったら、問答無用で入ってしまおう……。

しかしそれを素早く察知したわけではあるまいが、今日はミドリの方から先制攻撃を仕掛けて来るとは予想していなかった。

「今夜は必ずウナギを食べる日と、先日国連のアンポリジカイで決まりました♪」

「なんだそりゃあ」

賢一の声は既に裏返っている。

「必ずウナギを食べてくれとは、アンポリジカイの強い希望です。違反した場合には、アメリカとNATOの主導の下に武力制裁が行われる危険性があります！」

ウナギを食わないと空爆されるのかよ！　と思いつつ、叱るのにも疲れてきた賢一は、もはや感心の方が先に立ってしまう。不飽和脂肪酸だの国連の安保理事会だの、毎朝新聞を隅から隅まで読むのは、ひょっとしてこのためのネタを拾っているんじゃないかとも思えて来る。

「まったく、毎日毎日いろんな手を考えるもんだ……」

だが、あまり甘やかしていてはこの子の将来のために良くないとの大義名分の下、今日は賢一も強く出る。

「やっぱりダメだ。昨日が寿司で今日ウナギじゃあ、あまりにも贅沢すぎる」

「まあまあ、エドッコなんだから、ヨイゴシのカネは持たない持たない」

「俺は江戸っ子じゃない。お前と同じ田舎の生まれだ」

するとミドリは賢一の背後に回り、おどろおどろしい声を出す。

「うなぎうなぎうなぎ、ほおらあなたの耳には、神の声が聞こえる〜」

「お前の声だろ」

「修行の足りない者にはそう聞こえるんじゃ。うなぎうなぎうなぎうなぎうなぎ。どうじゃ、聞こえんのかおぬしには？」

今日こそは超然たる態度で、一切相手にしないことだと自分に言い聞かせながら賢一は答える。

「とにかくウナギはダメだ。お金が惜しいんじゃない。教育上の配慮から、ダメだ！」

もちろん本当はお金もかなり惜しい。

「ブーブー」

ミドリは、右手のこぶしを突き上げて、ブーイングをしながらひとりデモ隊と化す。

「教育上のハイリョ、ハンターイ！　大人のオーボーを許すな！　断固戦うぞ！」

いい加減にしろと頭に血が上りかけたが、ここで怒鳴ること自体、ミドリのペースに嵌まることだと気付き、もう一度、さっきよりも一段と硬い声で言った。

「とにかくダメだ！」

だがこれくらいであきらめるミドリではない。凜々しい眉を寄せ、小さな拳を突き上げながら、一段と甲高い声で、道行く人にわざと聞こえるようにシュプレヒコールを続ける。

「幼女ぎゃくたい、ハンターイ！」

さしもの賢一も、これには自分の耳を疑い、思わず本音を口にした。

「バカ言え！　幼女が、虐待の間違いだろうが！」

するとミドリは突如として腰をかがめると、揉み手をするかのように手を腰の前で合わせた。どうやら再び速攻で作戦を変えたらしい。

「殿。ナイミツの話ですが」

声をひそめながら言う。

「何だよもう。いい加減にしろよ！　いやお願いですから、いい加減にしてください」

「タミの不満が、リョウチ内に広まりつつあります」

「今度は一体何だ。戦国時代のじいか」

「じいの耳には入っておりまする。飢えたタミが、ひそかに一揆の計画を巡らしていることが。ここはひとつ、タミの不平を抑えるためにも、ウ・ナ・ギ・を」

「ウナギじゃなくて普通コメだろ、そういう時は」

そう答える賢一は、いつの間にかミドリのペースに巻き込まれていることに気が付かない。

「いいえ、当リョウチ内では、ウナギとなっております」

精一杯声を低めて重々しく言う。

「ほれ、聞こえませぬか。一揆の近づく音が」

「話しながら自分で足踏み鳴らすの、やめろよ」

「おや、ばれましたか」

「そりゃばれるよ。それに大体、民というのはお前ひとりじゃないか」

「ええっ！」

ミドリは顔色を変えて二、三歩後ずさりする。

「な、なぜそのことが……。ひ、ひた隠しに隠していたのに……」

ちょうど道の向こう側に、うなぎのチェーン店の看板が見える。ミドリはガードレールにつかまって吠え立てる。「うーうーうーうー」道行く人々が、目を丸くしてその姿を見つめ、それから横に突っ立っている賢一を、人非人でも見るかのように一瞥して通り過ぎて行く。

「わかったよ……」

賢一は、泣く子と地頭には勝てぬ、という古い諺を思い出す。

「お前には負けたよ。ウナギを食べよう」

「にゃん♪」

ミドリはそれを聞くなり招き猫になる。

「ただし、〈梅〉か〈竹〉だぞ」

「そりゃあもちろん、えーっと、〈竹〉で良いでございますよ♡」

咄嗟のくせして、あくまでも高い方を選んで言うところが憎たらしいが、これは選ばせた自分も悪い。賢一は反省しつつ、招き猫の挙げた手を、自分の肘に引っ掛けたミドリをぶら下げて暖簾を潜った。

席に座ると和服の店員がおしながきを持って来て、まずお飲み物の注文をうけたまわりますと言う。大して飲みたくなかったが賢一は反射的にビールと答えた。飲み物は食事よりも利益率がはるかに高いので、客に必ず注文させようとする店側の作戦であることはわかっているのだが、こういう時に飲み物は要らないと決然と答える勇気がないのである。

「お前はどうする？　ジュースかコーラか？」

「牛乳！」

「いや牛乳は、ちょっとないみたいだな」

「じゃあ水でいい」

「ミネラル・ウォーターはありますか」

「ううん、ふつうの水道の水がいい」

「それでいいのか、本当に」

「うん。水がいい」

店員は曖昧な笑みを浮かべながら立ち去る。その後ろ姿を見てミドリはニカッと笑う。

「だって、これ以上兄ちゃんに、お金使わせたら悪いもん♪」

おお、その心掛けたるやよし、と賢一が褒めようかと思っていると、そのミドリがそのままテーブル越しに顔を近づけて来た。笑い出すのを我慢しているかのように眉間に縦皺を寄せている。

「だからダンナ……代わりにここはひとつ、〈松〉で手を打ちましょうや!」

「おい、お前さっき〈竹〉でいいって言ったじゃないか!」

「はて?」

ミドリは突然耳が遠くなる。右の耳に掌を当てて首をかしげる。

「何のことですかのう」

「だから〈竹〉でいいって」

「ほう〈松〉ですか！　それはさぞかし美味でしょうなぁ！」

「そうじゃなくて！」

賢一の声はすでに裏返っている。

「いやあ、この年寄りに〈松〉を御馳走してくれるとは、あんたは本当にいいお人じゃ」

いつの間にか、再び長老になっている。カッ！　と喉につまったタンを吐く音まで出して、芸の細かいところを見せる。

「いやあこの歳になると、食べることだけが楽しみでのう。ふぉふぉふぉふぉふぉ」

ミドリの滞在はあと三日、賢一の脳裏に、消費者金融の無人契約機の像が浮かぶ。

そして同時に、何だかすべてが面倒くさいような気分になった。

「もう好きにしろ！　〈松〉二つだ！」

「にゃん♪」

ミドリは一瞬のうちに招き猫に戻る。

「ご主人様、わたくしはあなたのしもべです。どうかしもべとお呼び下さい」

「しもべ」

試しに呼んでみた。

「本当に呼ぶなよこのやろう」

　あっさり地声に戻ったミドリが、テーブルの下で賢一の足を軽く蹴りあげる。

2

「しみじみぃ、飲めばぁ、しみじみとおおおぉぉ♪」

　左手で軽くコブシを握り、枯れた声で歌いながらカルキ臭い水道水を飲んでいたミドリは、いざ〈松〉が運ばれて来ると、今度はブラウスの袖を目に当てて泣きマネをした。

「うーうー、これを食べるために苦節七〇年。言うに言われぬ苦労をしました」

　賢一は苦笑しながら手酌でビールを呑む。おまえは一体いくつなんだよ、とツッコミを入れる気力ももはやない。

「うわぁ♡」

　ウナ重のフタを取るや否や、そんな黄色い歓声を上げ、それから例によって破竹の勢いで平らげはじめる。

　サバの味噌煮定食あたりで済ませるつもりがウナギになり、一番安い〈梅〉のつもりがうっかり口をすべらせたばかりに〈竹〉になり、それが終いにはゴリ押しに負けて〈松〉になり、賢一からしたらもう笑うしかないという状況だが、それにしても、心の底から食べることを楽しんでいるというミドリの食べっぷりには、ただただ感嘆する以外にない。

「わかったよ」

その姿を見ながら賢一はあきらめ口調で言った。

「何がぁ？」

「が、ぶ、り、寄りだよ。さっきはうまく説明できなかったが、今のお前の姿を見ているうちに、どう説明すればいいのかがわかった」

「ふうーん。兄ちゃんがどーしてもしたいんなら、セツメイされてあげてもいいよ」

ミドリは箸を止めようともしない。

「つまりだ、守りなんか考えずに、とにかく一心不乱に前に出る。相手が少しでも後退したり怯(ひる)んだところを見せたら、ここぞとばかり一気に寄り立てる。攻撃は最大の防御とばかり、とにかく攻める。プライドもカッコも外見も一切気にせず、厚顔無恥なくらい、押して押して押しまくる。これががぶり寄りだ」

「ふうーん」

つまり、正にお前が今やっているようなことだ――賢一は最大限の皮肉を込めてそう言いたかったのだが、既に興味が他に移っているらしいミドリは、気のない返事で食べ続けている。

「あーうめー！　あのニョロニョロしたウナギが、こんなに美味しくなるなんて、この食べ方をハツメイした人って天才だね！」

「一人っ子だからなぁ……」

だが賢一がそう呟いた瞬間だった。ミドリは突然箸を止め、伯父を真正面からきっと睨んだ。

「一人っ子だから何だって言いたいのよ！」

「いや、何でもない」

どうせ聞いていないだろうと思って放言すると、突如として敏感に反応するのがどうにもややこしい。まあややこなのだから当然だが……。

「どうせ一人っ子だから、ワガママに育っているとか何とか言いたいんだろ？」

「何だ、わかっているんじゃないか」

賢一は思わず苦笑した。わかっているならば、今さら隠してもしょうがない——。

「兄ちゃんには、一人っ子がどれだけ淋しいものかわかんないのよ」

「まあ確かに俺は物心ついた時には、すぐ下にお前のパパがいたわけだから、一人っ子の淋しさに関しては、実際わかっていないのかも知れないけどさ……。ところで何度も言うようだが、俺は兄ちゃんじゃなくておじさんな」

「あーあ、弟か妹が欲しいなあ」

「それはお前のパパに言え」

「言ったもん。もうサンザン。去年のクリスマスのプレゼントも、ダイイチ希望は弟か妹だったんだもん」

　賢一はちょっとのけぞる。

「そ、そうなのか。で、パパは何て答えた？」

「そのうちなって言って笑っていた」

「なるほど」

「兄ちゃん何とかしてよ」

「そ、それはさすがに無理だ」

　たじたじとなり、懸命に話題を変えようと試みる。

「だがな、お前のパパも弟を欲しがっていることは間違いないぞ。あいつの夢は昔から、自分の子供とキャッチボールをすることなんだから」

「はあ……」

　するとミドリは箸を片手に握ったまま、ウナ重の上でがくりと項垂(うなだ)れた。

「まったくもって、絵に描いたようなすてれおたいぷな夢を抱くやつだなー。わが父親ながら、そのあまりの小市民ぶりに、ときどきシンソコ情けなくなるね」

今のセリフを竜二本人にも聞かせてやりたい気がするが、立場上賢一としては、弟を弁護する以外にない。

「でもお前のパパの場合は特別だ。野球部のエースだったんだからな。そりゃあ子供とキャッチボールくらいしたいだろう」

実際にはキャッチボールどころか、ミドリが生まれる前、我が子の性別がまだわからなかった時分には、俺が小さい時分からみっちり一から仕込んで、伝家の宝刀の高速スライダーを伝授すれば、将来はプロ野球選手も夢ではないよと意気込んでいたものだ。

「パパって、そんなにヤキューうまかったの？」

「それは上手かったよ。あいつの投げる球は、ストレートも変化球も、掛け値なしにすごかった」

竜二は地区予選から一人で投げ抜いて県大会の準決勝まで駒を進めた。そこで待ち構えていたのは甲子園常連の強豪私立高で、それでも竜二は五回まで一人のランナーも出さずに0対0だったのだが、六回の先頭打者にデッドボールを与えてしまい、スタンドを埋め尽くす相手の大応援団からは耳を劈くようなブーイング、その後外角一辺倒になってしまったところを狙い打ちされたのだ。もしもあのまま打者の内角を厳しく攻め続けることができていたら、甲子園に行くチャンスは充分にあったと、贔屓目なしに見ても思う。

「兄ちゃんは自分の子供とキャッチボールしたいと思う？」

「俺は結婚もしてないし、そんなこと考えたこともないよ」

「どうして兄ちゃんはケッコンしないの？」

「相手がいないからだよ」

「ナットク」

相手が大人だったら、いやいやそんなことはないでしょう、などと言ってくるところだが、ミドリは思い切り額面通りにそれを受け取る。

「兄ちゃんはヤキューしなかったの？」

「おじさんだ。俺は心臓が弱くて、あまり激しい運動は医者から止められていたんだ」

「病気なの？」

ミドリは急に心配そうな顔になって、賢一の顔を覗き込む。

「いや、病気ってわけじゃない」

賢一は手を顔の前で軽く振りながら答える。

「ただ、あまり激しい運動はダメというだけだ。だからお前も、少しは俺の心臓を労（いた）われよ」

「だから兄ちゃんケッコンしないわけ？」

「いや、それとは直接の関係はない」

賢一は苦笑した。とりあえず毎日薬をちゃんと嚥んで、普通に静かな生活を送っている分には支障はない筈である。外に出かけても、いつも帰りの余力のことを計算に入れて行動しなければならないのは面倒であるが、最近はそれにも慣れた。外出時にうっかり薬を持参するのを忘れた時など、万が一いまここで症状が起きたらどうしようと、不安に駆られることがあるのは事実だが——。

「そう言えばさー、すもうの土俵って、まんまるいじゃん？」

ミドリはまた突如として話題を変える。

「でも右と左にちょっとだけ、外にはみだしてる部分があるよね。あれ何で？」

「ああ、徳俵ね。正確には東西南北に一つずつあるよ」

「トクダワラ？」

「ああ。完全な円形だったら土俵を割ってしまうところ、あそこだけは土俵が少し広くなっているわけだ。ちょっとだけ得するから徳俵」

「なるへそ」

「日常会話でも使うぞ。ぎりぎりまで追い詰められている時に、もう後がないという意味で、

〈徳俵に足がかかってる〉と言ったりする」

「兄ちゃんは人生がトクダワラにかかってるよね」

「うるさい」

　全くもって、憎たらしいことを言うガキである。

「これでもシンパイしてあげてるんだよ。何とか早く、良い人見つけてケッコンしなよ」

「余計なお世話だ」

　わざとぶっきら棒に答えた。この年齢（とし）で、自分一人が食べていくだけで精一杯だなどと答えるのは、さすがにカッコが悪い。

「だけど兄ちゃんみたいに都会で独り暮らしじゃあ、もしもある日突然ユクエ不明になっても、誰も捜してくれないよ？　身元不明のしたいになっても、引き取りに来てくれる人もいないよ？」

「す、少なくともお前のパパは引き取ってくれるだろ。兄弟なんだから」

「あの部屋でしんでいたらね。でも、どこかではっこつかして身元がわからなかったら、もうお手上げでしょ」

　これには憎らしいを通り越して思わず笑いが出た。一体どんな風に育ったら、ここまで憎まれ口ばかりを叩けるようになるのだろう――。

「大丈夫だ。その時にはＤＮＡ鑑定というのがある」

「でぃーえぬえー？」

ミドリは首をかしげる。珍しくこれは知らないらしい。

「聞いたことある気がするけど、何だっけ」

賢一が説明すると、ミドリは驚きの目を瞠る。

「おー。人間のすべてのサイボーにあるんだな！　すげーなでぃーえぬえー。すげーな人間！」

「人間だけじゃなくて全ての生物にあるよ」

「じゃあ髪の毛一本でも、でぃーえぬえーはわかるわけ？」

「わかるよ。ただ現在の技術では、確か毛根がついていないとダメじゃなかったかな」

「ツバは？」

「うむ、唾液の中にもＤＮＡは僅かに含まれている。だが確実に調べるには、口の中の粘膜を採取することだな」

「ツメとかは？」

「えーと、どうだったかな……」

賢一は考え込む。

「どーでも良いけど兄ちゃん、冷めないうちに食べた方が美味しいよ」

かと思うとそう言って、ビールを飲んでいるせいで進み方の遅い賢一の鰻重を覗き込む。

「ゆっくり食べているんだよ」

「ん、んまい♡」

大口を開けて頬張った次の一口が、ちょうどウナギの一番脂の乗ったところだったらしく、ミドリは陶器のように白い両の頬に、掌を当ててうっとりする。

「あーん、このところキョショクショウ気味だったけど、これなら食べられるわぁ！」

「拒食症って……お前は一体、誰の話をしているわけ？」

「ああ〜ん。やっぱり〈松〉は違いますねえ！」

そう言うや否や、賢一のお重を再びじろりと睨む。

「兄ちゃん、おなかいっぱいなら、ミドリが代わりに食べてあげてもいいんだよ？」

「だから、ゆっくり食べているんだよ！」

賢一は声を荒らげるが、ミドリは返事もせずにマイペースで再びコブシを握る。

「**いーのち、短し、食せよぉオトメぇぇぇ♪**」

「古い歌知ってるな」

「ねえ、ところで兄ちゃん、ウナギって、人間を食べるの知っていた？」

「はあ?」

賢一は耳を疑う。

「本当の話だよ。こいつら普段、小さいカニとかエビとかバリバリ食ってるんだもん。天然のウナギって、ニクショクなんだよ。実はウナギって、大きいのが小さいのを共食いしてしまうこともあるくらい、どうもうな魚なんだって」

「だけどいくら肉食と言っても、いくら何でも人間を食べることはないだろう?」

「ううん。前ね、近所に住んでいたおじいちゃんが教えてくれたの。せんそうでね、クウシュウでみんな焼けちゃって、逃げようとして川や海に飛び込んだ人もだめで、みんな黒コゲになっちゃって、たくさん人が死んだんだって。それからしばらく経ってからシタイを引き上げようとすると、何百匹というウナギが、うにょうにょとからみあって、死んだ人のメダマをつついたり、どろどろに溶けた胸の肉を食い破ったり、ぽっかり穴のあいたホッペタや口を、自由自在に出たり入ったりしているのを見たんだって!」

「うわ……」

賢一は思わず箸を止める。その時の状況をありありと想像してしまい、急速に食欲が減退してしまったのだ。実際に見たわけではないのに、げに恐ろしきは言霊の力である。

「七日町(なのかまち)にね、道行く人に見えるようにしてウナギを捌(さば)いているウナギ屋さんがあるんだけど、その店の前でウナギが生きたままマナイタに釘で打たれて、ホーチョーで切り裂かれるのを見てあたしが可哀想って言ったら、そのおじいちゃんが教えてくれたの。ウナギだって機会さえあれば人間を食べるんだから、おあいこなんだって。この世に生きているってことは、ヒツゼンテキに罪深いことなんだって。自然のめぐみに感謝して、おいしくいただくことがカンジンなんだって」

「はあ……」

一方その本人は、涼しい顔でそんな話をしながら、変わらぬペースで食べ続けている。それどころか、止まったままの賢一の鰻重を、おもむろに覗き込みながらのたまう。

「あれ、兄ちゃん、何だか食が進まないねえ？　仕方ないなあ。どうしてもって言うんなら、ミドリが残りを食べてあげてもいいよぉ？」

「………」

まさか一連のこの話も、より多く食べるための作戦のうちだったとは――がぶり寄りおそるべし。賢一としては、すでにウナギ屋に入った時点で徳俵を割っており、〈松〉を頼まされた時点で土俵下に転落していたつもりだったが、どうやらまだ安心するのは早すぎたようだ。そのまま花道も支度部屋も押し切り、国技館の外に出て地べたに思いきり相手を叩きつけるまで、ミドリはその攻撃の手を緩めるつもりはないらしい。

何よりもあきらめが先に立ち、賢一は無言のまま、まだ手をつけていないウナギの一切れと、それの載った御飯をミドリのお重の空いたところに移してやる。

するとミドリは急に背筋を伸ばし、現人神(あらひとがみ)を見るかのように目を大きく瞠いて賢一を見る。

「なぁんだ、いいところあるんじゃねえか、兄ちゃん！」

「他にいいところ無いのかよ」

賢一は憮然とするが、ミドリは意にも介さない。

「どうも……ごっつぁんです」

喉の奥をわざとつまらせて力士の真似をする。もらったウナギの上で、さっき習ったことをすかさず生かして、空中に綺麗に〈心〉の文字を書く。

「無理するなよ。多すぎるなら、残していいんだぞ」

ミドリは食べ続けながら、今や大盛りをはるかに超えてスペシャル特盛り大増量ＤＸとなった重箱の中身を、ガードするかのように腕を回す。

「まさか。誰が残しますか、こんな旨いもん」

「そんなに食べたら、太っちゃうぞ」

「いいんだもん」

「太ったら、ますます男の子にモテなくなるぞ」

するとミドリは腕で饅重をガードしたまま、再び嗄れ声の力士になる。

「いや……いいんス。オヤカタから、体重増やせって、言われたんス」

「親方は、体重減らせって言っていたぞ」

賢一は苦笑しながら言う。

「いつ会ったんスか、オヤカタと」

嗄れ声のまま、上目遣いでこっちを見る。

「さっき会ったんだよ」

「それはオヤカタ、きっと別の力士とまちがえているっス」

そう言いながらも口をモグモグ動かす。

「お前なあ……。〈口から生まれた〉という言葉を知っているか？」

「いえ……よくわからないっス」

喉の奥をぜいぜい鳴らしながら、金星を挙げてインタビュールームに呼ばれた平幕力士のような答えを返すと、次の一口を頬ばるや否や、今度は突如色っぽい声で叫ぶ。

「あーんもうだめ〜ん♪　トリップしちゃう♪」

「へ、変な声出すなよ……」

「うーん、我がウナギ人生に、一片の悔いなし！」

3

「ねえ、あの人何しようとしているの？」

ウナギ屋を出た途端、ミドリが夕闇迫る空を見上げて、素っ頓狂な声を出した。

通りの向こうの雑居ビルの屋上に、一人の中年男が立っている。それだけなら別に何ということはないのだが、その男が、今まさに屋上の鉄柵に足をかけ、それを乗り越えようとしているところなのだから話は別だ。

男は中肉中背で、きちんと背広を着てネクタイも締めている。あっという間に柵を乗り越え、手前の狭いところに降り立った。

男は柵を後ろ手に摑んだまま、そのままの体勢で熟っと動かない。柵を乗り越えたはいいが、そこで足が動かなくなったかのように固まっている。風が吹いて、男のネクタイがはためく。

賢一は急いで左右を見渡した。だが周囲は既に暗くなりかけており、自分たち以外は、誰も気づいている様子がない。そのビルの玄関から二人組の男が出て来たが、やはり屋上の男には気づかず、話をしながらそのままどこかへと歩き去って行った。

「兄ちゃん、助けに行こう」

ミドリが賢一の手を引っ張って、大通りをまっすぐ横切ろうとする。車がクラクションをけたたましく鳴らしながら急停車する。

頭を下げる賢一の手を引いてそのまま渡り切ったミドリは、舗道に上がるや今度はその手を振り払って、一人ビルの入り口へと走って行く。賢一は追い掛けながらその背中に向かって叫んだ。

「無理だよ、そんなこと！」

これは販売員や悪徳骨董屋をとっちめるのとはわけが違う――。

「やってみなきゃわからないじゃん」

走り続けながらミドリが振り返りもせずに言う。

「け、警察を呼んで来て、任せればいいんだよ」

入り口を入ったところで何とか追いついた賢一は、荒い息を吐きながら上擦った声で言った。正直これは、自分たちでどうこうできる問題ではないと思う。人の生死がかかっている。それにもしも失敗したら？　面倒なことになるくらいならばまだしも、最悪の時は、あべこべに責任を追及されかねないのではないか？

「足が震えてたもん。今から警察なんか呼んでたら、ゼッタイに間に合わないよ！」

ミドリが手を伸ばしてエレベーターのボタンを押す。ビルには管理人などは特にいないようだ。

　エレベーターはすぐにやって来た。ミドリは勢い良く乗り込んで、思い切り背伸びして一番上の【8】というボタンを押した。

　賢一は一瞬躊躇してから、続けて乗り込んだ。まさか一人で行かせるわけにはいかない。何と言って、止めさせようか——。

　旧式のエレベーターは、ガタゴト揺れながらも上昇し、すぐに八階に着いた。だがそこはまだ屋上ではない。ひっそりと人気のない廊下の突き当たりで、金属製の両開きのドアの片側だけが開いていて、その向こうに屋上へ続く階段が見えた。賢一がミドリの手を握りながら扉の外に首を突っ込んで見上げると、階段の上に、矩形に切り取られた暮れなずむ夜空が見えた。

　この階段を上り、見ず知らずの人間を説得して自殺を止めさせる——やっぱりそんなことは無理だ。賢一は弱々しい声を出した。

「なあ。やっぱり下に降りて警察を——」

　だがその時だった。ミドリが一瞬の隙をついて賢一の手を再び振り切ると、扉の中に飛び込んで、階段を一目散に駆け上がりはじめた。

　しまった——。

賢一は服の上から心臓を押さえながら、その後を慌てて追う。

「こ、こら！」

「ねえおじさん、何してるの？」

先に屋上に出たミドリが、いきなりそんなことを甲高い声で叫ぶのが聞こえる。

賢一が遅ればせながら屋上に出た時には、柵の向こう側に立って下を見つめていた中年男が、後ろ手に柵を摑んだまま、首だけを捩じって愕っとしたような顔でこちらを見ていた。

「来、来るな！　それ以上来たら飛び降りるぞ！」

賢一はミドリが突進して行くのを止めるため、後ろからその小さな身体を羽交い絞めにした。

だが口を塞ぐのは後回しになった。

「そっから落ちたら死んじゃうよ？　それでもいいの？」

中年男は苛々した声で答えた。

「それくらいわかってるよ。というか見りゃあわかるだろ！　俺は死にたいんだよ！　あっちへ行ってくれ！」

だが次にミドリが口にした台詞は、全くの予想外のものだった。

「ねえおじさんは、この世で嫌いな人、いないの？」

賢一は思わず自分の耳を疑った。普通こういう時は大事な人いないのとか、ちょっとクサいが愛している人いないのとか、訊くものじゃないのか？

案の定柵の向こうの中年男も、少し戸惑ったような声で答えた。

「は？　嫌いなヤツ？　そんなの、山ほどいるに決まってんだろ！」

「じゃあその人たちも、おじさんのことを嫌いなわけ？」

「ああ、多分そうだろうな。俺なんか生きていたって誰一人喜ばない。会社の奴らや別れた女房はもちろん、一人息子も俺のことを憎んでいやがる。養育費を真面目に払って大学まで入れてやったのによ！」

「ふうーん。じゃあその人たちは、おじさんが死んだら喜ぶわけね？」

すると男は少し言葉に詰まった。柵を握る手に力が罩もるのが見える。

「ま、まあ少なくとも何人かは、表面上はお悔やみ言いながら、内心大喜びだろうな。リストラする手間が省けた社長とかな」

「ふうーん、そうなんだ」

ミドリは涼しい声で答える。一体何を考えているのだろう？

「だったらおじさんが死んだら、その人たちの思うツボじゃん。その人たちがそれで喜ぶんなら、逆に思い切り元気になって、その人たちを残念がらせなきゃダメじゃん」

するとも顔の表情ははっきりとは見えないが、中年男が醸し出す雰囲気に、微妙な変化が現れた。

「な、何も知らないくせに、何を利いたふうなことを言ってるんだ。それだけじゃない。借金とか親の介護とか、いろいろあるんだよ！」

「わかった。じゃあ好きにすれば」

それだけ言うとミドリはさっと踵(きびす)を返し、今度はあべこべに賢一の手を引いて、階段の口の方へと向かった。

「さ、降りよ」

「お、おい！」

首を捩じったままの中年男が呼ぶのも聞かず、今度はさっさと階段を下りると、エレベーターのボタンを押した。八階で止まったままだったエレベーターの箱はすぐに開き、それに乗り込む。

「あのままでいいのか」

賢一は小声で訊く。

「だって、あれ以上何ができるの？」

エレベーターは再びガタガタ揺れながら一階に着いた。箱を出る。

だがビルの入り口に差し掛かったところで、そのミドリが奇妙なことを頼んで来た。

「兄ちゃん、その傘を広げて、あたしの姿を隠して」

「え？」

何故？　と思ったが、とりあえず賢一は、天気予報が外れたおかげで結局一度も使わなかった黒い大き目の傘をここで開くと、ミドリの言う通りにした。

「今日は確認しないのか」

昨日のように物陰に隠れて見守るのかと思っていた賢一は、傘を前方にさしかけながら、どんどん先へ先へと歩いて行くその背中に尋ねた。

「だってあの人にとって今のあたしは、イッシュンだけ地上に降り立った、救いの天使だから。天使が道を歩いているところを見たら興ざめだろ？」

「天使ってお前……」

賢一は思わず噴き出しそうになった。

「うるせーな。あの人にそう思わせるっていう話だろ。オレもいま言って恥ずかしかったんだから笑うな！」

「はいはい」

賢一は早足でミドリの後を追い掛けながら、途中でこっそり振り返り、あのビルの屋上を見上げてみた。

柵の外側の僅かばかりの空間で、鉄柵から片手を離して何とか身体の向きを変えた男が、懸垂するように柵の横棒にしがみつき、足を懸命に高く上げ、何とかそれを乗り越えて、まるで落ちるかのように向こう側に降りるのが見えた。

それきり姿は見えない。そのまま屋上のコンクリートの上にへたり込んでいるのだろうか。

明日になれば、あの男性が果たしてどういう心境になるのか、それは誰にもわからない。とんでもない荒療治という気もする。だがさっきの女の子は一体何者なのか、また会うことはできるのか、今はきっと無数の疑問が、あの男の頭を駆け巡っていることだろう。あの一連の必死の動きを見る限り、少なくとも今日は、いや頭の整理がつくまでは、もう一度あの柵を乗り越えてという気持ちには、恐らくならないことだろう——。

賢一は歩きながら先を行くミドリの小さな背中を見つめた。今やとっぷりと日も暮れ、遠目ではこの黒い傘を見分けること自体難しいだろう。

とりあえずこいつの行動力は、認めざるを得ない。

そして思った。こいつの目には、さぞや自分たち大人は、口で綺麗ごとを言う割には何もしない、ひどい言行不一致で矛盾だらけの存在に見えていることだろうな——。

4

「ねえねえ兄ちゃん、これ憶えてる？」

今日も一日いろんなことがあった。家に着いて賢一が一息ついていると、全く疲れた様子もないミドリが、そう言いながらモスグリーンのリュックの底の方から、一組の新品のトランプを取り出した。

「なあんだ憶えてないのぉ？　ちくしょう、子孫代々、大切に守り伝えてきて損したぜ」

そう言われて思い出した。それは今から三年半前、そう言えばあの子今度小学校に入るんだなあと入学祝いを贈ることを考えたが、迂闊にも思いついたのがもう三月の末で、ランドセルは言わずもがな、文房具なんかももう全部揃っているだろうし、子供服も趣味があるしと迷った挙句、以前子守りをした時に七並べやババ抜きを教えたことを思い出して贈ったものだ。あの子は負けそうになると、すぐにカードを投げつけてボロボロにしちゃうから、何組あってもいいだろうとも思った。造りの安っぽいキャラクターものではなく、エンボス加工されたプラスティックシート製の高級品だが、残念ながらこの入学祝いは、竜二には極めて不評だった。貰っておいて言うのもなんだけど、あんな遊びの道具じゃなくて、商品券とか文具券とかが良かったなぁ。

「これまだ一回も使ってない。だからいま使お♡」

　入学祝いのトランプを、ミドリが一度も使わずに取っておいたとは意外だったが、今の子供の周囲には、自分が子供だった頃とは比べものにならないほどの量の娯楽が溢れている。何よりもゲーム機がある。トランプのようなアナログな遊びは流行らないのだろう。

「ああ、いいよ」

「やったあ♡　ねえ、何やる何やる何やる？」

「お前の好きなものでいいよ」

　元気いっぱいのミドリにつられて賢一は卓袱台についた。

　ミドリがいちばん得意だと言う神経衰弱をすることになった。生まれてこの方、誰にも負けたことがないと豪語する。よし、そこまで言うのなら、ひとつ本気を出して負かしてやろう、そうしたら伯父を少しは尊敬することだろう——そう思って臨んだ一戦だったが、賢一はまるで歯が立たない。

「フッフッフ。青いなおぬし」

　勝ち誇るミドリの前で、賢一は懸命にカードを記憶するのだが、よし来た七だと思ってめくるとスペードのクイーンである。よし今度こそ間違いないと思いながら勢い込んでめくると、またもやさっきと同じスペードのクイーンが、賢一をあざ笑うかのように微笑んでいる。

一方ミドリは、楽々とカードを合わせて行く。合うたびに奇声を発する。

「きゃあ♪　あたしってやっぱり天才？」

とうとう最後まで賢一は四枚しか取れなかった。「おいちゃん可哀想だから二枚あげるよ」とミドリはキングのペアをくれるが、それでもたったの六枚、貰っただけ余計に惨めな気がする。

「うーむ……」

小さい頃は俺も得意だったのにと思いながら賢一は首をかしげる。

「やっぱり歳のせいで記憶力が減退しているのかなあ……」

「そんなことないよ。あたしが強すぎるの♡」

「いや、昔と比べると、やっぱり憶えられなくなっている気がする」

「まあいずれにしても、君では相手にならんことは確かじゃな。わっはっはっは」

「お前なあ。慰めるのか勝ち誇るのか、どちらか一方にしろよ」

「じゃあ勝ち誇ろう。それにしても強すぎるというのも、つまらんもんじゃ。うわっはっはっ。いやー天才とは、コドクなもんじゃのう。どこかにもっと、歯ごたえのある相手はおらんものかのぉ」

かなり本気で頭に来て、もう一度勝負を申し込む。ミドリはもちろん余裕の表情でそれを受ける。

「負けたままじゃあ、大人のコカンにかかわるか？」

「それを言うなら、沽券だろ！」

「うえっへっへっ。わざとまちがえたんだよ～ん」

ミドリは赤い舌を小さく出す。

今度は賢一も、最初から不退転の覚悟である。血走った目でカードを睨み、気合を入れて記憶する。その甲斐あってか、今度は賢一が最初の二枚を取った。

「よかったね、取れて♪」

ミドリが卓袱台越しに、楓のような手をぱちぱち叩いてそれを祝福する。

だが賢一が続けてもう一組取ると、ミドリの顔色が微妙に変わる。唇を尖らしながらブツブツ言い出す。

「まったく何だよいい大人がよぉ。たっかが子供相手のトランプに、そんなシンケンになっちゃってよぉ……」

こうやって相手の集中力を紊すのが、こいつの常套手段であることはもうわかっている。その手に乗るかと気を抜かず、賢一は懸命に精神を集中した。大人が本気を出したら凄いんだということを、ここらで何としても一回、こいつに見せておく必要がある。

「全くもう、みっともないなあ。たっかがゲームに必死になっちゃって。オトナゲないなあ」

もう二度とその手には乗らん！　と賢一が額に青筋立てながらもう一組を取ると、ミドリは突然背中を丸め、畳の上にぺたん、と座り直した。

「これこれ。あんまり年寄りをいじめるんでねえ……」

上目遣いで賢一を見ながら、だみ声でネチネチと喋り出した。

「これ、あんまり取るんでねえ。バアさまは、これだけが楽しみで生きているだよ……」

「うぐっ」

賢一は思わず噴き出してしまい、その瞬間にそれまで必死で記憶していた十枚ほどのカードの順番が、頭の中でごちゃまぜになってしまった。

「こら、お前！　やり方が汚いぞ！」

「はて？」

ミドリは耳を押さえながら、謎のバアさまの真似を続ける。

「ああ、ノギショーグンのご子息ですか？　それはそれは、ゴウキな若者じゃった。だからご子息を亡くされたときのノギショーグンの悲しみようといったら、涙なくしてはとても見ることができんかった……」

「はあ？　何を言ってるんだ、お前？」

さすがの賢一もきょとんとしてミドリを見つめる。

「はて？」

ミドリは再び耳を押さえる。

「最近どーもホチョーキの調子が悪くてのぉ。すると、トーゴーヘイハチローさんの話でしたか？」

「えーい、黙れこのクソババア！」

だが卓袱台上に目を戻した時には、もう何一つ憶えていない。しまった、やられたと気づいたが、時すでに遅しである。

「えーと確かこれと、これだったかな……」

三だと信じてめくったが、さっきから何度も間違えてめくった例のスペードのクイーンが、またまた嫣然（えんぜん）たる笑みを湛えながら現れた。だからお前じゃねえぇぇぇ！

「ふっふっふっ。やはりまだまだ青いのお、おぬし」

順番が回って来たミドリは、謎のバアさまの真似をあっさりやめる。身を乗り出し、どんどんカードを合わせて行く。

「ざーんねんでした。これは、これだよ！」

大人のコカンじゃなかった沽券にかけてもこの勝負だけは負けられない——と賢一は焦るのだが、焦れば焦るほど憶えられない。もはや他人とは思えないスペードのクイーンも、あっさりと取られてしまう。

結局あとは、前回と同じペースだった。前回よりは健闘した賢一だが、終わってみると十四枚、四十枚のミドリとはまるで勝負にならない。

「これ、頭が高いぞ、ミジュクモノ！」

連勝ということもあり、ミドリは座ったまま両手を腰に当てて、遠慮なく勝ち誇る。

「うーむ……」

「いやー、やっぱりゲームといえども、真剣にならないとね。たかがゲームだとか、たかがトランプだとか言う奴は、将来ロクな人間にならない！」

「さっきはお前がそう言っていたじゃないかよ！」

「やっぱり勝負ごとは勝ってナンボだよね。ライオンはウサギを狩るのにも、ゼンリョクを尽くすと言うしね。そういう小さなことのツミカサネで、人生の大きなツキが巡って来るのよぉ」

ミドリは片膝を立てて、自分の掌をウチワ代わりにして自分自身をあおぐ。

「はっはっは。わしはいつ誰の挑戦でも受けるぞ」

「プロレスラーか、お前は」

「うわっはっは。まったく、どこかにもう少し手ごたえのある奴はおらんかのう」

ひとしきり勝ち誇った後、突然にこにこしながら立ち上がる。

「うえっへっへ。昨日のポテトチップスが残ってること思い出した。いま食〜べよ♡」

袋を持って来て、口のところを留めていた輪ゴムを外す。

だが二、三口食べたところで、眉間に縦皺を寄せ、絶望の表情となる。

「しけってる……」

いじけた顔のまま、しばらく黙ってボリボリ食べる。

それから突然、

「ふふふふふふ」

と沈黙を劈いて再び笑い出す。

「へっへっへっ。もうしあわせの絶頂！　奥のほう、しけってなかったのさ♡」

食べ終えると歯を磨き、それからたたた、と助走をつけて走って来て、その間に賢一が敷いてやった蒲団に向かって、フライング・ボディ・アタックを決める。

「我がポテトチップス人生に、一片の悔いなし！」

「その年で悔いなさすぎだろ！」

だが賢一が皮肉を言い終わった時には、もうすーぴーすーぴー寝息が聞こえはじめている。

5

「あー腹いてえよ」

ミドリが顔を顰めながら畳の上で呻吟（しんぎん）している。

時刻は夜中の一時半。寝入りばなを起こされた賢一は、目を擦（こす）りながら電気を点けた。

「うううう……」

賢一は心配してその顔を覗き込んだ。この前の大トロを食うための仮病とは明らかに違う。本気で痛がっている。

「まさか、ひょっとして食あたりか？」

だがミドリは七転八倒しながら激しく首を横に振った。

「いや、こ、これはただの食いすぎでせう。しょ、しょっちゅうなっているから、自分でわかりまんがな」

確かに食いすぎであることは否定のしようがない。なにしろウナ重の〈松〉のスペシャル特盛り大増量ＤＸを平らげ、帰ってからポテトチップスの残りを食べ、フライング・ボディ・アタックを決めてやっと寝たかと思ったところ、ほんの三〇分ほどでまた起き出して来

ては、

「何だか小腹空いた、父(ちゃん)、ぴゃん」

とのたまって、副業に勤(いそ)しんでいた賢一を、あんドーナツパンとクリームパンを買いにコンビニに走らせたのだから――。

「うーん……最後のクリームパンが効いたかなあ……」

「そうだよ。何も慌てて食べなくても、クリームパンは逃げて行かないんだからさ」

するとミドリは、突然大きな瞳(め)を瞠いて、賢一の背後を指差した。

「後ろ！　兄ちゃんの後ろ！　クリームパンが！」

「え？」

賢一は思わず振り返ってしまい、ミドリの嘲笑の的になる。

「このオヤジ、バカじゃねえの？　振り返ってやんの。クリームパンが何するってんだよ、あいてててて」

畜生！　と思いながらも、具合は本当に悪いようなので、心配しながら言う。

「本当に大丈夫か？　病院で診てもらった方が良くないか？」

「病院はゼッタイいやだ！」

首を勢い良く左右に振る。

「だけど一応……」

「そのイチオウがイヤなんだなー。ウチのパパがアホみたいに心配性でさー、小さい頃からちょっとでも夜中に具合が悪くなると、すぐに救急病院とかに連れて行かれてさー。それでただの食べ過ぎだとわかった時の、医者やカンゴ師たちの、メイワクって言葉知っていますかと言わんばかりのあの冷ややかな目付き！　だからもう救急病院はコリゴリなのさ！」

賢一は竜二の顔を思い出して思わず苦笑した。確かにあいつは、子供がちょっと熱を出したりおなかが痛いと訴えたりしただけで、慌てて救急病院に連れて行くタイプだろう。そのくせ自分は滅多に病院に行かないのだ。今から四、五年前、大人のくせにお多福風邪に罹ってものすごい高熱を出した時も、さすがに会社は休んだものの、ぶっ倒れる直前まで自宅に持ち帰った仕事を片付けていたことを人づてに聞いた。

「じゃあとりあえず整腸剤でも嚥むか？」

賢一は棚の上から救急箱を下ろし、整腸剤を出してミドリに手渡した。

ミドリは真顔に戻り、瓶のラベルを仔細に検討する。

「ふうむ。これはチョウのクスリですなあ」

「だから整腸剤だって」

「どっちかと言うと、イの方が問題じゃないんスかね」

「ふうーん、よくわかるな」

「まあ自慢じゃないスけど、何度もなっていますからね。それにおとしの誕生日に買ってもらったジンタイ図鑑は、何を隠そうわたくしのアイドクショの一つですし」

そこで賢一は、今度は胃薬の瓶を探して手渡した。

「おーこれやこれ」

見慣れた薬だったらしく、瓶のラベルを見てミドリは突如色めきたつ。

「何やこんなエエもん持っとるんやないけ、おっさん！」

「誰がおっさんだ」

「何じゃい。あるなら最初から出さんかい！　もったいつけやがって、このスケベオヤジ！」

たかが胃薬でこれだけ大騒ぎできる奴も珍しい。それにしても、何故助平？　一体何の真似だ？

「ゴクジョウ物やないけ、この！」

まさかエロＤＶＤ屋の客ではあるまいなと思いながらも、賢一は黙ってコップに水を汲んでやる。ミドリはただちに二錠嚥み下すが、もちろんすぐに効くわけはなく、ぐったりとうずくまる。

夜風に当たりたいと窓際まで這って行き、外を眺める。今夜は雲の流れが速く、月は黯い雲のあいだからときおり顔を覗かせては、また雲の中に隠れて行く。夜風に揉まれている街路樹が、そのたびに仄白く浮かびあがったりまた消えたりする。

「ああ葉っぱさん。あなたの最後の一葉が落ちるまで、私は生きていられるかしら」

そう言ってぐったりと窓枠に凭れる。

「それ、泰山木だぞ。常緑樹だから、葉は一年中落ちない」

「使えねー奴だな！　話合わせろよ！」

と、自分が生まれる前からそこに生えている泰山木を罵倒する。

だがそこで再び痛みはじめたのか、窓枠から手を離し、苦しそうに前かがみになる。

「あいててて」

「大丈夫か？　やっぱり病院に行こう」

風に煽られた枝の先が、どこかの部屋の窓か壁に当たっているらしく、かちかちという規則正しい音が響いて来る。

「ねえ工作とかする時にさ、紙に【のりしろ】って書いてあるジャン」

「ん？　ああ……」

「あれ見て、命令すんなよ！　と思ったことない？」

「意味が違うだろ」

「あと話変わるけどさあ、ニュースとかでよく、〈かたくそうさく〉とか言うジャン。警察がかたくそうさくの結果、かくせいざいを押収しました、とかさ」

「ああ、家宅捜索ね。それがどうした？」

「あれあたし小さい頃、〈堅く捜索〉だと思ってたんだよね。で、テキトーにやる〈柔らか捜索〉ってのもあるんだと思ってた」

「ははは。じゃあそろそろ病院に行こう。今タクシー呼んでやるよ」

「う、と……ところでさあ、ジンタイ図鑑って、子供をばかにしていると思わない？」

「子供を馬鹿に？　そんなことはないだろう」

「だってあたしね、長い間、体のなかにはセッケッキュウとかハッケッキュウという名前の小さな人たちが住んでいて、それがボールみたいになっているさんそを運んだり、槍みたいなものでばいきんを退治したりしているのだとずっと思っていたのよ」

「ああ……確かに子供向けの人体図鑑には、そういう絵が描いてあるよな」

「ひ臓という器官では、一生懸命働いて、歳をとったセッケッキュウが、病院のベッドに横たわって息をひきとっているの。それを見てフカクにも、ぼろぼろ泣いてしまったこともあるね」

「へえー。それじゃあそろそろ病院に……」

「あ、そ、そう言えばさあ、エ、エカキウタの一番最後って、早すぎると思わない？」

「はあ？」

「だからエカキウタだよ。〈♪卵がふたつ、あったとさ〉とかいうやつ」

「ああ、絵描き歌。キャラクターの描き方なんかを教えるやつね」

「あれって最後がやたらに早いよ。〈♪あっという間にドラえもん〉とか言うくせに、その最後の〈あっ〉の瞬間に、りんかくとか手とか足とか、全部いっぺんに描かせるじゃん。あれじゃ忙しくて、全然〈あっという間〉じゃねーよ！」

どうやら何とか病院行きを阻止するために、懸命に話を逸らせようとしているらしい——。

〈五日目〉

この絵の実物を見ると、その画面の小ささに、まず愕かずにはいられない。また同時にこの小さな画面が、五〇〇年にも亘(わた)って人々に謎をかけ続けていることに驚嘆の念を禁じえない。西（パリ）の『モナリザ』、東（ヴェネチア）の『テンペスタ』と呼ばれる所以(ゆえん)である。

絵の後景には廃墟のような市街が広がっており、重く垂れ下がった雷雲の間を稲妻が走っている。強い風を受けて葉叢(はむら)がみんな裏返っている。今にも雷鳴が聴こえて来そうなその筆遣いは、この絵が数少ないジョルジョーネの真筆であることを何よりも証明するものである。

この絵は世界の絵画の中でも最大の謎の一つとされている一枚であるが、中でも最も大きな謎は、画面前景に描かれた一組の男女であることを確認しておこう。二人が画面の左右に大きく引き離され、しかもそのあいだに川が流れて二人を隔てているので、どうにも普通のカップルや夫婦とは思えないのだ。女の方は緑に囲まれた土地で赤ん坊に乳房を含ませているが、男の方は武器のような長い棒を持って、画面の左隅から女を見ている。それは女を危険から守るため遠くから見守っているようでもあり、また女の世界と対峙しているかのようでもある。

そしてこの二人が何者であるかについて、今日に到るまで三十以上の学説が乱れ飛んでいるわけである。

まず女がヴィーナス、赤ん坊はキューピッドで、左の男はヴィーナスの恋人である軍神マルスというもの。赤ん坊がのちに成長して酒神になるバッカス、左の男がその養育係のヘルメスで、女は乳母代わりのニンフというもの。男がアダム女がエヴァ、赤ん坊がカインという説は、男の持っているものが棒ではなくて労働を表す鋤（すき）か何かだったら、もっと説得力を持ったことだろう。その他にもゼウスとイオ、メルクリウスとイシス、更にはある特定の人間あるいは神の姿ではなく、ある概念の寓意像であるとするものもあるが、その中には錬金術の手法をひそかに表したものであるという説もあり、これだと赤ん坊は錬金術によって生まれた不死の薬、賢者の石ということになってしまうわけである。

東都大学紀要「西洋美術研究」第47號
《ジョルジョーネ作『テンペスタ』を巡る一考察》より

1

翌朝にはケロリと治っている。

ただし今日は賢一は、丸一日出かけなければならない。例の夏季スクーリングの講義の日なのだ。

「ふうーん、偉いなー。仕事に行くんだ」

昨夜とはうって変わって涼しい顔のミドリが、見直したような目を向けて来たが、それを見て賢一は逆に複雑な心境になった。たった一日仕事に行くだけで〈偉い〉と言われるとは、今まで俺はこいつに何だと思われていたのだろう？　ただのプータロー？　人生徳俵にかかったダメ人間？　まあ確かに竜二のように、毎朝背広にネクタイを締めて会社に行く父親と比べれば、夏休み中とはいえほぼ毎日家にいる自分は、ミドリの目には到底まともな社会人には見えないのだろうが――。

「ゲーム機でもあれば、退屈しないんだろうけどなあ」

だがミドリはかぶりを振った。

「ミドリ、ゲームあんまり好きじゃないよ。トランプとか人生ゲームみたいなボードゲームは好きだけど、ゲーム機のゲームはそれほど好きじゃない」

「へえ、どうして？」

そう言えば聖川がスマホをゲームモードにして差し出した時も、遊ばなかった。

「だってゲーム機のゲームってのは、結局遊んでいる本人が楽しいだけでしょ。たいせんモードってのもあるけどさ、あれも結局楽しいのはコントローラー握っている人だけだよね。RPGだって、あらかじめ決められた場所を、途中でキャラに話を聞いたりしながら決められた順に進んで行くだけだし。それだったらトランプとかボードゲームの方が、その場にいる人みんなで楽しむことができるから、何十倍も面白いよ」

「へえー」

「あたしは遊びを発明する天才だからダイジョーブ。気にしないで行って行って」

「そうか」

　賢一はその言葉に安心して準備をはじめた。

「では、おばばが災難よけのお茶を淹れませう」

　ミドリは突然嗄(か)れた声の老婆になって、ヤカンに水を汲み、わざとらしく腰を曲げながら、それをガスレンジにかける。

「ん？　一体どういう風の吹き回しだ？」

「まあ、ここはひとつ、このおばばにすべておまかせを」

「何だか今日はまた、ずいぶんと甲斐甲斐しいな」

　するとミドリは片方の掌をメガホンのように丸めて口に当てて背伸びをした。内緒話をする格好である。自分たち以外には誰もいないのにと不審に思いながら賢一が中腰になって顔を近づけると、ミドリは空いているもう一方の手で賢一の耳たぶをむんずと摑んで、自分の口に思い切り近づけた。

「あーかいがいしい、かいがいしい！」

「うわ。わかった、わかった」

「働きモノ、働きモノ！　けなげ、けなげ！」

「わ、わかったから、耳の中に向かってしゃべるな！　鼓膜が破れる！」

「世界じゅうがミドリをショウサンする声、お耳に届きましたでしょうか」

「そりゃ届くよ！　あー耳いてー」

賢一は耳を押さえながらうずくまる。頭の奥では今でもキーンという金属音が鳴っている。

「ちょっとセンザイ意識に訴えてみました」

「どこが潜在意識だよ！　思い切り顕在意識だろうが！」

だがその約五分後、支度と言うのもおこがましいような簡単な支度を終えた賢一の目の前に差し出されたお茶は、底が見えないほど深くて昏(くら)い緑色をしていた。思わず昨日見た弁慶濠の水を憶い出したほどである。しかも湯気が濛々(もうもう)と立ち騰(のぼ)っている。

おそるおそる一口飲んでみたが、予想通り熱くて渋くて苦くて、とても飲めたものではない。

一体何をどうやったらこんな味になるんだ？　と思いながら急須の蓋を取ると、案の定その中には、お茶の葉が立錐の余地もないほどみっしりと詰まっていた。

「こんなに入れるやつがあるか！　もったいないし、第一苦すぎて飲めないよ」

ミドリは一瞬頬をぷうと膨らませかけたが、それからしゅん、と悄気(しょげ)返った。

それを見ていると、これでもこいつなりに一生懸命に淹れたんだなとちょっと可哀想になった。いつも大人が淹れているのを、見よう見まねでやってみただけで、恐らくお茶を淹れたこと自体、生まれて初めてなのだろう――。

「次からは、もう少しお茶葉の量を減らして、それからお湯は、一度沸騰させたものを少し置いてからの方が美味しく入るぞ」

「うん、わかった」

ミドリは小さく頷いた。

ふと壁の時計に目をやった賢一は、慌てて立ち上がった。こうしている場合ではない。

「じゃあ帰りは夜になると思うから、これで弁当でも買って食べていてくれ」

そう言って、財布から千円札を出して置いた。本当はそれもあらかじめ買って置いて行きたかったのだが、途中で息抜きに――何の息抜きなのか不明だが――コンビニくらい行かせろ！　とシュプレヒコールを繰り返すので、あまり過保護なのもどうかと思い、任せることにしたのである。

だがミドリは、まるで生まれて初めて紙幣というものを目にしたかのように、きょとんとした顔で卓袱台の上の千円札を眺めている。

「どうした？」

するとミドリは早春の十和田湖のように澄み切った瞳で、千円札と賢一の顔を交互に見比べながら、指を折って何やら数えはじめた。

「マクノウチ弁当ＤＸにウーロン茶でしょう？　それにサラダ。そしてやっぱりニンゲンとして、食後の軽いデザートは欲しいよねえ」

賢一は無言のまま小銭入れから五百円玉を出して、千円札の上に載せた。

だがミドリは、今度は夕闇迫る晩秋の摩周湖のような深い憂愁に満ちた瞳で、やはり卓袱台の上と賢一を交互に見つめ続けている。

「消費税は？　おいちゃん？」

これ以上言い争いをしていたら遅刻してしまう。賢一は五百円玉を仕舞うと、代わりにもう一枚千円札を出して重ねた。

「いってらっしゃいませ、ダンナ様」

ミドリは突如豹変し、その場で恭しく頭を下げた。

2

消費税はコンビニではとうの昔に内税になっているよなあ、と思いながら部屋を出た賢一は、出てすぐのコンクリートの外廊下に、煙草の吸殻を二本発見した。自分のものではない。自分はこんなところで煙草は絶対に吸わない。

聖川の言葉なども思い出し、賢一は部屋へと引き返した。鍵を開けてもう一度玄関の中へ入る。

「おかえりなさいませ。今日はまたずいぶん早いのね」

ふざけるミドリに向かって言う。

「なあ、コンビニは明るいうちに行っておけ。それからその行き帰りに知らない人に声をかけられても、絶対について行っちゃダメだぞ。そして帰ったらすぐ玄関に鍵をかけて、あとは呼鈴が鳴っても、一切出なくて良いからな。俺は自分で鍵を開けて入るんだから」

「うん、わかった」

いつもなら、こんな忠告など鼻で一笑しそうなミドリだが、賢一の真剣な表情に圧倒されたのか、素直に頷いた。

―――


階段を下りたところで、日出夫と会った。ゴミの袋を両手に提げている。徹夜明けらしく、化粧を落とした顔にヒゲの跡が青々しい。

「あーら賢さん、おはよう。あの子は元気なの？」

「ああ、元気だよ」

ゴミ収集所へと向かう日出夫と並んで歩きながら、賢一は思わず愚痴を言った。

「もう大変なんだ。とにかく正義感が強くてさ、困っている人を助けたがるのは良いんだけど、俺が困っているのは見て見ぬフリ。いやそれどころかむしろ、俺を困らせることに命をかけてる感じ」

そして手短にいくつかのエピソードを話して聞かせたが、日出夫は不審そうな顔をしている。

「賢さん、本当にそんな風に思ってるの？」

「そんな風って？」

「逆よぉそれ。賢さんに甘えてるのよぉ。あーあ、あの子が賢さんと一つ屋根の下に住んでいると思うだけで、冷静でいられなくなるわぁ」

そう言うと日出夫はゴミの袋を収集所に抛り投げ、きゃっと叫んで両手で顔を覆うと、踵を返して走ってアパートへ帰って行った。

「何故お前が冷静でいられなくなるんだ？」

とその背中に問いかけたかったが、問い詰めて恐ろしい事実が発掘されても剣呑だし、その時間もなかったので、それ以上は考えないことにして賢一は道を急いだ。

――

賢一は熱心に講義をした。毎回準備にたっぷりと時間をかけ、最新の学説も惜しげもなく盛り込む賢一の講義はいつも好評だ。配布する資料も、大学の教材作成室では白黒のものしか用意できないので、自腹でカラーコピーを受講者の人数分用意して配っている。何十枚も資料を配る時など、財布にはかなりの痛手になるが、美術史についての講義を白黒の図版で行うというのは、味気なくて自分が嫌なのだ。

授業が好評なのに、賢一が万年講師に甘んじているのは理不尽なようだが、実はそれは不思議でも何でもない。予備校等と違って日本の大学には、講義の内容や学生からの評価が、人事にフィードバックされるようなシステムそのものが存在しないので、どんな良い授業をしようとも、それが出世につながることはない。

従ってもしも大学内で出世したいならば、授業の準備なんかにほんの少しでも時間を割くこと自体、愚の骨頂なのである。そんなヒマがあったら、ひたすら自分の論文を書いたり、学会の雑用をやって顔を売ったり、教授への付け届けをしたり、とにかくそうした〈諸活動〉に、持てるエネルギーを費やすべきなのだ。

―――

帰り道、急に雨が降り出した。今日は降水確率が低かったので、賢一は傘を持っていなかった。駅の売店の傘も全部売り切れており、仕方無く駅から雨の中を早足で歩いた。途中大きな水たまりに気づかずに足を踏み入れ、靴下までぐっしょり濡れた。このところ水不足で給水制限が続いていたのを一気に取り返すような勢いで、雨は途中から本降りに変わり、結局賢一はワイシャツもネクタイもスラックスもぐっしょり濡らした。

皮肉なもので、アパートが見えてきたところで雨が小降りになり、屋根の下に飛び込むのとほぼ時を同じくして、ぴたりと歇んだ。

水滴をぼたぼた滴らしながら階段を上り、外廊下を歩いて鍵を開けて玄関の中に入ると、ミドリは賢一の本棚の前の板の間で、腰をぺたんと落とすバアさん座りをして本を読んでいた。

そのミドリが立ち上がり、トコトコと歩いて浴室前から乾いたタオルを持って来てくれる。

「何だ兄ちゃん、仕事に行くとかウソついて、実はプールに行って遊んでたのか？」

「ち、違うよ」

「バッカだなあ。電話一本くれたら、駅までカサ持って迎えに行ってあげたのに」

その手があったかと気付いたが、後の祭りである。

「お前みたいな子供を夜一人で外出させるのは心配だからな。それなら、雨に濡れながら帰った方がいい」

本当は独り暮らしが長いせいで、思いつきもしなかったというのが真相なのだが——。

見るとテーブルの上には、千円札と五百円玉が置いてある。

「あ、それ返すよ」

「ん？　使わなかったのか？」

「お弁当しか買わなかったからね」

「人間として、サラダやデザートが要るんじゃなかったのか」

「だってあそこのコンビニの店員、気持ち悪いんだもん。あたしがお弁当を選んでると、隣にしゃがんで商品の並べ替えをはじめるから、邪魔になってるのかなあと思ってデザート売り場に移動すると、カゴを持ってついて来て新製品を並べはじめてさ。雑誌のコーナーに行くと、乱れてた雑誌の並びとか急に直しながら、あたしの脚とかスカートとかをじろじろ見てるの。何だか気味が悪くなって、お弁当だけ選んですぐに出ちゃった」

そう言えばいかにもロリコンっぽい陰気な長髪の店員が一人いたが、あいつだろうか？

もちろん人を見掛けで判断するのは良くないが、念のため帰るまで、もう決して一人で外出させたりしないようにしようと心に決める。

そのまた隣に、一枚のハガキが置いてあった。陽だまりの中で目を細める猫を写した、TPOにかかわらず、いつでもどこでも使えそうな絵葉書だ。

「何だこれは？」

「あ、それ、兄ちゃんがいない間に来たんだよ」

裏返してみると、宛名のところには自分の名前とミドリの名前が、竜二の筆跡で書いてある。消印は昨日の午前中だ。

ミドリへ

元気でやってますか？

明日からパパとママは、二泊三日で温泉に行ってきます。

ミドリが帰る日には戻っているけどね。いちおう報告。

今度は三人で行こう。

兄さんへ
多分、いろいろと言いたいことはあると思うけど（笑）、
今度ゆっくり聞くから。それじゃあ、あと少しよろしく。

竜二

「全く、好い気なもんだよなー。ガキを厄介払いして、自分たちは温泉かよ」

ミドリが毒づく。

「だけどそれは、パパとママの自由だろ」

ミドリが着いた直後にかけて以来、賢一は竜二に電話はしていない。途中で子育ての――というか抗ミドリ抵抗戦線上の――アドバイスを求めたい気分になったことは正直何度もあるが、ミドリの誕生後、おそらく初めて訪れたであろう夫婦水入らずのまとまった日々を、なるべく邪魔しないようにしようと賢一なりに気を遣った結果である。もし心配ならば向こ

うから電話がかかって来るだろうと思っていたが、言われるまでもなく思い切り羽を伸ばしているのか、結局今日まで一度もかかって来なかった。

せっかくの機会なのだから、温泉でも何でもどんどん行けばいい。懸念の弟作りでも何でも、頑張っていただきたい。

シャワーを浴びて上下部屋着に着替え、ようやく人心地がついた。

ふう、と溜め息をつきながら卓袱台の前に座ると、ミドリが再び近寄って来て、くんくんと匂いを嗅ぐ。

「あ、飼い主だ♡」

「な、何なんだ？」

「飼い主だ飼い主、飼い主が帰ってきた♡」

「犬かお前は」

「というわけで父、ぴゃん」

賢一は絶望的な気持ちになった。

「お前はずぶ濡れで帰って来て、シャワーを浴びてやっと一息ついた俺を、今すぐにまたパンを買いに走らせる気なのか？」

「別にいいよ、歩いていってても」

「うーん……」

「冗談冗談。うわぁーい、兄ちゃんがいると楽しいなあ」

「いじめる相手がいるからだろ」

賢一は毒づいたが、その実内心では悪い気はしなかった。仕事から帰って来て、家に明かりが点いていて誰かがいるというのも、なかなか良いもんだな。これまではそんなの、鬱陶しいに決まっていると思っていたのだが。そしてこの歳になってやっとそれに気付くというのは、やはり遅すぎるのかも知れないが……。

「ところで前から思っていたんだけど、兄ちゃんの本棚って、絵本ばっかりなんだね」

「絵本じゃなくて絵の本な」

「似たようなもんジャン」

「似てるけど違う」

見ると手当たり次第に出してはめくり、厭きるとまた別の画集を出して眺めるを繰り返したらしく、色とりどりの画集の山ができていた。いわゆる文学的感興（レミニシエンス）なるものに突如捉（とら）えられた賢一は、その画集の山の頂上に黄色い檸檬（れもん）を一顆、そっと置いてみたい衝動にかられたが、あいにく家に買い置きの檸檬はなかった。

「いちおう俺は、美学専攻だからな」

「ビガクって何？」

「絵とか画家とかを研究する学問だよ」

「ふうーん。兄ちゃんって、そんなことやってたんだ」

前にも言ったと思うのだが、まあいつものように聞いていなかったのだろう――。

「この人、なかなか面白いねえ」

ミドリが上から目線で示しているのは、クリムトの画集である。一番有名な『接吻』を見ている。眩いばかりの黄金の画面の中央で接吻する男女、クリムト畢生の大作である。男女の衣裳はクリムト独特の魚鱗模様や渦巻き文様で絢爛豪華に飾られている。

しかしそんな彼らの足元には、実は崖が迫っている。花々の乱れ咲く足元に忍び寄る破滅の予感――賢一はミドリのすぐ隣に移動し、横から一緒に画集を覗き込んだ。

「綺麗だろう」

「わたくしはこの人に、是非コイノボリのデザインを依頼したいね」

「鯉のぼり？」

「うん♡」

突飛な発想であるが、クリムトのこの魚鱗模様に全身覆われた鯉のぼりが、日本の五月の青空に棚引いているさまを賢一は想像してみた。うむ、確かにそれは壮観な眺めになったことだろう。クリムトが依頼を引き受けてくれたかどうかはさておき……。

だがミドリはさっさとクリムトの画集を閉じて、積み上げた画集の山から別の一冊を引き抜いた。

出て来たのはイタリア、ヴェネチア派最大の画家ティツィアーノの画集だった。適当に開くと、名作の誉れ高い『ヴィーナスとオルガン奏者とキューピッド』が出た。オルガン奏者がオルガンを弾きながら振り返り、駘蕩たる雰囲気で横たわるヴィーナスに顔を向けている。

だがその絵を一目見るなりミドリは、画面の中のオルガン奏者を口汚く罵りはじめた。

「おいこらお前！　ハダカのおねーちゃんに気を取られずに、ちゃんと前向いて弾け！」

「いやそれはただのおねーちゃんじゃなくて、美の女神だから」

だがその美の女神の方も、無疵では済まない。

「何なのこの下半身デブ。エアロビクスか何かはじめた方が良いんじゃないの！」

その鋭い舌鋒は、同じティツィアーノの名画中の名画『ウルビーノのヴィーナス』にも向けられる。

「こら、そこの女！　コカンに手があるおかげで、何だか余計にいやらしいぞ！　あと後ろの女中！　主人がハダカで待ってるのに、タンスの整理なんかしてんじゃねえ！　さっさと着替え持って来いよ、風邪引くだろ！」

「うん、まあ……」

その次に取り上げたのはボッティチェリの画集だった。誰もが知っている『ヴィーナスの誕生』が出たのを見て、賢一は吻っと胸を撫で下ろす。さすがのミドリも、このヴィーナスがいやらしいとは言わないだろう――。

だがミドリは今度は、素朴な物理的疑問を呈した。

「この人、ホタテガイの真ん中じゃなくて端っこに乗っているのに、どうしてひっくり返らないの？」

「え？」

慌ててボッティチェリの画面を見ると、確かにヴィーナスは貝殻の手前の端に乗っている。物理学的には、くるりんぱとひっくり返ってしかるべきである。何千回と見た絵なのに、どうして今まで気づかなかったのだろう――。

「うーん……。まあそれは泡から生まれた女神だから、重力とかは関係ないんだろう」

上手く答えたつもりだが、ミドリは鋭く矛盾点を衝いてくる。

「泡から生まれたんなら、何でヘソがあるのさ」

賢一は再び言葉につまる。確かに臍は、母親の胎内にいた頃の名残だから、ヴィーナスにあるのは、おかしいと言えばおかしいが――。

続いてミドリは思い切り時代を遡って、ゴシック期最大の画家、ジョットの画集を手に取る。

「何じゃ、こりゃ？」

「ああそれは、イタリア中部のアッシジという町にある、聖フランチェスコ聖堂の壁に描かれた、ジョットの有名な連作『聖フランチェスコ伝』だよ」

ようやく伯父の権威を取り戻せる時がやって来たようだと、賢一は張り切って説明を加える。

「十三世紀の末に描きはじめられたこの壁画は、西欧美術史上でも、十本の指に入る重要な作品だと言って良いだろう。この連作の誕生をもって、ヨーロッパ絵画はルネサンスを迎えたとする学者も多い」

「で、何やってんのさ、この人」

賢一の説明を軽く流して画面を指差す。

「おう、これは〈祈禱するフランチェスコ〉、これはアッシジの町の廃墟になった教会で、裕福な家庭の跡取り息子だったフランチェスコが神の声を聴いて、すべてを捨てて信仰の道を生きることに目覚めた、決定的な瞬間を描いたものだ」

「神さま、何て言ったの？」

「フランチェスコよ、私の家を建て直しなさい、と言ったんだ」

「はああ？　神さまがそんなこと言うのか？　台風や火事で家がなくなったホームレスのおやじが、すぐ後ろに立っていただけじゃないのか？」

「いやこの場合の〈神の家〉とは、教会のことだよ」

「じゃあこれは？」

　意にも介さず別の場面を指差す。

「ああ、それもまた有名な一枚だよ。生きとし生けるすべてのものに神の恵みを与えるために、聖フランチェスコが小鳥に説教している場面だ」

　だが何故かミドリは顔を引きつらせた。

「うわー。やだねー。みんなにサンザン説教して回った挙句、誰も聞いてくれなくなったから、今度は小鳥に説教かよー。さぞかしうるせーおやじだったんだろーなー」

　アッシジの聖フランチェスコも、ミドリの口にかかると、飲み屋で管を巻くオヤジと大差なくなってしまう。

「そんなことはない。小鳥も喜んで聞いているように見えるだろう？」

「いや、オレには小鳥がどん引きしているように見えるぜ」

　聖フランチェスコの弟子であるパドヴァの聖アントニウスに至っては魚に説教したのだが、

それを言う勇気は賢一にはない。

一方フランチェスコ会の会士全員を敵に回して満足したのか、次第に調子の出て来たミドリは、手当たり次第に画集をめくっては、出て来た名画に対して、持ち前の鋭い舌鋒を次々と発揮しはじめた。

クラナッハの手になる蠱惑的な裸婦には、「この人、ぜったいに性格悪いよ」と断言し、セザンヌを見ては、「テーブルが斜めになっているのに、どうしてリンゴが落ちないのよ！」とニュートンに代わって憤慨する。エル・グレコの画集を開いては、「今どき少女マンガでも、こんな瞳キラキラには描かないよ！」とのたまう。ココシュカに至っては、「隣の席のユウト君が、この前これとそっくりな絵を描いてたよ」と小学四年生のユウト君が凄いのかそれともココシュカが凄いのか、カラヴァッジオの名作『バッカス』に至っては、「あたしオカマは嫌いなの」と指で弾かれてしまう。さらに点描法の大家であるスーラは、「今年の六年生は、色を塗った貝殻を一人一個ずつ貼りつけて、全員で学校のカベに、運動会の絵を描くんだって」と小学校の卒業制作に比べられてしまう。

〈北欧のフェルメール〉として、最近人気が高まっているハンマースホイを見ては、

「モデルの女の人、後ろ姿でないと描けないほど変な顔だったの？」

もちろんミドリには、美術的・美学的知識は全くない。だがそれだけに並みいる大芸術家

たちの作品に対しても、権威や名前に臆することが全くない。名前ではなく、〈絵〉を観ている。有名な作品でも、「これはひどいねえ」と平気で言う。

最初はただただ苦笑していた賢一だが、いつの間にかミドリの次なるコメントを楽しみに待っている自分に気がついた。こんな風に絵を観ることを、長い間忘れていたような気がしたからだ。

実は美術研究で一番大切かつ一番難しいのが、あらゆる先入観や既成概念を捨てて、虚心坦懐に絵を〈観る〉ことなのである。簡単なことのようだが、それがなかなかできない。中途半端に知識があればあるほど、流派だの技法だの時代背景だの、余計なことをすぐに考えてしまうからだ。

それならばミドリが不滅の芸術に対して投げかける、これらの神をも虞（おそれ）ぬコメントの中に、美術史的知識や常識の鎧（よろい）に覆われてしまった自分の目には決して見えぬような、ある種の真理が示されることも、ひょっとしたらあるのではないか――賢一はいつの間にかそんなことまで考えはじめていた。

そしてミドリは、賢一が満腔の期待と共に見守る中、〈炎の画家〉ゴッホの画集に手を伸ばす。そして『耳を切った自画像』を見る。

「あ、知ってるこの人！」

耳に包帯を巻き、画面のこちら側を見つめる画家の放心したような、また同時に何かを訴えかけるかのような顔を、ぴしと指差す。

「ほう。知っているのか？」

賢一は期待と共に身を乗り出す。

「お坊さんが耳に呪文書くのを忘れちゃって、オンリョウに引きちぎられちゃったんだよね」

賢一はがくり、と肩を落とす。

「それは〈耳なし芳一〉だ」

「なあんだ、違うのかあ。じゃあ知らない」

ミドリはゴッホの画集をあっさり抛り投げてしまう。

賢一は慌ててそれを拾いあげる。

「ゴッホ、ダメか？　この人はとにかく日本に憧れていて、晩年を南仏のアルルで過ごしたのも、そこに行けば日本的な風景が発見できると思ったからなんだが」

賢一は近代以降の画家では、ゴッホが一番目か二番目に好きなのである。

「そこって日本に似てるわけ？」

「いや、そういうわけじゃないんだが。ゴッホは当時ヨーロッパでも知られるようになった日本の浮世絵を見て、強い衝撃を受けたんだよ。そして浮世絵に影が描かれていなかったから、日本は太陽が強いのに違いないと思って、太陽が燦燦と降り注ぐ南仏を目指したんだ」

「はーん？　それって、既にゼンテイからして間違ってね？　タイヨウが強かったら、影も濃くなるんじゃねえの？」

「あれ、そうか？」

　言われてみるとそうである。だがゴッホの評伝などには、確かにそう書かれているのだ。するとゴッホの人生の選択は初めから間違っていたのだろうか？　教えてあげたいが既に手遅れだ。

　日本人の画家も、もちろんミドリの舌鋒を免れることはできない。梅原龍三郎の裸婦像を見ては、「このねーちゃん、緑色してる。宇宙人？」とのたまう。岸田劉生の画集を開き、かの有名な麗子像を見るや否や、

「うわぁ、何だこのキモいガキは！　しかも何枚も何枚も描いてやがる」

「いや、それは画家の娘で……」

「あー親バカか。いるよねー、てめえの娘が世界で一番可愛いと思ってて、頼んでもいねーのにケータイの待ち受けにしてる娘の写真を見せるオヤジ！」

　日本の美術史上、肖像画の部門では一、二を争うと言われる不朽の名作も、ミドリにかか

ると娘自慢のオヤジの写メと同じ扱いである。

　続いてルーベンスの画集をめくり、そこに描かれた豊満すぎる肉体から連想したのか、

「明日の夕食は松阪牛のステーキにしようと、いま各国の高官レベルで共同声明の準備が行われております」

　と言って、賢一を大いに慌てさせる。

　次に俎上に載せられたのは、二〇世紀の巨匠、ピカソである。ミドリは画集の初めの部分を開く。

「何だこりゃ？」

「ああ、それは〈青の時代〉と言ってだな」

　賢一は粘り強く説明する。この画面を蔽い尽くすいちめんの青の色は、親友カサヘマスの自殺などによる、当時のピカソの内なる孤独感を表したものであって——。

「本当かあ？　ただ青い絵の具が安かったから買いすぎて、いっぱい余っていただけじゃねえのか？」

　そう決め付けると、もう次の画集に手を伸ばしている。エコール・ド・パリの巨匠、日本のレオナルドの画集だ。美しい乳白色の肌の裸婦が現れる。

「ああこういうの、オレもいたいけな子供時代によくやったよ」

「何のことだ？」

今も充分子供だろ、と思いながら賢一は訊き返す。

「オレに色を塗れってんだろ？」

「いや、それはもう塗ってあるんだ」

レオナール・フジタこと藤田嗣治が自らの芸術の秘鑰(ひやく)として生み出し、欧米人を驚嘆させた乳白色の肌も、ミドリにかかるとただのぬり絵の元絵扱いである。

「こいつは逆にぬり絵からやり直した方が良いんじゃね？　色がりんかくからはみ出してるぜ。オレのアンパンマンのぬり絵貸してやろうか」

「それはラウル・デュフィだ。目に残像が残ることからヒントを得て、わざと輪郭線から少し外して色を塗ることによって、ものの動きを表現しようとしたんだよ」

「はーん」

気のない返事を寄越しては、続いて宗教画の画集を手にする。行き当たりばったりに開いては、キリスト磔刑(たっけい)図や十字架降下図が並ぶのを、神妙な面持ちで眺める。凜々しい眉を金剛力士像のように顰めて、苦悶の表情を浮かべる。

正直こういう宗教画は、子供に見せるにはちょっと残酷すぎるよな——賢一は心の中で独語した。もう見てしまったものは仕方がないが、感受性が強ければ強いほど、トラウマになる可能性は否定できない。もっともキリスト教会は、こうした画題のフレスコ画やステンドグラスで教会の内部をびっしりと埋め尽くすことによって、問答無用で植えつけたその心的外傷を、信仰心を抱かせるために利用したわけだが——。

そんなことを考えていると、ミドリがようやく口を開いた。

「このピエタっていう人、ずいぶんといっぱい描いてるねえ」

賢一はがくりと頽れる。

「いや、それは画家の名前じゃなくて、絵の種類のことだ。こういう、十字架から降ろされたキリストを聖母マリアが抱いている画題の絵のことをピエタと呼ぶんだ」

「んだがした」

ミドリは突如ズーズー弁で答える。

「それにしてもこいつら痛そうやなー」

「痛そう？　キリストか？」

「違うよ。キリストはやっぱり痛くないと、キリストっぽくないじゃん。こいつらだよ」

聞くと、祭壇画に登場する聖人たちだった。

「うん、聖人たちは、信仰心の強さを表現するために、殉教した時の姿で描かれることが多いからな。こっちの助祭の格好で頭に石がめり込んでいるのは聖ステファノ。この人はキリスト教最初の殉教者で、石をぶつけられて死んだんだ。一方そっちの、鉄の網の上で生きたまま焼かれているのは聖ラウレンティウスで、この二人は一緒に描かれることが多い。というのもこの二人はいま一緒のお墓に入っているからで、後になって発見された聖ステファノの遺骨を、ローマにある聖ラウレンティウスの聖堂に安置しようとしたところ、聖ラウレンティウスの遺骸が自ら少し位置をずらして、聖ステファノの遺骸を温かく迎えたと言われている」

「ウソだろ、そんなの」

ミドリはあっさり一言で片付ける。

「まあそれは伝説、だからな」

賢一は苦笑する。

「じゃあこれは？」

また別の絵を指差す。

「ああ、この全身に矢が刺さっているのは聖セバスティアンだ」

「わかったから抜いて来いよな、抜いて！」

「頭に斧がめり込んでいるのは聖ペテロ」

「わかったから外して来いよ、外して！」

「自分の生首を手に持っているのは聖ドニ」

　賢一は笑いをこらえながら言う。

「わかったから、つなげて来いよ、つなげて！」

「自分の生皮を手に持っているのは聖バルトロメオ」

「わかったから、かぶって来いよ、かぶって！」

　賢一は遂に噴き出した。

「ちなみにこの聖バルトロメオだが、生きたまま皮を剝がされて殉教したから、現在では皮を使う製本工やなめし皮職人、毛皮商人などの守護聖人とされている」

　するとミドリは眉間に縦皺を寄せ、思い切り怪訝そうな顔になった。

「何だそりゃ、イヤミか？　それとも死人にムチ打つ行為？」

「嫌味？」

「だって、交通事故で死んだ人を、車のシュゴ聖人にするか？　食あたりで死んだ人を、レストランのシュゴ聖人にするか？　皮を剝がされて死んだ人を、なめし皮職人のシュゴ聖人にするなんて、そんなのイヤミ以外の、何ものでもねーだろ」

「うーん、そう言われてみるとそんな気が……」

　これまで何ら疑いを抱いていなかったのだが、そう言われると確かに少しおかしいような気がして来る――。

だがこれが初めてではない。ミドリとこうして四方山話をしていると、今までそういうものだと信じて疑問にも感じなかったさまざまなことがらが、突然疑問に思えて来たりするのである。これまでどうして疑問に思わなかったのか、それが不思議に思えて来る瞬間があるのである。

彫刻家の作品の写真集も出てくる。二十世紀のジャコメッティの、針金のように細長い人体像を見て、ミドリはおいおいともらい泣きの真似をする。

「この人、可哀想ね」

「どうして？」

「こんなにちょっとしか材料買えないなんて、よっぽどビンボーだったのね」

かと思うとマニエリスムの巨匠、ティントレットの画集を開く。何しろ手当たり次第だから、国も地域も、時代的な流れも全くお構いなしである。

代表作の一つである『水浴するスザンナ』が出る。庭の生垣の蔭で水浴する人妻の美しい裸体を、二人の禿頭の老人が生垣の手前と向こうから、じっと覗いている絵である。

これはまたやばいのが出たなあ、と賢一が案じていると、案の定ミドリは烈火のごとく怒り出した。

「もう！　何でこんなデバガメジジイたちが、おねーちゃんのハダカを覗いているところを描くのよ！」

「いや、それはだな……」

　賢一は慌てて説明を加える。それは確かに一見するとエロ絵画に見えるが――そして実際古今東西の画家たちが、女性の裸体を描く口実としてこの主題を利用したことは事実だが――実はこれもまたれっきとした宗教画であり、旧約聖書における、中傷に対する真理の勝利を表した倫理的な主題の絵であって……。

　だがミドリは途中から全く聞いている素振りがない。覗き見する老人たちの禿頭を、指先でペンペン弾く。

「えーい死ね、このデバガメじじい！」

「いや、とっくの昔に死んでるから」

　ミドリは憤慨した顔のまま、次の画集へと向かう。手にしたのは〈スペインの静物画〉なる画集だ。水差しやコップ、赤ワインが半分入ったグラスなどが佇む静謐な絵が並んでいる。

　絵の雰囲気ががらりと変わったことに安堵しながら賢一は言う。

「ああ、スルバランの『ボデゴン』か」

　するとミドリは画集から顔を上げて、伯父の顔をまじまじと見つめた。

「兄ちゃん、目医者に行った方がいいんじゃない？」

「えっ？」

「いくらくびれているからと言って、こんな水差しがボディコンに見えるなんて」

「ボ、ボディコンじゃない。ボデゴン！」

賢一は吃りながら叫ぶ。そもそも何でそんな言葉知ってるんだ？　今にはじまったことじゃないが、耳年増すぎるだろ！

「ボデゴンというのはだな、スペインの静物画のジャンルのことだ」

「あっそ」

いつの間にか、本棚の画集のほとんどが床の上に積み重なって、ギリシャ神殿の円柱のようになっている。そのど真ん中に座るミドリが最後に手にしたのは、赤い表紙のレオナルド・ダ・ヴィンチの画集である。いよいよ真打ち登場といった感じがしなくもない。

ミドリがページを適当にめくると、ミラノのサンタ・マリア・デッレ・グラツィエ修道院にある、『最後の晩餐』が現れた。建物ごと世界遺産になっている、あまりにも有名な作品である。

「それは何をしてる場面なのか、わかるかい」

「それくらいオレにだってわかるよ。みんなでメシ食ってんだろ？」

「いや、それはそうなんだけどさ。これは最後の晩餐と言って、イエスが弟子たちと最後の食事をしながら、この中の一人が私を裏切ろうとしていると告げる、キリスト教ではものすごく重要な場面なんだよ」

「ふうーん」

「どれがイエス・キリストなのかはわかるよな」

「オレをなめとるんか。こいつだろ？」

ミドリはド真ん中にいる男を躊躇なく指差す。

「正解。それじゃあどれが裏切り者のユダかは、わかるかい？」

うむ、これはなかなかの良問ではないのかと賢一は、心の中でほんのちょっぴり自画自賛する。

　というのも実はこれは、ダ・ヴィンチの名画だからこそ出せる問題なのである。

　それまでも『最後の晩餐（ウルチマ・チェーナ）』を描いた画家は何人もいたが、彼等は慣習的に、十二使徒のうちユダにだけは頭の光輪を描かず、さらにみんなが座っているテーブルの反対側に座らせていた。１３３５年頃、タッデオ・ガッディがフィレンツェのサンタ・クローチェ修道院の壁に描いた『最後の晩餐』では、すでにユダ一人だけがテーブルの反対側に座らされているし、十五世紀に入ってからカスターニョがサン・アポローニャ修道院に、またギルランダイオがサン・マルコ修道院にそれぞれ同題の作品を描いたときも、ユダは一人だけ座っている向きが逆で、まるで意地悪な面接官グループに苛(いじ)められている哀れな就活生のようだった。だから誰が裏切り者なのか一目瞭然で、問題にはなり得なかった。

だがダ・ヴィンチはユダも、キリストを含めた他の十二人と同じ向きに座らせた。さらに使徒をはじめキリストにさえ、頭の光輪を描かなかった。だから一見しただけでは誰がユダなのかわからないのだ。

もちろんよく見ればわかる。ユダは右手にイエスを売り渡した代金の銀貨三〇枚が入った袋を持っているし、衣裳にも高価なラピス・ラズリが使われていない。他の弟子たちの青の衣裳はアズライトの上にラピス・ラズリを重ね塗りしたものだが、ユダはアズライトだけなのだ。

「それも簡単。こいつだろ？」

だがそう言ってミドリが自信満々で指さしたのは、イエスのすぐ右隣にいる聖トマスである。

また見事に外したものである。

だが何故聖トマスなのだろう？

「だってこいつ、キリストに向かって一本指を立てて、ファック・ユー！　と言ってチョウハツしてるじゃん。後楽園ホールはお前の墓場だ！　とか何とか言ってるんだろ？」

「プロレスラーかよ。それにそもそもそれはファック・ユーじゃない！　ファック・ユーなら中指を立てるだろ？」

　トマスが立てているのは人差し指である。そもそもその時代にファック・ユーのポーズがあったかどうか知らないが、とにかく違う――。

「じゃあ何してんの、こいつ」

「それはだな、裏切り者は一人なのか、とイエスに訊いているところだと考えられている」

「はーん」

「ちなみにこの聖トマスは、復活したイエスと会ってもなかなか信じなかったので、別名《不信のトマス》とも呼ばれている」

「何だか阪神あたりのしょーもない助っ人みたいだな」

「はあ？」

「オープン戦で打ちまくって、『ええの獲ったで』とか言われて、ペナントレースに入ると全然打てない不振のトマス」

「そうそう。落ちる球で三球三振を喫して、ベンチに帰る縦縞のユニフォームの背中のトマスの文字が何とも哀愁を誘うって、その不振じゃない！」

「へえー。兄ちゃんもノリツッコミが出来るようになったじゃん。一生懸命育てた甲斐があったよ」

「俺はお前に育てられたのか……」

　そう言えば竜二は熱烈な阪神ファンだった。普段は余計なことはあまり喋らない方なのに、阪神の話になると、つい習い性で関西弁になるほどだった。野球部のエースだった頃も、当時の阪神のエース級の投手の投球フォームの物真似をするのが得意だった。このミドリの言動を見る限りでは、今でも会社から早く帰れた日には、ナイター中継などを見ながらテレビの前で『ええの獲ったで』などと叫んでいるのだろう――。

「ちなみにこの不振じゃなくて不信のトマスだが、聖母マリアが天に召されたいわゆる聖母被昇天の時も、使徒でただ一人間に合わず、やはり信じられないと言って、天に昇ったマリア様から、特別にチントーラと呼ばれる腰紐を投げてもらっている」

「いるよなーそういう奴。メーカーにいちゃんもんつけて、菓子折りとかゲットするいけすかない奴」

　れっきとした十二使徒の一人でありながら、悪質なクレーマーのようになってしまった聖トマスを哀れみつつ、賢一は余計な情報を付け加えたことを深く後悔する。

　ミドリがダ・ヴィンチの画集のページをめくると、今度はフィレンツェのウフィッツィ美術館の至宝とも言える一枚が現れた。鮮やかな緋色と緑の衣裳を身に纏った大天使が、神の言葉をマリアに告げている。聖母マリアは愕きに身をよじりながらも、傲然と顔を擡げてそれを受け止めている。

さすがのミドリも、この見事な画面には心奪われたようで、しばしの間、無言で画面に見入っていた。賢一も敢えて口を挟まずに、黙って眺めさせる。

「誰、こいつら？」

賢一は待っていましたとばかりに答えた。

「おう。向かって右側が聖母マリア、左側が大天使ガブリエル、これは受胎告知の場面だ」

ガブリエルはいわゆる四大天使の中でも、最も有名な一人——正しい天使の数え方に従えば一位——だと言って良いだろう。旧約聖書のダニエル書では、ダニエルの見た幻の意味を説明し、新約聖書のルカ福音書では、ザカリアでマリアの従姉妹のエリザベツに洗礼者ヨハネを身籠ることを告げる。またイスラム教では、ムハンマドにアッラーの啓示を与えた天使であるとされていて、実にユダヤ教、キリスト教、イスラム教の三教に共通する大天使である。

だが何と言ってもその名を知らしめているのは、処女懐胎を告げに聖母マリアの許に現れた、この受胎告知によってだろう。

「ジュタイコクチ？」

「ああ。天より飛来した大天使ガブリエルが、今まさに聖母マリアに向かって、あなたは神の子供を身籠ったと告げているところだ。白い百合を左手に持つ大天使ガブリエルの口からは、今まさに聖母を祝福するラテン語の言葉が……」

だがその説明の途中で、ミドリが大きく舌打ちした。

「ちっ！　何だよ、やっぱりイヤラシーなあ！」

賢一は首をひねる。ミドリの怒りの意味がまったく理解できない。

「は？　この絵は全然いやらしくないだろ？」

この絵は、と言ったが、正直な話さっきから、いやらしい絵など一枚たりともない。いやらしい方向に話を持って行っているのは、すべてミドリである。

「おまえ、俺の言ったこと、ちゃんと理解したか？」

「もち」

ミドリは平然と答える。

「大天使がぶり寄りで、マリアにガキができたんだろ？」

「お、おまえは一体、どういう耳をしてるんだ！」

途中で声が裏返った。

「き、聞きまちがいにも程がある！　がぶり寄りじゃない。ガブリエル。大天使ガブリエル！」

「はーん」

だがミドリは泰然自若たるものだ。

「似たようなもんだろ？」

「ぜ、ぜんぜん違うよ」

「どっちにしてもだね、そんな風に突然やって来て子供産めだなんて、そんなの勝手だよ。イッポーテキだよ。女性のジンケンを無視しているよ」

「だから、そういう問題じゃないんだよ！」

そう言いながら賢一は別の画集を開いた。いろんな画家がこれと同じ場面を描いていることを示せば、納得するだろうと考えたのだ。

「ほら。全く同じ場面だろ？　これはキリスト教的には、さっきの最後の晩餐と同じくらい重要な場面なんだから」

とりあえず受胎告知ならばこの人と考え、フラ・アンジェリコの作品を見せる。

「あれこの天使、何も持ってない！」

「ああ、まあ、そうだけど」

「シブチンだなー。ガキ産ませるんだったら、せめて寿司の折詰ひとつくらいは持って来いよ！」

　この場面、大天使ガブリエルは通常、純潔の象徴である百合の花を手にしているのだが、フラ・アンジェリコの受胎告知では、天使は何故か手ぶらなのである。

「じゃあ、これは？」

　このままでは終われない賢一は、続けてシエナ派の巨匠、シモーネ・マルティーニの『受胎告知』を見せる。

「やっぱりメーワクそうじゃん、女の人。メーワクどころか、はっきりと天使にガン飛ばしてるぜ」

「いやそんなこと……うーん」

　確かにマルティーニの画面では、見ようによっては大天使ガブリエルも、〈あれ、ひょっとして俺、歓迎されてねえ？〉という不安そうな表情をしているように感じられる。賢一は困った。

「だけど今度はちゃんと持って来てるだろ？　オリーブの枝だけど」

「何で百合じゃねーんだ？」

　また面倒くさいところをツッコんで来るものである——。

「それはこれを描いた人がシエナ派だったからだ」

「何じゃそりゃ?」

「シエナはイタリアの都市の名前で、この当時フィレンツェと敵対関係にあったんだ。百合の花はフィレンツェ市の紋章でもあったから、シエナ派の画家たちは、大天使に百合を持たせることを嫌って、代わりにオリーブの枝を持たせたんだよ」

「何とまあケツの穴のちいせえ連中だなぁ。キリスト教ですげー大事な場面なんだろ? そんなことで変えちまっていいのかよ。そんないーかげんなもんなのかよ!」

「うーん、まあ……」

この『受胎告知』が描かれたのは1333年のこととされているが、まさかシモーネ・マルティーニも、それから約700年後の東洋の島国で、九歳のガキからケツの穴が小さいと罵倒されるとは、夢にも思っていなかったことだろう——。

仕方がない、もう一枚だ。賢一はまた画集を開く。今度は十六世紀のロレンツォ・ロットの『受胎告知』。大天使は今度はちゃんと百合を持ち、右手を高々と掲げて天を指差している。どうだ、これなら文句ないだろ!

「百合は持ってるけど、存在がキモい。猫も全速力で逃げ出すレベルだぜ」

「むう……」

確かに画面中央では、大天使の出現に愕いた猫が、一目散に逃げ出そうとしている。それほどまでに劇的な状況ということを表現しているわけだが――。

「とにかく！　大天使だか何だか知らないけど、一方的すぎるよ。ママから聞いたけど、シュッサンって本当に大変なんだから」

「いや、それはそうかも知れないけどさ……」

そもそもキリスト教徒でもない賢一には、これ以上大天使ガブリエルを弁護する義理もなければ、その気力もない――。

「何だこれ、兄ちゃんの名前じゃん」

全ての画集を出し終わったミドリが、その隣に並べてあった一冊の論文集をめくって声を上げた。

《ジョルジョーネ作『テンペスタ』を巡る一考察》と題されたその論文は、ヴェネチアのアカデミア美術館にある、十五世紀末から十六世紀初頭のイタリアの画家ジョルジョーネの代表作である一枚の絵について、パノフスキーの神話的解釈やウィントの寓意的解釈を批判しながら、賢一が自分の解釈を打ち出したものである。

「ああ、それは俺が院生時代に、学会発表した論文だよ。その論文のおかげで俺は、日本におけるジュルジョーネ研究者の末席に連なる者として、一目置かれる存在になったんだが」

自己PRをすることに比べたら、まだ全身に油を塗って火の輪くぐりをする方が、難易度が低いように感じられる賢一ではあるが、こう言えば少しは伯父のことを見直すかなとも思って言った。事実この論文は、賢一が書いたものの中では最も評判が良く、他の研究者から何度か引用もされている。

だがミドリは感服してくれた様子は微塵もない。

「イチモツを置かれる存在？」

「ば、ばか、一目(いちもく)だ、一目」

「そもそもテンペスタって、何？」

「絵のタイトルだよ。もっとも作者のジョルジョーネ自身が、このタイトルをつけた訳じゃないんだけどな」

「どういう意味なの？」

「ああ、イタリア語で、《嵐》という意味だ」

「何だ、オレのことじゃん！」

「はあ？」

「《嵐を呼ぶ美少女》というのが、ひとみちゃんがつけてくれたミドリのキャッチコピーなんだよーん」

自分で自分のことを美少女とか言ってやがる——。

「《破壊王》じゃなかったのか？」

「それは渾名。《嵐を呼ぶ美少女》はキャッチコピー」

いろいろとあるらしい——。

「嵐に見舞われた方の被害を、考えてみたことあるか？」

賢一としては精一杯の皮肉を言ってみたが、ミドリは返事もしない。

「きゃ、おいちゃんのろんぶんろんぶん♡」

とはしゃぎながらそれを読みはじめる。

とにかくなんでも読みたがる知識欲だけは大したものである。絵を見ないで論文だけを読んでもわかるわけがないだろうと思い、ジョルジョーネの画集を開いて、問題の絵を一緒に見せてやる。

しかし案の定、二ページも行かないうちに、ケタケタと笑い出す。

「さっぱしわからねえや。あんまりわからねえから、おかしくてしょうがねえ」

賢一は苦笑する。

「そりゃあそうだ。お前には三〇年早い」

「それでサイシューテキに、どうなったわけ？　兄ちゃんの説が認められたわけ？」

賢一は溜め息をついた。

「あのさ、学問というものは、そんな簡単に結論が出るもんじゃないんだよ。一つの学説が提出され、いろんな角度からそれが批判検討され、最終的にそれが認められるかどうかは、何年いや時には何十年もかかるんだよ。だから俺はもっともっと勉強して、誰からも文句をつけられないような論文を書いて、いつの日か日本一のジョルジョーネ研究者になりたいと思っているんだ」

「だけどこれって、イタリアの絵なんでしょう？」

「ああ、そうだよ」

「イタリアの絵を日本で研究して日本一になったところで、何の意味もないと思うけどなあ」

「はいっ!?」

賢一は突然背中を、太い銛のようなもので射貫かれたような気がした。自分のこれまでの人生が、たった一言で葬り去られたような、そんな気持ちになった。

「だって兄ちゃんのこのロンブンを、あっちの人は読めないじゃん。読んでもらってテイセツが変わるならば意味あるけどさ。あっちと関係なく日本一になったって、何の意味もないじゃん」

「うるさいなあ。英語やイタリア語で論文書くこともあるよ」

「あっそ」

留学して国際学会などに出席し、何人もの碩学と話をする機会にも恵まれたが、誰と話しても、まず第一に日本人でありながら西洋美術を研究するのは何故なのかと問われる。どこへ行っても、浮世絵についての質問を受ける。日本の現代美術の動向についてあれこれ訊かれ、ほとんど答えられずに悔しい思いをしたことも何度もある。学会の会食の席で賢一がジヨルジョーネの話をはじめても、西洋の学者たちはロクに聞いてないが、テーブルのどこかで印象派とジャポニズムに関する議論がはじまると、みんなが賢一に意見を求めて来る。やはり最終的には自らの属する文化圏を掘り下げることによってしか、世界には通用しないのだろうか……。そう思った賢一は、自国の美術に関する自分の知識が、西洋美術に関する知識に比べてあまりにも貧弱なのを恥じた。そして実際ジャンルを問わず、世界の一流の研究者というものは、みな自らのアイデンティティとの関係において研究対象を捉えているものだということもわかった。最終的には世界に向けて何を発信できるかが問題であり、それまでの自分にはその視点が全く欠けていたことに、遅ればせながら気付かされた。また極めて狭い専門分野で、オタク的な話をしていると非常に受けが良くて、ちょっとでも他の分野や専門以外の時代に手を伸ばすとたちまち蛇蝎のように嫌われる、日本の大学や学界の特殊性もわかった。

帰国後はそんな日本の大学や学界の風潮に反抗する意味も込めて、西洋美術のみならず、主な日本美術や東洋美術の展覧会も、ほぼ欠かさずに観に行くことにしている。それらの入場料だけで毎月かなりの額になり家計を圧迫しているが、これだけは一生続けたいと思っているし、実際最近はそれらの専門家にも負けないいくらい、本物を観ているという自信がある。しかし、こんな〈ムダな勉強〉にうつつを抜かしているうちに、大学のポスト争いからは完全に外れてしまったのである。

「そもそも、この二人が誰かってことが問題なんでしょう？」

ミドリは絵を観ながら、少し呆れたように言う。

「ああ、そうだ」

「だったらこれ描いた人にチョクセツ訊けば良かったジャン。こいつら一体誰やねんって。そしたら兄ちゃんが必死になって突き止める必要もなかったんジャン」

「訊く前に死んじゃったんだ、ジョルジョーネは。33歳で」

「何だ、ますます下らねえなあ」

ミドリの舌鋒はますます鋭くなる。

「本人が生きている間に訊けば一発でわかったことを、イッショーケンメー勉強して突き止めるなんて、あたしはそんな人生はゼッタイにイヤだね」

「ああ、お前はやめておけ」

賢一はぶっきら棒に答えた。

すると賢一の暗澹（あんたん）たる表情にようやく気づいて、子供心にもほんの少し責任を感じたのだろうか、ミドリは今度は一転して賢一を慰めにかかった。

「まあまあ気にしない気にしない」

そう言いながら、賢一の背中を小さな掌でポンポンと叩く。

「たかが子供が言ったことだから」

「うるさい。そんなこと子供本人から言われたくないよ！」

「て言うか言わせてもらえば、この二人だったらさあ……」

再びジョルジョーネの画集に視線を投げかける。絵の中の、川を挟んで引き離された男女を指差す。

「わたくしの見たところでは、これは禁じられた恋だね。愛し合っているのに、ケッコンできないのよ」

「はあ？」

少なくともこの絵に関しては、古今東西のあらゆる文献を渉猟し、あらゆる仮説を検討し尽くしたと自信を持って言える賢一でも、一度も聞いたことのない珍説である。

「この二人は互いに相手のことが好きなのよ。でも何かの理由で一緒にはなれないから、男の人はわざと女の人から距離を置いて、でも何かあったらすぐに助けに駆けつけられるように、離れて見守っているの。女の人はそれで安心して、子供におっぱいあげてるの。もちろんこの子の父親は、女の人が結婚した別の男の人なんだけど、この女の人も心の中で本当にアイしているのは、この男の人なのよ。だってほら、後ろでこんなすごいあらしが吹いているのに、この男の人が見守ってくれていると知っているから、アンシンして、すっごく優しい表情してるじゃない？」

「はあ……」

全くの奇天烈な解釈で、到底学問的に受け入れることはできない。

だがミドリはそれが正解と疑っていない様子で勝ち誇る。

「へっへっへ。我ながら、ほれぼれするほど見事なカイシャク。あたしこれ、大きくなったらロンブンに書こうかなあ」

「あのなあ……」

「ミドリもビガク勉強しよーかなー。どれか一冊、面白い本すいせんして。あ、もちろん日本語で書いてあるやつよ」

「冗談言うな。お前には三〇〇年早い」

「あ、そうやって、いたいけなコドモの、学ぶイヨクを失わせるのは良くないぞ」

「そうじゃなくて、子供向けの本なんかないんだよ」

「バカにしちゃだめだよ。せんもんの本だよ！」

「うーん、それならやっぱり、ホッケかなあ」

「ああ、あのスーパーの弁当とかによく入ってる、安くてでかい魚か？」

「いやそのホッケじゃなくて」

賢一は本棚の下の方から、マニエリスム芸術研究の泰斗G・R・ホッケの名著、『迷宮としての世界』を探し出して、ミドリに手渡した。

「ほお、これですか。ゴクジョウ物というヒョーバンのやつは」

ミドリは受け取るや否や、一頁目から真剣な顔で読みはじめる。

だが予想通り、ものの数分で轟沈する。ばたり、と畳の上に倒れ込み、ホッケの本をもぞもぞと頭の下に敷いて爆睡する。

「ガオー」

「こら、大事な本なんだ、枕にするな」

賢一が言うと、ぴょこん、と飛び上がって賢一に本を返した。

「やーめた！　やっぱりあたしにはガクモンは向かないね。本人に訊けばイッパツでわかったことを、一生かけて研究するなんて、やっぱりアホらしいね！　人生のムダ遣いだね！」

「ああ、お前はやめておけ」

賢一は再びぶっきら棒に答えた。ミドリの気まぐれと言いたい放題の言葉に、さっきから一喜一憂させられている自分にふと気が付いて、さすがに少し情け無くなったのだ。

「兄ちゃん、そんなに詳しいんだから、いっそのことカンテイシになればいいじゃん」

「鑑定士？」

賢一はきょとんとした。

「む、無理だよ」

正直、そんなこと考えたこともない。

「だけどあの掛け軸がニセモノだってこと、一発で見抜いたジャン」

「あれはたまたまだ。そんなに甘い世界じゃない」

「だけど兄ちゃんは勉強が好きで、これからもいっぱい勉強するつもりなんでしょ？」

「それはまあ、勉強は一生するだろうけど……」

「だったらその気になれば、いつかゼッタイなれるでしょ。どんな凄いカンテイシだって、最初はドシロウトなんだし」

「…………」

——


眠くなって来たと言うので蒲団を敷いてやると、ミドリは助走をつけて走って来て、今日は見事なトペ・スイシーダを決める。

「きゃあ♡」

そのまま蒲団に包(くる)まって奇声を発する。

「こら！　ちゃんと顔を洗って、歯を磨いてから寝ろよ！」

「ふぁーい」

賢一が窘めると、面倒くさそうに顔を顰めるが、またすぐに気を取り直したかのようにニタニタ笑いながら立ち上がり、洗顔と歯磨きを済ませて戻って来る。

「おっと、ここに偶然おふろんが」

そう言いながら、わざとらしく蒲団の上に倒れ込む。

「何だおふろんって」

賢一は思わず訊き返す。

「知らないのぉ？　お風呂のようにヌクヌクしていて、フカフカしているおふとん、略しておふろん！」

「ははあ、なるほど」

賢一は納得した。日本語としてはもちろん間違いであるが、クソガキが狂喜乱舞しながらフカフカのふとんに埋もれる様子は確かに伝わって来る。

かと思うとすっくと立ち上がる。何をするのかと思って見ていると、今度はばふと顔から蒲団に突っ込む。

「おっと、ハカラズシモここにたまたまおふろんが」

どうやらこれをするためにわざわざ一度立ち上がったらしい。しかも今回は、そのままばらくぴくりとも動かない。

「おい、大丈夫か？」

まさか窒息とかしていないよな、と心配になって声をかけると、掛蒲団に包まったまま、突然ゴロゴロと転がりはじめる。

「きゃー、きよふろん！　きよふろん！」

「今度は何だ？」

くるまった蒲団の間から、ミドリがちらりと顔を覗かせて答える。

「おねーちゃんのでっかいおっぱいは巨乳だろ？　でっかいおふろんだから巨ふろん！」

「おい！　風邪を引かないように、ちゃんと蒲団をかけて寝ろよ！」

「はーい」

突然真面目な顔になって、蒲団を敷き直し、四隅もきちんと揃えてから、今度は一ミリたりとも乱すまいというかのように、しずしずと中へ入る。

だが途中で我慢できなくなったらしく、再び奇声を発する。

「きゃあミドリ、今まさに、巨ふろんへ入らんとす♡」

「あーうるさい。さっさと寝ろ！」

「ほーい」

生返事をしては、そのままモソモソと芋虫のように動きながら、蒲団の中にゆっくりと潜り込む。

「うおぉぉぉ！　きょ、巨ふろんで巨ねんね！」

興奮してもう一度奇声を発し、潜り終わると同時に、もう軽い寝息を立てはじめている。

〈六日目〉

1

今日は実質上の最終日である。明日の昼の新幹線でミドリは帰る。切符はあらかじめ往復の指定席を買ってある。

賢一はこの一週間弱の自分の苦闘の跡を振り返り、しばし感慨に耽った。長いようであっという間……いや、やっぱり長かった！

一人娘ということで、ちょっと甘やかして育てちゃったから、少々生意気なんだよね。でも兄さんだったら厳しく躾け直してくれるんじゃないかと思って、実はそれも少し期待しているんだ――全ての発端である、電話での竜二の言葉を憶い出し、思い切り異議を唱えたくなった。これはとても少々なんてレベルじゃないだろ！　毒舌と生意気が、服着てリボンつけて歩いているようなものだろ！

それに安心するのはまだ早い。昨日丸一日留守番をさせた罪滅ぼしとして、今日はどこでも好きなところに連れて行ってあげなくてはなるまい――。

そのミドリは例によって賢一より先に起きて、寝巻き代わりのスウェット姿のまま畳の上に腹這いになって、朝刊に熱中している。髪が顔にかかりそうになると、急いで掻きあげて、桜貝のような耳たぶにひっかける。足の甲を時々畳に打ちつけて、ばしん、と大きな音を立てる。

かと思うと、突然顔を上げて訊いて来る。

「ねえ兄ちゃん、デベソカップってなあに？」

「はあ？」

賢一は自分の耳を疑う。

「内容からスイソクするに、何かテニスっぽい気がするけどねえ」

ひょっとして、と思いながら近づいて横から紙面を覗き込むと、そこには案の定、伝統あるテニスの国別対抗戦の名前があった。

「デビスカップだろ！」

「あ、ほんとだ」

腹這いのまま頭をがりがり掻くが、またすぐに奇声を発する。

「うわあ♡　何だろこれ」

「何だ？」

「ねえ兄ちゃん、秘密タヌキってなあに？」

　今度は一体何だろうと近づいてミドリの指差す先を眺めると、そこには立派な三文字熟語があった。

「秘密裡！」

　かなり健闘はしているのだが、残念ながら間違っている。

「ねえ、お尻の神ってなあに？」

「はあ？」

　俺をからかっているのか？　と思いながら覗き込むとそれは文化欄で、今度新聞社主催で開かれる古代エジプトの展覧会についての紹介記事だった。

「オシリスの神！」

「あ、ほんとだ。それなあに」

「古代エジプトにおいて、再生を司っていた神様の名前だよ。〈ス〉までちゃんと読めよ」

　ミドリは口を尖らせる。

「〈お尻〉のフクスウ形かと思ったんだよ」

　とりあえず持てる知識を総動員して考えてはいるらしい――。

朝食も終わり、ミドリは顔を洗っている。

水を勢い良く出しながらジャブジャブ洗うので、洗面台のまわりが水びたしになっている。

賢一は雑巾を手にし、中腰でそれを拭き取りながら言った。

「最近よくここら辺の床が濡れていると思っていたが、やはりお前が犯人だったのか」

「ごちゃごちゃうるせーなー。顔くらい思い切り洗わせろよー」

ミドリはタオルで顔を拭きながら答える。

「この時期、床が濡れていると、すぐにカビとか生えて大変なんだよ」

「うるせーなー、このコジュート」

「誰が小姑だ」

「あんた」

そう言いながら振り返ってこちらを見つめたミドリの肌理の細かい頬は、朝の光を反射して、白く光っている。洗顔のために髪を後ろで束ねているので、卵形の顔の全体が見えている。拭き終わっても水の雫が長い睫毛と睫毛の間に残り、玉を結んで光っている。賢一は少しの間、視線を外すのを忘れてその光景を眺めていた。


――

「どうしたの？」

タオル掛けにタオルを戻しながら、ミドリが不思議そうに賢一を見上げる。

「顔にセッケン残ってる？」

賢一は慌てた。まさか見蕩れていたなんて、口が裂けても言えない——。

「いや……その……お前の顔、何かに似てるとずっと思っていたんだが、やっとそれが何だかわかったよ」

「なあに？」

「剝きたての茹でタマゴ、かな」

「塩かけて食うか？」

ミドリはズカズカと近寄って来て、賢一のボタンダウンのシャツの腹の部分で、まだ少し濡れている両手を拭いた。

「あーバカ。タオルで拭け、タオルで！」

賢一は悲鳴を上げた。シャツの腹の部分が濡れて黒く変わっている。

「どうしてお前はそういうことするんだ！」

「兄ちゃんはね、何となくジャゴコロを刺激するんだよ♪」

両腕をうなじに回し、洗顔のために束ねていた髪をほどきながら、フフンフンと鼻唄まじりに答える。

「何だそれ」

「言わない？　ジャゴコロを刺激するって」

「いま初めて聞いた」

〈絵心を刺激する〉というのは聞いたことがあるが――。

「よーするに、見てるとイタズラしたくなるのさ！」

「はあ……」

賢一はシャツの替えを探しながら、しばし考えに耽る。ジャゴコロを刺激する、か……漢字で書くと、やはり〈邪心〉となるのだろうか？

「きゃー、おふろん、おふろん♡」

ミドリの日本語の、細かな間違いや大いなる間違い、またその奇天烈な表現の数々を、何とか矯正しようと試みながら、結局ほとんど矯正できないまま今日まで来てしまったわけだが、考えてみると言語というものは、本来は無限の潜在的統合を許す筈のものであり、どれが正しくてどれが間違っているかなんて、誰にも決めることはできない筈である。

そのミドリは、唇の端をちょっと曲げ、蒲団畳み歴七〇年の匠のような気難しい顔で蒲団を畳み終えると、次にそれを押入れに仕舞うべく力を入れて持ち上げようとしたが、途中で重さに負けて前のめりになり、そのまま蒲団に顔から突っ込んだが、むしろその機会を利用して、いま一度顔全体で、〈おふろん〉の感触を楽しんでおられる御様子だ。

「きゃー巨ふろん、巨ふろん♪」

つまり〈絵心を刺激する〉という表現が正しくて、〈邪心を刺激する〉は間違いだと言い切る根拠は、実はどこにもないということなのだ。〈絵心を刺激する〉が正しいならば、〈邪心を刺激する〉だって正しい。言えるのはただ「それは人も使う」あるいは「それは人は使わない」ということだけで、辞書に載っているか載っていないかも、最終的な根拠にはならない。何故なら辞書とは、過去の用例の集大成であるに過ぎないからだ。

「ああ〜ん、おフロンさん、離してーん♪」

しかもその体勢が結構ツボだったらしく、蒲団にすっぽり顔を埋め、奇声を発しながら両足を交互にばたつかせている。

だがこの世界の驚くべき多様性を汲み取るのに、既存の表現だけで事足りるということなどあるわけがない。

いつの時代にも子供は次から次へと新しい言葉や表現を〈発明〉し、大人や学校の教師はそれに眉を顰めて矯正しようと試みるが、心配するまでもなく、やがて成長するに従って、彼らは自然にそんなことはしなくなる。日常的に繰り返される言語の現実的な統合が、言葉と言葉の無限の統合の可能性を抑圧するので、やがて言葉には決まりきった表現しか存在しないと信じ込むようになるからだ。

ある意味それこそが教育の成果であり、〈大人になる〉ということでもあるわけだが、当然のことながらそれと引き換えに、自分だけのオリジナルな思考を展開させるという能力は、失われて行く。何故なら表現とは思考そのものであるからで、他人と同じ表現で満足するということは、結果として現実を言葉で表すのではなく、既にそこにある言葉の方に合わせて現実を理解するようになって行くことと同義だからである。

「ばふ、ばふ、なになに？　カタトキも離れたくないってか！　いやーおじさん困ったなあ！」

そうして本来自分一人だけの思考や感情を、何となくそれに近いような既存の言葉で理解したり表現したりしているうちに、やがて少しずつ、生の現実そのものを直接理解する能力そのものが、失われて行く――。

もちろん妥協は必要である。繰り返しになるが、言語とは万人共通のシニフィアン＝シニフィエの関係を再生産することで、社会生活を円滑に送ることを可能にするものなのだ。それに既存の表現を何の疑いもなく使う方がはるかに楽なのだから、何もわざわざ苦労して自分だけの表現を生み出し、使い続けていく必要はない。

恐らくその面倒なことを面倒とは思わずに、一生続けていられる人間のことを、〈詩人〉と呼ぶのだろう。もちろん世の中にゴマンといる詩人もどきではなく、一つの国の一つの時代に、一人現れるか現れないかという本物の詩人の話だ。

「わかったから！　また今夜な！　ばふ♡」

その間もミドリは、そんな戯言を発しつつ、顔を一旦〈おふろん〉から離しては、またばふと頭から突っ込む珍妙な動きを繰り返している。全く、ただの折り畳んだ一組の蒲団相手に、よくぞここまで遊べるものである。

いまミドリには、自分の表現したいことがまず自分の狸いや裡にあって、それにぴったり来る新たな表現を作り出したり、既存の言葉を自由自在に組み合わせたりして、何とかそれを表現しようとしている。

本来言語表現とはそういうものであるべきなのだ。

そして新鮮な目でこの世界を眺め、生き生きとした毎日を送るためには、実はその能力は、幾つになっても絶対に失ってはならないものではないのか。その意味では子供はみんな〈詩人〉なのであり、大人はみな自分の中に、虐殺された詩人を葬っているのだ。俺はもう手遅れだろうが、何とかこの子には、世界が二十四時間、片時の休みもなく加えて来る抑圧を撥ね除けて、今後の人生でも、生き生きとした感性をいつまでも持ち続けていてもらいたいと願うのは、いけないことなのだろうか。

「それじゃあしばしのお別れな！　いい子にしてろよ！」

それならば一連の〈ミドリ語〉を、ただ一方的に矯正してしまうのは良くないのではないか。むしろ既存の表現では言い表せないことを何とか表現しようとしていることを、せめて俺一人だけでも、褒めてあげるべきではないのか——。

などと、洗濯したてのシャツに着替えながら、久方ぶりに真面目な思考を巡らせてみたものの、その間もずっと奇声を上げながら、擬人化された蒲団への深い愛情表現を繰り返しているノーテンキな九歳のクソガキの姿を見ていると、何だかこれ以上小難しいことを考え続けるのがバカらしく思えて来ることも、また事実なのだった。

2

地下鉄の有楽町線直通で新木場まで出て、ＪＲに乗り換えた。臨海公園の緑の木立を抜けると、丸いガラスのドームが現れた。

〈おふろん〉との半日間の短い別離を惜しみ終えたミドリに、今日はどこでも行きたいところへ連れて行ってやるぞと告げたところ、さすがにもう都内の心霊スポットはあらかた行き尽くしたらしく、しばらく考えていたが、それから珍しく子供らしく水族館と答えたのだった。もちろん賢一にも異存はない。

「ねえ、どっちが良いと思う？」

出掛ける前に、ミドリが突然尋ねて来た。見ると目の前に、濃い緑色のヘアバンドと、淡いピンク色のヘアバンドが差し出されている。

この一週間、伯父の没個性的なファッションセンスを舌鋒鋭く批判し続けていたミドリが、身につけるものについて意見を求めて来るなんて一体どういう風の吹き回しだろうか。賢一は少し迷ったのち、過ぎ行く夏を惜しむ気持ちから、淡いピンク色のヘアバンドを選んで勧めた。

チケットを買ってエレベーターで降りると、いきなりマグロなどの回遊魚が泳ぐ大水槽が現れた。後ろを振り返ると、サメが悠然と泳いでいる。そう言えば水族館なんて、子供の頃に来て以来だなと思いながら、賢一はミドリと手を繋(つな)いで館内を見て回った。

それにしても世界にはいろんな面白い魚がいるものである。頭が絶壁のように直角になっていて、その名の通りこちらを見下ろしているように見えるルックダウン。背ビレが刃のように突き出たジャックナイフ・フィッシュ。一体何を考えているのか、いや恐らく何も考えていないのだろう、水のまにまにぷかぷか漂っている色とりどりのウミウシ。

「ハダカカメガイを見ようぜ、兄ちゃん」

「何だそりゃ？」

「クリオネ、とも言います♡」

「ああ……」

初めて見るクリオネの実物は、びっくりするほど小さくて、賢一は少し拍子抜けしたが、ミドリはじっくりと観察して、その泳ぎ方やエサの食べ方の真似をマスターしたようだった。それまで天使のように優雅に水中を漂っているクリオネが、エサを取るときはまるで悪魔のように素早く残忍な動きを見せるのである。

「ふむふむ。ツノがこういう風に出るのだな」

一体いつどこで披露するつもりなのか、頭の上で両の人差し指を立て、水槽の前で何度も練習を繰り返す。なるほどこいつの咄嗟の演技力やギャグは、こうした日々の鍛錬（？）によって支えられているのだなと、スポ根漫画を読むような気持ちで賢一はその姿を眺めた。

別館にはペンギン山もあった。よちよち歩きでやって来て、腹這いで休んでいる仲間の体にけつまずいて転ぶやつがいる。それどころか、平気で体の一部を踏みつけて行くやつもいる。わざとではあるまいが、岩山の上にいた一匹が頭から滑り落ちて来て、池の前で仲良くツーショットを決めていた二匹のペアペンギンを、ダイビング・ヘッドバットで水中に落とす場面を見て、賢一は横腹が痛くなった。

ペンギンが立ったままフンをするのを、賢一は初めて知った。何か哲学的思索にでも耽っているような顔で、一箇所でじっと動かないやつは大体怪しい。次の瞬間には水鉄砲のような音と共に、黄色がかった白いフンを肛門から後ろ向きに発射していることがよくある。粘り気のあるフンは噴射された形のまま、岩の上で乾いていく。そのまま水の中に漂っているフンもある。腹這いで休んでいるやつにも当然かかる。やがてエサの時間になったが、飼育係が子供のペンギンに向かって投げた魚を、横にいた大人のペンギンが奪ってしまう。子供ペンギンは怒ってヒレをばたつかせるが、次の魚もまた奪われる。子供ペンギンはさらに怒り、ヒレをさかんに上下させながら、よちよち歩きで大人ペンギンを追いかける。盗人ペンギンは魚を口の中で急いで咀嚼(そしゃく)しながらも、ぼんやりと立っている別のペンギンを楯にして逃げる。何だか人間社会の縮図を見るかのようである。

「いやあ、水族館って、こんな面白いところだとは思わなかったよ」

「イズクンゾ、楽しまざるべけんや」

「お前、意外と学があるよな」

賢一は驚いてミドリの顔を見る。今日は買ってあげたバッグではなく、上京した時に使っていた円形のポシェットを提げている。

「まあね」

ミドリは額にかかる前髪を、気取って後ろに流す真似をした。

水族館を出ると、ミドリが「あ、海だ！」と叫んだ。臨海公園の先に浮島のような渚が作られているのである。

海と言っても東京湾であり、目を転じるとウォーターフロントに建てられた高層のマンション群や、レインボーブリッジ、お台場のテレビ局などが見える。青い空には、刷毛でさっと描いたような真っ白な雲が棚引いている。

その青い水の中には代赭色（たいしゃいろ）の筋が幾筋か、まるで澪のように走っている。そのまだらの海面すれすれを、一羽の白い鳥が飛んでいる。

「ねえあの鳥、何の鳥？」

「あれは、かもめだろ」

正確にはゆりかもめなのかも知れないが、賢一には区別がつかない。

「兄ちゃんもかもめだよね？」

「はあ？」

思わず耳を疑う。

「いい歳こいてドクシンの男をそう呼ぶんでしょ？」

「それはやもめだ」

賢一はがくりと崩れ落ちる。

「なあんだ、違ったか」

「それに正確には寡（やもめ）とは、奥さんに先立たれてしまった男のことであって、俺みたいに最初から結婚していない男のことは、やもめとは言わない」

「つまり兄ちゃんは、やもめ以下ってことっスね？」

「むう……」

賢一は憮然とし、思わず大人気なく反論する。

「俺がやもめ以下ということで、お前に何か迷惑をかけたか？　かけていないなら、抛っておいてくれ！」

「そんなに怒らない怒らない。この子は明日帰るんだから」

その背中を、ミドリの小さな掌がトントン、と叩く。

「兄ちゃん、あたしが帰ったあと、淋しさのあまり泣いちゃダメだよ」

「誰が泣くかよ！」

もし泣くことがあるとしたら、それは嬉し泣きだと言いかけたが、カウンター攻撃を受けることを恐れて口を噤む。もはや口でかなう相手ではないことは自覚している。

その間も、ひっきりなしに寄せては返す波が、足元の砂にかすかな泡を残して行く。よく見ると干潟には、小さな団子のように丸まった土がいくつも残っている。

　これは一体何なのだろう――。

「おう！　それはコメツキガニの食事のあとだよ」

　賢一の視線に気付いてミドリが言う。

「コメツキガニ？」

「これくらいのちっちゃなカニ。彼奴（きゃっ）は砂をわしわし食べて、ミネラル分だけをこし取ると、こんな風にダンゴにしてお尻から出すのさ」

「ふうーん」

　喋りながら自分の足元の砂を、エナメルの靴の先でぐりぐりしていたミドリだが、突如むむむむと叫ぶとその場にしゃがみ込み、手が泥だらけになるのも構わず、一心不乱に地面を掻き分けはじめた。

「よっしゃあ！」

　そんな歓声と共に、三センチほどの楕円形のものをつまみ上げた。

「何だそれは？　アサリか？」

「これがハマグリに見えるなら、やっぱり兄ちゃん目医者に行った方がいいぞ」

「いや、いちおうちゃんとアサリに見えるから大丈夫だ」

「ねえ兄ちゃん、あたしのポシェットからビニール袋出してよ」

「え？　あ、ああ……」

自分の両手は泥だらけだからだろう。賢一は屈み込んで、ミドリが襷がけにしているポシェットのジッパーを、真横から開けた。中に透明なビニール袋が数枚入っていたので、そのうちの一枚を出してやる。

「口も広げて」

賢一が言われた通りにすると、ミドリははしゃぎながら採ったアサリをその中に入れた。それから打ち寄せる波で手の泥を一旦洗い流すと、受け取ったビニール袋を干潟の安全なところに置いて、再び両手で地面を掻き分けはじめた。

「ウヒョウヒョウヒョウヒョヒョ」

ミドリがあんまり楽しそうに掘っているので、賢一もつられて、ジーンズの裾をたくし上げて地面を掘り起こしてみた。だがなかなか見つからない。

一方ミドリは次々とアサリを掘り起こす。賢一は感心しながら言った。

「うまいなあ。何かコツでもあるのか？」

「そうだなあ。まあ強いて言うならば、アサリを見つけようとしちゃダメだってことかな」

何やら禅問答のようなことを言う。

「アサリの目を見つけるようにするのさ」

「アサリの目？」

「目じゃなくてセイカクには水管というらしいんだけどね。地面がエクボのように、ほんの少し引っ込んでいるところを見つけるのさ」

「ふうーん」

「さあ恐れずにやってみたまえ、若者よ」

だが賢一がいくら目を凝らして見つめても、その小さな窪み自体が見つからないのだった。

「いやー大漁大漁！」

一方ミドリははしゃぎ回っている。それもその筈、ミドリが小さな手に持つビニール袋は、すでにいっぱいのアサリで膨れているのだった。途中で匕首(あいくち)の鞘のようなマテガイの殻が見つかると、それは抛り投げた。

二重にしたビニール袋の口をしばって、上の方に小さな空気穴を幾つか開けると、ミドリはそれをそのまま自分のポシェットの中にしまった。ポシェットは今日もまたぱんぱんに膨らんで、歪(いびつ)な形になった。

「それにしてもお前、よくビニール袋なんか持ち歩いていたな」

「おつかいでスーパーとかに行った時に、生鮮ショクヒン売り場のビニールを、少し多目にもらって来るのさ。あれ結構重宝するんだよ」

賢い主婦のようなことを言って、ほんの少し膨らみかけた胸を張る。

「ふうーん」

「イチオウ誤解を避けるために断っておきますが、食い放題のお店なんかに行った時に、食べ物を入れてヒソカにお持ち帰りするためではありませんぞ」

「お前それ、れっきとした犯罪だぞ」

賢一は驚いて目を剝く。

「いやいや違う違う。いくらわてが食い意地が張っていようと、それだけは違う！」

「あわてて否定するところが怪しい。語るに落ちたな」

「だから違うと言っておるじゃろ。ウケ狙いじゃや！」

「だから、そこまで捨て身でウケを狙わなくていいんだって！」

「いや、そこだけはわては譲れん。わてはあくまでもウケを優先させたい」

「好きにしろ！」

3

帰りの電車は混んでいた。賢一は吊り革に摑まり、吊り革に届かないミドリは、その賢一のジーンズのベルトを両手で摑む。

途中の駅で、腰がほぼ直角に曲がった老婆が乗って来た。ごま塩頭の老婆は車内をちらりと眺めるが、すぐにあきらめて入り口附近の金属製の手すりに摑まる。そのすぐ目の前がシルバーシートなのだが、そこに座っている二十代とおぼしき女性たちは、化粧を直したり携帯でメールを打ったりすることに熱中していて、老婆には一瞥たりとも投げかけようとしない。老婆は黙って手すりにつかまっている。

信号か何かだろうか、電車が急停止した。賢一のつかまっていた吊り革がぴんと伸び、その賢一につかまっているミドリは、まるで水上スキーのように斜めになったが、何とか転ばずに踏ん張った。老婆も必死の形相で手すりにつかまっている。

そして電車が再びゆっくりと動きはじめたところで、ミドリが突然大きな声を出した。

「ねえ兄ちゃん、何であの人たち、席譲らないの？」

「しっ！　声が大きい！」

賢一はミドリの口を慌てて手で塞いだが、時すでに遅く、シルバーシートに並ぶ女性たちは、化粧の濃い顔を上げてこちらを睨んでいた。

ミドリは賢一の手を振り切って続けた。

「だってあそこシルバーシートじゃん！　何で席も譲らずに、顔ばっかり塗っているの？

塗っても塗らなくてもタイシテ変わらないくせにさあ」

「ば、ばか。黙っていろ！」

電車は再び徐行して、次の駅のホームに入りかけている。賢一はミドリの手首を摑むと、ドアが開くのを待って、そのまま一旦ホームに降りようとした。その手を振り払おうとミドリが暴れる。

「ここはまだ降りる駅じゃない！　やだ！　降りたくない！」

賢一はそのまま力ずくでミドリを電車から降ろすと、一刻も早く出発してくれることを祈りつつ、ホームで電車をやり過ごした。

電車が完全に出てから、賢一は叱り付けた。

「こら！　ああいうこと、大きな声で言うんじゃない」

「何でさ。大きな声で、わざと聞かせてやらなきゃイミないじゃん」

ミドリもきりっとした眉を寄せて、賢一を睨み返す。

「あいつらが悪いんじゃん！　目の前におばあさんが立っているのにセキ譲らないし！」

「それはそうだけど、あんな風に、誰かを人前で非難するのはやはり良くないことだ」

「何でいけないのよ！」

ミドリの両目から大粒の涙がみるみる溢れ出した。

「ミドリ、まちがったことは言ってないもん……」

それを見て賢一は沈黙した。

自分だって本当のことを言えば、この子が間違っているとは思っていない――それに気がついたが故に、それ以上は何も言えなくなってしまったのだった。

自分は大人だから、人前で他人に恥をかかせてはいけないという意識が染み付いている。

そしてそれが大人の嗜みだと信じていた。

だがその意識の奥を探ると、実はその根底には怯懦が潜んでいることに気が付く。因縁をつけられて不快な思いをする、逆恨みされる、さらにはあべこべに自分が攻撃の的になる、そんな一連のリスクを考えて、それならば少々の不正には目を瞑った方がいいと考えるのだ。

面倒くさい、関わり合いになりたくない、いろんな理由をつけられるが、根っこの部分にあるのは怯懦だ。

これは学校で、いじめを見て見ぬフリをする精神構造と大きな違いはない。何のことはない、学校のクラスが、もっと巨大な社会に変わっただけなのだ。

一方ミドリにはその怯懦が全くないから、むしろ人前で堂々と指摘してやらなくては意味がないと考える。

自分は大人の一人として、本人の今後のことを思ってミドリを叱った。これほどの強い正義感は、近い将来その持ち主を危険な目に遇わせずにはおかないだろう。このままではミドリは、いつか痛い目に遇うことだろう——そう思ったからだ。

だがそれは本当に正しいことなのだろうか？

あるいはこの強い正義感を矯正しなければならない世界の方が、間違っているのではないのか？

次にやって来たのは各駅停車だった。それに二人は無言のまま乗り込んだ。やはり混んでいたが、ミドリは賢一から少し離れたところに立つと、さっきの老女のように手すりに摑まって、電車が揺れるたびに両足で懸命に踏ん張っていた。

幸いにして、その後は電車が大きく揺れることはなく、無事に降りる駅に着いた。

せっかくの最終夜なのだから、この険悪なムードを何とか解消したい。改札を出たところで、先月分の翻訳料が昨日振り込まれたことを思い出して賢一は言った。

「おい、それじゃあ何か食べて行こう。今日は最後だから、何でも良いぞ。寿司、うなぎ、ステーキ、しゃぶしゃぶ、その他何でも良いぞ。何か食べたいものがあったら言ってごらん！」

だがガッツポーズをして喜びの舞いを舞うだろうと思ったミドリは、あにはからんや人差し指を一本立てると、それを顔の前で車のワイパーのように扇形にちっ、ちっ、ちっ、ちと動かした。

「ダメだなあ。ガイショクばっかりだとエイヨウが偏るよ。味付けも濃いし、カロリーは高いし、このまま行ったら兄ちゃん、近いうち確実に病気になるよ」

「はあ……」

突然生活習慣の批判を受けて賢一はたじろぐ。

「今日はミドリが作ってあげる。ネコも三日飼うと恩を忘れないというところを見せてあげよう」

「だけどお前、料理なんかできるのか？」

お茶も満足に淹れられないお前が？　という一言は辛うじて呑み込んだ。

「スーパーレディを目指すこのワタクシを、なめてもらっちゃ困るね」

額にかかる前髪を、気取って後ろに流す真似を再びする。

それじゃあということになり、駅前のスーパーに直行する。店内は夕食の準備どきでごった返しており、人ごみの苦手な――苦手なものが多すぎると自分でも思うのだが――賢一は、店内に一歩足を踏み入れた瞬間に、買い物をやめて帰りたくなったほどだが、ミドリはだったら兄ちゃんそこらへんの隅に立っていれば良いからと言って、背伸びして黄色いカゴを取って渡して来る。それから主婦たちの間を巧みにすり抜け、売り場の隅でボサッと立っている賢一のところに走り寄って来ては、賢一の持つカゴの中に、スパゲッティや白ワイン、オリーブオイル、瓶入りの乾燥バジリコの粉末などを次々に入れて行く。

「献立は決まったのか？」

「これ見りゃわかるでしょ？　ボンゴレ・ビアンコだよ」

「へえ？」

そんなものお前作れるのか、と言いかけて賢一は、はたと気がついた。

「ボンゴレって言うと……」

ミドリはアメリカ人が自己紹介する時のように、右手の親指をぐい、と立てて自分の胸を指し示した。そこには例のポシェットが、襷掛けにかけてある。

「あ、あれ、食べるのか？」

「他にどーすんだよ。まさか兄ちゃん、家のフロで飼うつもりだったのかよー」

「いや、そういうわけでもないけど、東京湾のアサリなんて、食べられるものなのか？」

「そんなの知ーらない。でも採った以上は、セキニン持って食べてあげないと可哀想でしょ」

「はあ……」

それから最後にもう一度カゴの中を眺めたミドリは、香辛料であと一つ足りないものがあると言って駆け出して行った。

賢一は黄色いカゴを持ったままボサッと立って待つ。

だが今度はそのミドリが、なかなか戻って来ない。

一体どうしたのだろう。心配になったが、ここで自分が動いて、行き違いになったら余計に面倒なことになると思い、熟っと我慢した。オリーブオイルや白ワインの瓶の入ったカゴは結構重く、腕が疲れて来たので床に置いて待つ。

しかしそれからまたしばらく時間が経過したところで、さすがにいてもたってもいられなくなり、再びカゴを持ってミドリを捜しに行った。

ミドリの姿はどこにもなかった。

――

ついさっきまでの自分が嘘のように、通路を縦に横にと走り回り、あちこちで人にぶつかって頭を下げながら、血相を変えて店内を捜し回った。

「ミドリ！　ミドリ！　どこにいる！　いるなら返事をしろ！」

恥も外聞もかなぐり捨てて、出せる限りの大声で叫んだが、返事は一向にない。

これだけ見て回っても姿が見えず、これだけ叫んで返事がないのだから、もう店内にはいないものと判断するべきだろう。その考えに目の前が冥（くら）くなるように感じながらも、それでもまだそれほど遠くへは行っていない筈だと思い直して賢一は再び駆け出した。混雑する店内、床にカゴを置き、買い物客の群れを掻き分けて出口へと向かう。レジ待ちで行列している人々に謝りながら、その横をすり抜ける。中には露骨に舌打ちする客もいたが、すみません、通してくださいとひたすら連呼して出口へと急ぐ。

過去には、スーパーのレジで母親が支払いをしているほんのちょっとの隙に、そこから一〇メートルも離れていないトイレに行った女の子が誘拐されたという例もある――聖川の言葉などを憶い出し、ミドリを一人にした自分の迂闊さに思い至ったが、後悔しているヒマはない。事態は一刻を争う。今はとにかく必死で捜すべきだ――。

だが店を出たところで再び途方に暮れた。一体どちらの方角を捜したら良いものか、まるで手がかりがない。薄暗がりの中、四方を見回してみたが、ミドリの姿はやはりどこにも見えない。

泣きたくなった。大人になってから、本当に泣きたくなったのは初めてかも知れなかった。両親が相次いで死んだ時も泣かなかったのに――。

俺がついていながら誘拐されたなんて、一体竜二に何と言えばいいのだろう？　万が一のことがあったら、もう一生合わせる顔がない。

だが泣いている場合ではない。ここが考えどころだ。ここで誘拐犯と逆方向に進んだら最後、事態は完全に絶望的になってしまうだろう。かと言っていつまでもここに突っ立っていても、やはり事態は刻一刻と悪化するばかりだ。

落ち着いてよく考えろ――懸命に自分に言い聞かせた。ミドリの身長は約１３０センチ、さすがにナップザックに入れるには大きすぎる。ということは、仮にこれが計画的な誘拐だとして、こんな駅前のスーパーから子供を連れ去ろうとしているのならば、犯人は絶対に車を用意している筈ではないか？

それに気が付いた賢一は、スーパーの裏手にある駐車場へと一目散に走った。角の交番では若い巡査が、眠そうな顔で立番をしていたが、小さな女の子を連れた男を見かけなかったか否かを尋ねる暇も今は惜しい。巡査にちらりと一瞥を投げかけただけで先を急ぐ。

息があがり、胸が苦しかった。だがそんなことはもうどうでもいい。もしも何事もなくミドリが帰って来るならば、こんな出来損ないの心臓の一つや二つ、くれてやる！

夕暮れ時の駐車場には、何台もの車がもの言わぬ獣のように並んでいた。その列の一番右奥にある黒いセダンのドアが、今まさに閉じようとしていた。

その僅(わず)かな隙間から、ほんの一瞬だが、淡いピンク色が見えたような気がした。

今朝ミドリが出掛ける前に、一体何の気紛れか、自分に選ばせたあのヘアバンドの色――。

もちろんあくまでもほんの一瞬だ。しかもあたりが漆黒の闇に包まれようとしている中であり、思い込みや目の錯覚という可能性も充分にあり得る。

それでも賢一は、その黒いセダン目掛けて一目散に突進した。車のエンジンがかかる音がし、車体が細かく震えた。ヘッドライトが点いた。

そのヘッドライトがハイビームに変わり、真正面にいた賢一はまともに目をやられた。だが足は止めなかった。もし違っていたら、駐車場の冷たいコンクリートに土下座でも何でもして謝ってやる。だがこの車をこのまま行かせてしまったら、自分はこの先ひょっとすると、一生後悔し続けることになる――その確信を強くした賢一は、自分でも意味のわからない叫び声を上げながら、両手を広げて車の前に立ち塞がった。

だがあろうことかその黒いセダンは、そのまま何の躊躇(ためら)いもなく発進し、賢一は撥(は)ねられてボンネットの上に乗り上げた。両膝と両の大腿部に激しい痛みを感じながらボンネットの上で咄嗟に上体をひねったが、そうしていなければ、そのままフロントガラスに顔から突っ込んでいたことだろう。本能的に丸めた背中の下に、薄い鋼鉄の板が凹む感触を感じ、頭上には暮れなずむ暗紫色の空が見えた。続いて身体の側面が冷たい強化ガラスに当たる感触があり、振り落とされまいと必死に手を伸ばすと、ゴムに覆われた細長いものが手に触れたので、言葉にならない言葉を発しながら、必死にそれを摑んだ。

　車はそのまま駐車場を蛇行して、賢一を振り落とそうとする。今やこのなりふり構わぬ急発進自体が、何かを雄弁に語っていた。

　俯伏(うつぶ)せでセダンのルーフの上に乗り上げながら、賢一は咄嗟に摑んだワイパーを必死に握りしめた。皮肉にもバンザイをしているような格好だ。ここで振り落とされたらもう終わりだ。轢(ひ)かれはしないにしても、そのまま逃げ切られてしまうことだろう。

　どうしたらこの車を停めることができるのか、それは皆目見当もつかない。だが少なくとも自分を振り落とすまでは、この車は公道に出ることを躊躇することだろう。ルーフの上に人を乗せたままではあまりにも人目につくし、自分が道行く人に助けを求めることも可能になる。

そう考えると、この細い二本のワイパーが、正に命綱だった。

運転手もそれはわかっているらしく、駐車場の出口附近まで行った車を突然バックさせた。あわや駐車場のフェンスにぶつかりそうなところまで一気に下がり、再び蛇行を開始する。スピードと蛇行のリズムを細かく変えて、ルーフの上の賢一を振り落とそうとする。

ワイパーは既にぐにゃりと曲がっており、今にも付け根から捥げそうだ。

そして、左右に大きく振られた賢一の手が、今まさにワイパーから離れようとした瞬間、駐車場の入り口附近から声が聞こえた。

「おい、そこの車！　停まりなさい！」

その声は賢一には、まるで神の声のように聞こえた。

4

「ちきしょー。不覚だったなぁ」

ミドリがベッドの上で上体を起こし、鼻の頭をポリポリ掻いている。診察室の片隅に設えられた簡易ベッドだ。

「全く。一体どうして知らない人に、黙ってついて行ったりしたんだ！」

枕元のスツールに座った賢一は、厳しい口調で訊く。

「だからそれは、これからセツメイするからさー」

「知らない人について行っちゃだめだと、あれほど言っただろう？」

車が停まり、ルーフから転がり落ちるように下りた後、警官に促されて車から渋々降りてきた人物の顔を見た賢一は、あっと思った。まさか女だとは思っていなかったからだ。しかもそれは、一度見たことがある女だったからだ。

それはミドリが来た翌日、デパートでミドリが逃げ出した時に、賢一の前に立ち塞がって、あなたは本当にあの子の伯父ですかと詰問して来たあの女だった。

長髪で肉付きが良いと言うよりは、太目と表現した方が正確なその女は、もちろん最初は容疑を否認した。確かに女の子を連れてはいるが、小さな女の子がたった一人で買い物をしていたのを見て、心配になって声をかけてあげただけだと主張した。あたしは可哀想に思って、家まで送り届けてあげようとしていただけで、事実女の子はいま後部座席で疲れて寝ている。物騒な事件が頻発しているこんなご時勢に、小さな子に一人で買い物をさせるなんて危険じゃない、だからあたしはわざわざ保護してあげようとしていたのよ、むしろ感謝されても良いくらいよと、弛（たる）んだ二重顎を突き出していきり立った。

そう言えばあのバッグ騒動のあった日の帰り、夜道で誰かに跟（つ）けられているような気がしたものだが、やはりあれは気のせいではなかったのだろうか。だとするとあの時この女が警備員を呼ぶと言って騒いだのは、俺が警備員から尋問等を受けているスキに、保護するフリをしてミドリを連れ去ろうと考えたから？　ところがそれが未遂に終わったので、作戦を変えた？　この前は詳しく見ることもなかったが、よく見ると、まだ三十代前半くらいに思われるのに、頬や額の皮膚がひどく荒れている女だった。

「最初あたしがスパイスを選んでいたらさあ、あの女の人がやって来て、いろんなスパイスを手に取って、これって何に使うのか教えてと言って来たんだよ。知ってる限りで教えてあげると、ありがとう、お礼に美味しいものをご馳走するわ、とか言い出してさ。あたしが断ると、今度は駐車場にクルマを停めてあるから、家まで送ってあげるわと言い出してさ。そのジテンで怪しいと思ったんだよ。これから外で美味しいものを食べるつもりの人が、どうしてスパイスなんか選ぶの？」

「うむ……」

「ピンと来たからさー。だからとりあえずだまされたフリして油断させて、ケイサツに突き出してやろうと思ってさ――」

　何という無茶なことを。賢一は口角泡を飛ばした。

「だったら、どうしてその時点で、大声を上げて俺を呼ばなかったんだ。お前たった一人で警察に突き出すなんてこと、できるわけがないだろうが！」

「だってスーパーの中で話しかけられたというだけじゃ、何のショウコにもならないじゃん。でもあたしのようないたいけな幼女を、スーパーから連れ出してクルマに乗せようとしたとなったら、少なくともケイサツで詳しい事情は訊かれるでしょ」

「そんなことを考えていたのかよ」

　賢一は絶句した。つまり、自分自身を囮(おとり)にしようとしたのか。無謀だ。あまりにも無謀すぎる。たった一人でどうしてそこまで――。

「だってクルマに乗るためには、当然スーパーの裏の駐車場に行くでしょ？　そしたらあそこの角の交番の前を通るじゃん。それまでジュウジュンにおとなしく連れられているフリして安心させておいて、交番の前に差し掛かったところで突然、助けて！　この人ゆうかい犯です！　と騒ぎ出したら、さすがのあの人だって逃げるヒマないじゃん。ちくしょう、絶対にうまく行くハズだったんだけどなあ。変なものさえ嗅がせられなければなあ」

　賢一はそれを聞いて内心舌を巻いた。そうか、こいつはちゃんとスーパーの駐車場と交番の位置関係まで、頭に入っていたわけか――。

　ミドリのように頭の良い子が、どうしてあれほど簡単に連れ去られてしまったのか、その理由がようやくわかった。確かにミドリが店内でほんの少しでも騒ぎ出していたら、あの女はそれ以上敢えて危ない橋を渡ることはせず、さっさと逃げ出していたことだろう。

仮に追い掛けて追いついたとしても、警察に突き出せるような容疑は何もない。それならばミドリ自身は危険を未然に防ぐことができただろうが、女を捕まえることはできなかっただろう——。

それと同時に反省した。ひょっとしてこいつは、その直前に俺がこいつの正義感を挫くようなことをしてしまったから、それで余計に意地になって、そんな大それたことを？

だがいくら頭の回転は速くとも、悪人の悪知恵の前には文字通り児戯も同然で、ミドリは店を出たところですぐに吸入麻酔薬を嗅がされてしまい、肝腎の交番の前を通る際には、まるで本物の親子さながらに、あの犯人におんぶされていたのだ。ただし立番をしていたあの若い巡査は鼻が人一倍利く男で、親子が通った時にかすかに薬品の臭いを感じていた。さらにそのすぐ後に、血相を変えて二人の後を追って来た（ように見えた）男がいたので、不審に思い、警邏の一環としていちおう様子を見に行ってみることにしたのだという。眠そうな顔は単なる地顔で、実は職務に忠実かつ判断力に優れた巡査だったのである。日本の警察もまだまだ捨てたものではないと、心から感謝したい気持ちでいっぱいだ。

もし本当に子供を保護して送り届けてあげようとしていただけならば、どうして僕が車の前に立ち塞がった時に、そのまま委細構わず車を発進させたんですかと賢一が問いつめると、

「暗かったから見えなかったのよ！　そんなところに立ってるそっちが悪いわよ！」

と吐き捨てたが、たとえ姿が見えなかったにしても、フロントガラスに人がぶつかった時点で急停車するのが普通でしょう、でもあなたは車を停めるどころか、逆に僕を振り落とそうと必死でしたよねと賢一が冷静に続けると、警官もやはりそれを不審に思ったらしく、無線で婦人警官を呼んで、女の持っていたバッグの中身を改めさせた。すると中から、財布や手帳や化粧品や携帯電話などに混じって、麻酔薬の入ったケミカルメスや小型のスタンガン、手錠やロープ、猿轡などの悍ましいものが、続々と出てきたのだった。

これは一体何に使うつもりだったんだと問い詰められると、女は一転して一言も喋らなくなった。黙秘権を行使するつもりらしい。取調べは場所を交番から署に移して行われることになり、ミドリは救急車に乗って警察病院に、賢一は面パトに乗って署にそれぞれ移動、やって来た連続幼女失踪事件の専従だという刑事に、賢一は改めて一部始終を説明し、それから警察病院に赴いて、ようやくついさっき、ミドリと合流することができたのである。

「兄ちゃんは大丈夫なの？」

ミドリが頭から外したピンクのヘアバンドを指先でくるくる回しながら訊いてくる。闇の中でほんの一瞬垣間見えた、あのヘアバンド。何故か今日に限ってミドリが俺に選ばせた、暮れなずむ夜の薄暗がりの中でも目立つ、淡いピンク色のヘアバンド——もしもミドリが今日このヘアバンドをしていなかったら、果たして今頃どうなっていたことか——。

「ああ、心配するな」

賢一は両膝をさすりながら答えた。自分もさっきレントゲンを撮ってもらったが、幸いなことに骨には異常はなかった。ただ歩くたびに膝は針を刺し込まれたように痛むし、大腿部の内出血もかなり酷く、明日はきっと紫暗色に腫れ上がることだろう。それと実はボンネットに乗り上げた時に打ち付けた左の肩もかなり痛い。

だがそんなことは全て些細なことだ。咄嗟のこととはいえ、よくぞあんなスタントマンのような動きができたものだと自分でも思う。発進したばかりの車だったから何とかこの程度で済んだものの、既に加速がついていた車だったら、自分はもうこの世にいないかも知れない。半人前の心臓も、よくぞもってくれたものである。

「ひょっとしたら、本ボシかも知れないぞ」

聞き憶えのある声に振り返ると、聖川が立っていた。知らせを受けて駆けつけて来たのだという。この前と同じ、動きやすそうな麻のジャケットを着ている。

改めて一部始終を話すと、聖川はあんぐりと口を開けた。

「すごいなお嬢ちゃん。大きくなったら、女刑事にならないかい？　それでお兄さんと一緒に、悪い奴を片っ端から捕まえようよ」

聖川はベッドの脇に立って、ミドリの頭を何度も撫でながら言った。

「おじさんと一緒はいや」

ミドリはそう言って赤い舌を出す。

賢一と聖川は顔を見合わせて苦笑した。

〈七日目〉

正真正銘の最終日である。

カーテンの隙間から覗く、雲ひとつなく晴れた青空を見ていると、月並みな表現ながら、昨夜の一連の出来事が、まるで嘘のように感じられる。

あの後ミドリは、念のために一晩検査入院することを勧められたが、あいにく入院用のベッドはすべて埋まっており――診察室の隅の簡易ベッドに寝かせられていたのもそのためだ――、別の病院に搬送することになるという。その会話を小耳に挟んだミドリは、家に帰りたいと駄々をこねはじめ、駄々はやがて強硬な主張へと変わり、しばしの押し問答の末、根負けした様子の医者が、まあ確かにこんな時間から搬送して本人の体力に負担をかけるよりは、自宅でゆっくり休んだ方が良いかも知れませんねとそれを了承したので、家に帰ることにした。ミドリが明日田舎に帰る予定であることを賢一が付け加えると、医者はではちょっとでも吐き気や体調不良などを訴えたら、すぐに地元の大きな病院で診てもらうようにして下さいと念を押した。

それから病院前で客待ちをしていたタクシーに乗って帰ったのだが、結局家に着いたのは夜中の十二時過ぎで、蒲団を敷くなりすぐに寝てしまった感じだった。

　全くもってひどい体験をしたものだが、そんな言葉では済まないことになっていた可能性も充分にあるわけであり、この穏やかな寝顔が今ここにあることを、神様に、そしてあの交番の若い巡査に、感謝したい気持ちでいっぱいである。ミドリが無事に戻って来るならば、心臓の一つや二つくれてやる——そう誓ったことなどを憶い出し、賢一はミドリをすぐには起こさずに、カーテンごしの朝の光の中、その寝顔をしばらく静かに見つめていた。

　やがてミドリは目を覚ましたが、いつものようにぱっと飛び起きては来ない。そのまま瞳だけを大きく瞠いて、蒲団の中で熟っとしている。さすがにショックだったのか、それとも憶い出して急に怖くなったのだろうか。

「朝食はパンとごはん、どっちがいい？」

　早く日常に戻してあげることが肝腎だと考えた賢一は、すかさず声をかけた。

「んー、センタクシ、少ねーな」

　いつものように憎まれ口を叩きながら、蒲団の中で即答せずにしばらく考え込んでいる。

　やがて頭をポリポリ掻きながら上体を起こすと、おもむろに口を開いた。

「だったらいっそのこと昨夜のリベンジやろうぜ。昨日買う予定だったやつ、兄ちゃん大体憶えてるよね？　あれ全部買って来てよ」

「え、するとやっぱりあのアサリを？」

「だって、採った以上は食べてあげないと可哀想でしょ。このままあたしが帰ったら、兄ちゃん絶対あのまま死なせちゃう。そしたらきっとバチが当たるよ」

「近くの川に放してやったらどうかな」

するとミドリは、極悪人を見るかのような目で賢一を見た。

「普段干潟で生きているアサリはんたちを川なんかに流したら、あっけなくギョクサイしますがな。そしたら兄ちゃん、アサリはんたちに末代まで呪われまっせ」

「だけどもう一晩経ってるし、食べて大丈夫なのかな？」

「ふっふっふ。きっとそう言うだろうと思って、ちゃんと夜中にボウルに移して、シンセンな塩水に浸しておきましたぜ、ダンナ」

得意気に言う。すると自分が寝てしまったあとだろうか？　へとへとに疲れて、嗅がされた薬の影響で頭もふらふらしていたことだろうに、夜中に起き出してそんなことをやっていたのか？

とりあえず命じられたまま、賢一は痛む膝を引きずりながら一人買い物に出た。もちろん玄関には外からしっかりと鍵をかける。朝っぱらからパスタかよという気もするのだが、ミドリと一緒に過ごす時間は、あとほんの数時間足らずであり、その間はすべて好きなようにさせてやりたかった。

駅前のスーパーに着いた。朝八時から営業していることは知っていたが、こんな時間に利用するのは初めてだ。朝の新鮮かつ清潔な店内で、ここの通路を昨夜、血相を変えて走り回ったことを憶い出し、放置したカゴを片付けてくれたであろう店員をはじめ、大げさに言えば犯人以外の生きとし生けるものすべてに心の中で感謝をしつつ、昨日と全く同じものを買って帰ると、ミドリは着替えや洗顔などをすべて済ませ、台所の床にぺたりと座って、ボウルの中を覗き込んでいる。

「アサリはんたちご一行様には、現在まったりとお寛ぎいただいております」

賢一も思わずその脇に腰を下ろして、中を覗き込んだ。

東京湾で生まれ育ったアサリたちは、ボウルの中で気持ち良さそうに泡をプクリと吐いたり、薄いオレンジ色の管を伸ばしたり、プチュプチュと音を立てたりしている。

そのボウルの中に包丁が挿してあるのを見て賢一は言った。

「これは何かの宗教的な儀式なのか？」

「塩水にカナケのものを入れて砂を吐かせるんだよ。知らないのぉ？」

「いや、今初めて知った」

「兄ちゃんて、本当にモノゴトを知らないよね！」

まるで異星人を見るかのような目で賢一を見る。

「ダイガクインまで行って何勉強してたのよ」

ですからもう何度も言った通り、美学美術史学なんですけど……と答えかけたが、ミドリが聞いている素振りがないのでやめる。

ミドリはさっそく食事の準備に取りかかった。まず熱したフライパンにバターを落とし、みじん切りにした玉ネギをその中で狐色になるまで炒めてから、塩コショウを振る。そしてまったりと寛いでいた——わけではあるまいが何となくそう見える——アサリたちをザルに取ると、次の瞬間それを情け容赦なくそのフライパンの中へと抛り込む。

初めアサリはその二枚の貝殻を、ぴたりと閉じている。

「うーむ、こいつら、まるで貝のように口を固く閉ざしやがって」

「そりゃあまあ、貝だからな」

「フフフ。だが果たして、いつまでそうしていられるかな」

だが熱が徐々にフライパン全体にまわって来ると、アサリたちは我慢し切れなくなったかのように、その殻を開いて行く。

「開け開け。ほれほれお前、もっとちゃんと開かんかい！」

一旦開き出すと、あとは早い。あちらでカパッ、こちらでカパッと次々と殻が開いて行く。

「これって要するに、熱くて熱くて、断末魔みたいになって殻が開くわけだよな」

　朝食用のトーストを焼く以外、およそ料理と名のつくものをほとんどしない賢一は、この光景を前にして何だか神妙な気分になった。ボンゴレはビアンコもロッソも大好きで、レストランなどでもよく注文するのだが、目の前に出てくる時は調理済みで殻が開き切った後なので、罪悪感など微塵も感じない。ただアサリうめーと思うだけだ。それがこうして目の前で開くと胸が痛むのだから、考えてみると勝手なものである。

「カラを閉じていたけんみたいなものが効かなくなるんでしょ。ニンゲンだって死んだら、身体がだらんとするじゃん」

　ミドリはあっけらかんと言う。

「さっきまであれだけ元気にプチュプチュ水音を立てていたことを考えると、何だか少し可哀想になるな」

　するとさっきまであれだけアサリが可哀想と繰り返していたミドリが、呆れたような顔で賢一を眺め、再び長老になった。

「アホか、おぬしは？　おぬしは肉も魚も卵も一切食わんのか？」

「い、いや……」

「そうじゃろう？　野菜だって、生きていたものを取って食うことに関しては一緒じゃぞ？

つまり人間が生きていくということは、ヒツゼンテキに罪深いことなんじゃ。ウナギだって機会さえあればニンゲンを食うんじゃから、シゼンのめぐみに感謝して、おいしくいただくことがカンジンなんじゃ」

「はい」

ぐうの音も出ない正論を受け、賢一は直立不動で答える。

「わかればよろしい」

それからミドリはあっさり地声に戻り、兄ちゃんそこのコショウを軽く振ってと言いながら、いまだ殻を閉じているアサリたちを、菜箸で順番にビシビシ叩いて行く。

「ほれほれお前ら、ケチケチせずに開かんかい！」

そう言いながら、まるで鞭のように菜箸を揮って行く。

「ほれほれ、恥ずかしがるタマかい！　ほれほれ開け！」

今度は一体、何になり切っているのだろう――。

「ほれ開け！　お前らは開いてナンボの商売やろうが！」

まさかストリップ劇場のガラの悪いオヤジ客ではあるまいな――などと思って焦った賢一は、フライパンの上にコショウと間違えてつまようじの雨を降らせた。

「あーこのばかたれ！　使えねー野郎だな」

菜箸で一本一本つまようじを拾うミドリに叱責され、賢一は麺を茹でる係に敢え無く配置替えを命じられる。スパゲッティの麺なんて、ただ時間を計りながら時々かきまぜれば良いのだろうと軽い気持ちではじめた賢一だったが、またしてもミドリから激しい叱咤の声が浴びせられる。

「ダメでしょ、兄ちゃん。スパゲッティってのは、ナベの縁に沿ってホウシャジョウに並べるの！」

「あ、そうなの？」

「これイタリアの料理だよ。兄ちゃん、イタリアで何食べてたの？」

まさか毎日ローマ大学の学食で、一食約三〇〇円の定食を食べていたとは言えない。

今や大部分のアサリがその殻を開いたが、なおも頑(かたく)なに口を閉じているのが幾つかいる。

「このやろ、このやろ」とミドリは長い菜箸で叩きながら、乾燥バジリコと何やら面妖な調味料を入れ、最後に白ワインを注ぐ。アルコール分が蒸発して、部屋じゅうにワインの馥郁(ふくいく)たる香りが漂う。パスタはすでに茹で上がって、オリーブオイルと絡めてある。

「んだら、食うべさ」

ミドリがぱくつく。最後まで開かなかった貝は全部取り除いたので、とりあえず鮮度的には問題ないはずだと思いながら、賢一もおそるおそる口に入れてみたが、これが意外に美味い。あの代赭色をした東京湾のアサリなんて、果たして食えるのだろうかと疑問に思っていたのだが、けっこういけるのだから仕方がない。自分の茹で方の失敗で、スパゲッティが柔らかすぎる上にときどき二本三本と癒着しているのがあるが、これがきちんとアルデンテで茹で上がっていたら、もっと美味いだろうと思う。

「ふうーん、やるもんだな」

「でっへっへっ。これくらいはトーゼンだよ。とは言っても、まだレパートリーはこれ一つだけなんですけどね」

「一つあるだけでも立派だよ。俺やお前のパパは、お前くらいの歳じゃ、目玉焼きすら焼けなかったぞ」

「うーん、兄ちゃんやパパと、比べられること自体がクツジョク」

「そ、そうか……」

「スーパーレディを目指すこのワタクシを、なめてもらっちゃ困るね。だってミドリは将来、世界一ステキなお嫁さんになるんだからね」

「彼氏いない歴イコール年齢のくせに」

「てめー、丸めてつみれにして鍋に入れっぞ。どこかにいるだろ、奇特なやつが」

「ねえ」

「何だ？」

見ると、ミドリが食べる手を止めて、珍しく何かを訴えるかのような上目遣いで自分を見ている。


――


「やっぱり言うのやーめた」

「何だよ」

そう言われると余計に気になる――。

「言ってもいい？」

「だから何だよ」

「聞きたい？」

「またこのやり取りかよ。もういいから早く言えよ」

「来年」

「来年？　来年がどうした？」

「また来年の夏休みに来てもいい？」

「えー？　来年の夏も⁉」

　思わず悲鳴にも近い声を上げていた。おいおい、また来年この災難が繰り返されるのかよ。誰も呼んでもいないのに毎年決まった時期にやって来て、その都度甚大なる被害をもたらす大嵐（テンペスタ）かよ！　何が嵐を呼ぶ美少女だよ畜生コノヤロー！

　しかしそう言うということは、ミドリが今回の滞在を楽しんでくれた証拠であり、少なくともこんなところ二度と来るか！　と言われるよりは嬉しい気分になることは事実である。そこで賢一は少し気を良くしながら答えた。

「これから一年間、パパとママの言うことを良く聞いて、良い子にしていればな。もちろん勉強もしっかりするんだぞ。成績が今年より落ちたり、パパやママを困らせる回数が増えたりしたら、来年の話もなしだ」

「ふぁ～い♡」

　ミドリがフォークを口に銜えたまま、両手を掲げてバンザイをするのを見て賢一は、ほんの少し誇らしげな気持ちにもなった。おい竜二、この子を厳しく躾け直すなんてことはやっぱり無理だったが、田舎に帰ったミドリが以前よりちょっとでも良い子になっていたら、その時はたった一週間とはいえ、俺の苦闘の日々に少しは思いを馳せてくれ――。

「じゃあもし仮に、もっともっと良い子になって、せいせきももっと上がったらどーする？

兄ちゃんどこへ連れて行ってくれるの？」

「た、たとえば、どこへ行きたいんだ……」

誇らしげな気持ちから一転、焦りながら答える。

「うーん、まだ考えてないから、しっかりプランを立ててくるね」

「プランねえ……」

お前は旅行代理店か！　とツッコんでやりたい。

「たとえば、〈のんびり滞在型兄ちゃんこきつかいプラン〉とかね」

「うわあ。やだなあ」

「それとも、〈おごりたかぶりミドリのさばり型プラン〉とか」

「うーん、それもやだなあ……」

そもそもこいつは、どうやって今以上これ以上、驕り高ぶりのさばるつもりなのだろう？

これでもまだ、のさばり方がMAXではないとでも？

「まだ時間あるの？　もう出なきゃだめ？」

食べ終わり、食器を流し台に運んでからミドリが言う。ミドリは洗い物もすると言ったのだが、それは帰ってからやると言って止めさせたのだ。見送って一人部屋に戻って来た時に、何か手を動かして行う仕事がある方が良いと思ったからだ。

「そうだなあ……あと三〇分くらいしたら出た方がいいかな」

「まだ三〇分あるの？　よっしゃあ。だったらそれまでトランプしようぜ！」

「トランプか……」

　まあ良いだろう、あんまり早く家を出ても、暑いだけだしなと思いながらカードを手にした。

「何をする？」

「兄ちゃんは何がしたい？」

「おじさんな。よし、じゃあ神経衰弱だ。今度こそ勝ってやる！」

「あんさんもマゾでんなあ」

「終わった時に、泣きべそをかくなよ。いいか、今度こそ本気出すぞ」

「今までも出してたくせに」

「ああ、出してたさ。だがな、いよいよ最後のリミッターを外す」

「どうぞどうぞ」

　ところがカードを切り、卓袱台の上に裏返しに並べ終わった時だった。最近は滅多に鳴ることのない部屋の固定電話が鳴った。

　賢一は立ち上がって受話器の方へと向かった。昨夜警察に、この番号を残して来た。ひょっとして、あの女のその後の供述について知らせるために電話して来たのだろうか？　それとも改めて話を聞きたいとか？

　ゲームを始める前で良かったと思いながら受話器を取った。一旦始まってからだと、ありとあらゆる不測の事態を、臨機応変に自らの勝利のために利用する術に長けているミドリには、まず勝てない――。

「はい、もしもし」

「賢ちゃん？」

　だが受話器から流れてきたのは、聞き慣れない女性の声だった。

「はい？」

　誰だかわからなかったので、一瞬振り込め詐欺のようなものを連想し、警戒しながら返事をした。

「藤崎です」

「ああ、藤崎の小母さん。なあんだ。どうも、お久しぶりです」

　賢一は安堵の声を出した。それは今は亡き母のいとこに当たる親戚で、家が近かったので、自分も竜二も小さい頃からよくお世話になった。今でもたまに帰省した際にはお土産を持って挨拶に行く間柄だが、声のトーンが何となくいつもと違っていたので、わからなかったのだ。

「あのね、賢ちゃん。落ち着いて、よく聞いて」

一体どうしたんですか、小母さんこそ落ち着いてと言おうとした賢一の声は、次の瞬間、小母さんの涙声に遮られた。

「たった今警察から連絡があったの。竜ちゃんと百合子さんが……ついさっき……車の事故で亡くなったんですって……」

II

1

「あれぇ兄さん。どうしたの、いきなり。ひょっとしてわざわざミドリを送り届けてくれたわけ？　全く、どこまで心配性なんだよ、兄さんは」

事故は誤報かタチの悪い悪戯で、玄関を開けるや否や、元気な竜二がそんな言葉で出迎えてくれるのではないかという甘い幻想は、ドアを開けてくれた藤崎の小母さんの黒い服と、沈痛な面持ちを見た瞬間に消えた。

仮通夜の手配や親戚縁者への連絡などは、自分が着く前にすべて済ませてくれたらしい。賢一は目の前が冥（くら）くなるのを感じながらも、深々と頭を下げた。

ミドリは顔面蒼白のまま、無言で黒いエナメルの靴を脱ぎ、自分の家へと上がり込んだ。電話を受けて真っ青になった賢一の顔を見て、さすがのミドリも笑顔を引っ込めて、「何かあったの？」と心配そうに訊いてきたことは憶えている。だが自分がどんな言葉でミドリに事故を伝えたのかは、全く憶えていない。とにかくそれから慌てて支度をして——ジゴキシンやメチルジゴキシン等の薬はもちろん、しばらく帰れなくなることも考えて、納期の迫った翻訳の資料一式とノートパソコンも荷物に入れる必要があった——小さく震えるミドリの白い手を引いて、郷里へと向かう新幹線に飛び乗ったのだった。

幸いにして新幹線は空いており、ミドリが持っていた指定席券を自由席に変更して並んで座ることができた。差額の払い戻しなどはもちろんないが、離れて座るのは嫌だった。

ホームでミドリを見送ったら、竜二の携帯に電話を入れるつもりだった。

あの小肥りの女が、果たして世間を騒がせている一連の事件と関係しているのかどうか、はっきりしたことはまだ言えないが、とりあえずミドリのお蔭で、悪人を一人捕まえることができたことは事実である。竜二はきっと魂消る(たまげる)ことだろう。医者から言われたことも伝えなければならない。電話するのを楽しみにしていた。

だが、それを伝える相手はもうこの世にいない——。

途中で不整脈が出た。急いで薬を嚥みたかったが水がない。車両と車両の連結部分にはウォーター・サーバーがあるはずだが、正直そこまで辿り着ける自信がない。心ここにあらずのミドリに頼むのも気が引ける。そこで水なしで薬をがりがりと嚙み砕き、脂汗を流しながら目を瞑って不整脈に耐えた。薬はまるで胆汁のように苦かった。大人としてミドリを慰めなければならない立場なのに、自分のことで精一杯なのが何とも情けなかった。

「一体どういう事故だったんですか」

賢一はかすれる声で小母さんに訊いた。

「高速を降りてすぐの県道で、飛び出して来た子供を避けようとしてハンドルを切って、対向車線の歩道橋の支柱に正面衝突したらしいの。警察はまだいろいろと調べているみたいだけど、今のところ、そういうことみたい」

「飛び出して来た子供を避けようとして？」

「そう。竜ちゃんらしいと言えば竜ちゃんらしいんだけど、でも竜ちゃんの方も相当スピードを出していたみたいなの。普段はスピードなんか出す人じゃないのに、一体どうしたのかしら」

藤崎の小母さんはハンカチで目頭を押さえた。

「全く、馬鹿野郎ですね」

そう言いながら賢一もまた目から涙が溢れ出してくるのを、もはや禦めることができなかった。

「ばかよ。しかも温泉からの帰りでしょう？　のんびり骨休めするために行っておいて、帰りにこんな事故を起こすなんて、大ばか者よ！」

藤崎の小母さんも、喋っているうちに感情の昂ぶりを新たにしたのか、胸元からハンカチを出して、目頭を押さえた。

「そうですね……」

「警察の人の話では、二人ともほとんど即死だったというの。苦しまないで逝ったことが、せめてもの救いよね……」

「ええ……」

賢一はがっくり肩を落とした。

「だけど、ある意味一番可哀想なのは、残されたミドリちゃんよねえ」

「そう……ですね」

「不幸って、遺伝するのかしら」

「え？　それってどういう……」

「だって百合子さんも交通遺児だったわけでしょう？」

賢一は藤崎の小母さんの顔をおどろいて見つめた。

2

「小旅行からの帰りだったようですが、弟さんはちょくちょく遠出を？」

警察に行くと、事故原因を調べているという中年の警官が、バインダー片手にそんなことを訊いてきた。

「そんなにしょっちゅう、というわけではないと思いますが。それに運転には習熟していた筈です」

それは本当だった。自分の知る限りでは、小さな接触事故ひとつ起こしたことがない筈である。二十歳で免許を取って以来、ずっとゴールド免許だったという事実がそれを物語る。

「なるほど。では弟さんは、食事の時はアルコールを飲まれる方でしたか？」

飲まれる方でしたか、と質問が過去形でなされているという事実が、改めてずしりと重く胸に響いた。

「自宅での食事ならビールくらいは軽く飲みますけど、その後車を運転しなくてはいけないときは、一滴たりとも口にしない筈です」

答えながら不安にかられた賢一は、早口で続けた。

「ひょっとして、竜二は飲酒運転だったのですか？」

「いいえ、今のところ遺体からはアルコール分は検出されていません」

警官は書類をめくりながらそっけない口調で答えた。だったら何のために訊いたのだろうと賢一は訝った。

だが四角い顔をした警官は、黒いフレームの眼鏡の位置を直しながら、賢一の疑問などお構いなしで、事故車を見ますかと言いながら先に立って歩き出した。賢一はその後に続いたが、案内された先にあったのは、ボンネットが無残に歪み、フロントガラスが全部砕けた鉄の残骸で、賢一は思わず目をそむけた。これに乗っていたのなら、中にいた生身の人間はひとたまりもないことだろう。警官はこれから事故車のブレーキや計器類に異常がなかったかどうか、詳しく調べると言った。

「飛び出した子供を避けようとして、対向車線の歩道橋の支柱に激突したということですが……」

「ええ、それが事故原因で間違いはないようです。目撃者もいますしね」

「そうですか……」

「ただ弟さんは、五〇キロの制限速度を、三〇キロ近くもオーバーしていたことがわかっています。普段からそんなに飛ばすんですか？」

「いいえ、そんなことは決してありません」

賢一は激しくかぶりを振った。

「むしろ同乗してもう少しスピード出せよとこちらが催促しても、なあに安全第一だよと受け流すような奴でした」

運転だけではない。竜二はその男性的な名前とは裏腹に、他人に対して優しすぎるところがあった。一度デッドボールをぶつけてしまうと、もう内角には投げられない。あいつにもっと他人を押しのけるような闘争本能があったらなあとは、リトルリーグ時代から竜二を指導して来た野球の監督の口癖だった。

「なるほどねえ」

警官はヒゲの剃り跡が青々しい顎に手を当てた。

「だからどう考えても、制限速度を三〇キロもオーバーするなんてあり得ないんですが……」

「しかしその速度を出していたことは間違いないのですよ。それに大きな事故を起こす人の中には、それまで小さな事故一つ起こしたことがないという方も、けっこう多いのでしてね……」

警官はバインダーに目を落としながら続けた。

「それに不思議な点はもう一つありまして」

「それは何ですか」

「道路にはブレーキを踏んだ跡がないのです。オートマ車での事故ではよくあることですが、調べてみてもしもブレーキ類に異常がなければ、咄嗟のことで判断を誤り、ブレーキとアクセルを間違って踏んでしまったのかも知れませんね」

そこまで初歩的なミスをするほど、竜二は運転が下手ではない筈だが、もちろん絶対にあり得ないとは言い切れない。急に飛び出してきた子供の姿に仰天し、ハンドルを切りながらブレーキを踏むつもりがアクセルを踏んでしまう。慌てて踏みかえようとするが、時すでに遅く、ステアリングを取られて激突する——。

「その飛び出した子供に、会うことはできますか？」

当然できるものと思って賢一は言ったが、警官は怪訝そうな目を賢一に向けて来た。

「会ってどうするんです？」

「どうして飛び出したりしたのかとか、訊いてみるつもりです」

「転がって行ったボールを追ってですよ。よくあることです。それにそれを訊いても、弟さん夫妻は戻って来ませんよ」

「それはわかっていますが……」

「それとその子供ですが、目の前で事故を見たショックで現在口が利けません。親御さんが児童精神科に緊急入院させましたから、少なくともそこを退院するまでは会うことはできないと思います」

釈然としなかったが、そう言われるとそれ以上どうしようもなかった。それに今さらその子供を問い詰めたところで、確かに何もはじまらない。

帰り際に二人の荷物を引き渡された。中はいちおう調べたあとらしい。後部トランクに入っていたというバッグ類には、皮肉にも大事故を思わせる痕跡はほとんどなく、中のものもほぼ無傷のままだった。

3

戻ると葬儀屋が賢一を待っていた。通夜の手配は小母さんがやってくれていたが、葬儀は細かいことをいろいろ決める必要があるので、喪主となる賢一の到着を待っていたのだった。遺影写真は用意してあるのか、ないならばどれにするのか、さらには棺桶のランクから火葬場での仕出し弁当のランクまで、両親の時にすでに経験しているとはいえ、賢一にとっては何ともやり切れない選択の連続だった。長身だった竜二の棺桶は長尺棺になるので、奥さんの棺よりも三〇〇〇円アップになりますと言われた。

両親を相次いで送り出した時は、これでもう自分は送られることはあっても、送る側になることはあるまいと思って、辛い中にも一抹の慰藉(いしゃ)を見出(みいだ)したものだった。その自分がこんな形でまた喪主をつとめることになろうとは……。しかしいざ葬儀がはじまると、そんなことを考える暇もなくなり、賢一は竜二の会社の同僚や百合子さんの友達や生徒など、ほとんど面識のない弔問客の応対に追われた。生け花の師範の免状を持っていた百合子さんは、週に一回、駅前のカルチャースクールで講座を持っていたのだった。
　竜二の会社の同僚たちはみな口を揃えて、あの竜二がこんな事故を起こすなんて信じられない、今でも何かの間違いじゃないかと思うと言った。しかも賢一は初めて聞いたのだが、竜二はもうじき昇進することが決まっており、最近は以前にもまして張り切って仕事に打ち込んでいたというのである。竜二の会社の総務課長を名乗る男が、社会保険から埋葬費が支給されるはずなので、手続きは任せてくださいと胸を張った。
　葬祭場に届けられた花環の中に、他の花環よりも一回り大きく豪華な花環があって人目を引いていた。贈り主の名前のところには、ミドリが持っていた鉛筆に捺金で記されていた名前があり、そんな地元の名士と竜二はいつ知り合いになっていたのだろうと不思議に思ったが、教育や福祉にも熱心に取り組んでいるその名士が、百合子さんの育った養護施設のスポンサーでもあったことを思い出して合点した。

―――

　葬儀のあいだじゅう、ミドリはずっと下を向いて涙を怺えていた。喪服など持っている筈もないミドリは、藤崎の小母さんが選んでくれたらしい黒っぽいスカートに、濃紺のブラウスを着て、小母さんの隣に座っていた。こっちに来てからは忙しくて、申し訳ないがミドリの世話は小母さんに任せっきりである。ミドリはほとんど喋らなかったが、それでも大人から話しかけられると頷いたり首を振ったり、精一杯の意思表示をしようとするのが何とも痛々しかった。

一度だけ何かの拍子に二人だけになった時に、ミドリがぽつりと呟いた。

「あたしが変なことたくさんしたから、バチが当たったのかなあ……」

「何も変なことなんか、してないだろ」

賢一は答えた。むしろお前は、良いことばっかりしようとしていたじゃないか——。

「ほら、マサカドの首塚を動かそうとしたりさ……」

賢一がそれは関係ないし、そんな風に自分を責めるのは、百害あって一利なしだと強い口調で窘めると、ミドリはゆっくりと顔を擡げ、それから小さな顎でコクリと頷いた。

4

「まあ気を落とすな、と言っても無理だろうが」

読経を終えた僧に不祝儀袋に包んだ御経料を渡し終えたところで、小松崎が話しかけてきた。小松崎は賢一とは中学時代の同級生で、竜二とは中高の野球部で二年先輩に当たる。今でも日曜早朝の草野球チームでプレーしていて、そこでは竜二とバッテリーを組んでいた。

「我がチームも、大エースを失ったよ。畜生！　これじゃ正捕手兼リリーバーの俺が先発完投するしか、勝ち目がないじゃないか！」

端で聞いている人がいたら、何を場違いなことを言っているんだと思うことだろうが、つき合いの長い賢一には、これが小松崎独特の故人の悼み方なのだとわかる。

「竜二のストレートの伸びと高速スライダーの切れは天下一品だった。もうあの球が受けられないと思うと辛いなぁ」

それを聞いているうちに、賢一は改めて怒りと悲しみがこみあげて来て、もうこの世にいない弟を、大声で怒鳴りつけてやりたい衝動にかられた。そうだよ、竜二！　二人目は絶対に男の子が欲しかったんじゃないのか？　その子とキャッチボールするのが夢だったんじゃないのか？　その子に伝家の宝刀の高速スライダーを教えてやるんじゃなかったのか？

そもそもお前は、交通遺児で身寄りがないのに、一所懸命に生きている百合子さんの健気な姿に一目惚れして、俺が幸せにすると親戚じゅうに豪語して一緒になったんじゃなかったのか？　その言葉を忘れたのか？　そのお前が今度は自分の娘を交通遺児にしてしまうなんて、一体どういうつもりなんだ！

「あの時俺が、運転に注意しろよともっとしつこく言っておけば、こんなことにはならなかったかも知れんな……」

小松崎の言葉に我に返ったが、さもなければ賢一はその場で本当に大声で叫び出していたかも知れない。

「あの時って？」

「うむ。事故の二日前の朝のことなんだが、バイパス前のセルフスタンドで、ガソリンを入れている竜二にばったり会ったんだよ」

「二日前の朝ということは、温泉に向かう前だろうな」

「ああ。もっともそんな時だと言うのに、竜二は目の下に隈を作っていて、何かひどく疲れた様子だったなあ。仕事が忙しかったのかも知れないな」

「そうなのか……」

「これから温泉に行くと聞いて、そんな疲れた顔で行くというのはどうなんだとは思ったが、さすがにやめておけとまでは言えなくてな……」

さっきまでとは一転して、神妙な顔で項垂れた小松崎を、今度は賢一の方が慰める番になった。

「お前が責任を感じているなら、それはお門違いだよ。疲れているからこそ、温泉でリフレッシュしたかったのかも知れないし、そもそもその場でそんなこと、言えるわけがないだろ」

「うむ……」

ふと視線を巡らせると、たったいま焼香を終えた細身の若い男が、しゃがみ込んでミドリに何か話しかけているところだった。ここからは言葉は聞こえないが、ほとんどの列席者が腫れ物に触るように——実際、何と言って慰めて良いものなのか、見当もつかないのだが——遠巻きにしているミドリに敢えて話しかけて、元気付けてあげているようだ。ミドリが黙って頷くと、若い男はその頭を慰めるように何度も撫でた。

聞くとそれは例の大きな花環を送って来た政治家の秘書だという。さすがはキングメーカーと呼ばれていた名士のやることはしっかりしているなと感心し、賢一はここ数日間、忙しさにかまけて、ミドリの世話を藤崎の小母さんに全部押し付けていたことを深く反省した。

出棺の前にミドリがもう一度両親の顔を見たがった。

藤崎の小母さんはやめた方がいいと言ったが、賢一は独断で、桐貼りの平棺ののぞき蓋を開けて、中を見せてやった。葬儀屋の手によって、死に顔だけは辛うじて綺麗になっている。

ミドリはもの言わぬ両親の顔を、大きな瞳でじっとみつめた。

5

火葬場から戻ると、藤崎の小母さんが、あ忘れてたと言いながら台所へ行き、夫婦の茶碗を割って、不燃物のゴミの袋の中に入れた。

「ご苦労様。でもまだまだこれからよ、本当に大変なのは」

「はい……」

その言葉の通り、追い討ちをかけるように厄介な問題が持ち上がった。家のローンの返済である。

若くして家を建てた竜二は、当然ローンを組んでいた。そのローンがまだ十五年近くも残っているというのである。

そして竜二は生命保険に入っていなかった。そもそも竜二は生命保険そのものを好んでいなかった。経営が悪化してくると、逆ざやとか言って勝手に契約内容を変えちゃう業界なんて信用できないよと常々言っていた。通常住宅ローンを組む際は、本人に何かあった場合にもローン会社が取りっぱぐれることがないように、生命保険に強制的に加入させられる仕組みになっているらしいが、竜二はそうしなくても済むローン会社をわざわざ探し出して契約していた。

ローンの残額を知って呆然とする賢一に対して、藤崎の小母さんは涼しい顔で言った。

「この家を売っちゃえばいいじゃない。金利がもったいないから、さっさと売っちゃって早期返済すれば、少しは手元に残るわよ」

「でも、そうしたらミドリはどこに住むんですか」

するど至極当然のことを言うような顔で小母さんは、

「え？　ミドリちゃんは賢ちゃんが引き取るんじゃないの？」

「えっ？　僕が？」

そうだった。ミドリの今後のことは、家のローンなんかよりも、はるかに重要な問題だった——。

「だって今となっては賢ちゃんが、一番血のつながりが濃いわけでしょう？　百合子さんには兄弟もいなかったわけだし……」

「で、でも、結婚もしていない僕に、子育てなんかできるでしょうか？」

「大丈夫よ。一週間やったんでしょう？　それをそのまま、あと一〇年続ければいいだけのことよ」

そんな簡単に言われても——。

「そう……でしょうか？」

「たった一人の姪じゃないのさ。あたしのところはもう手一杯だし」

確かに藤崎の小母さんには、上は高校生から下は小学生まで、男の子ばかり三人もいるのだった。

「それに賢ちゃんは会社づとめじゃないんだし、時間も比較的自由になるでしょう?」

「それはまあ、そうなんですが……」

賢一は曖昧に頷いた。つい最近、これと同じような台詞をどこかで聞いたような気がする。

《それにほら、兄さんの仕事は、時間が結構自由になるじゃない》——だがそれは、憶い出せないほど遠い昔のことのような気もする……。

「それともどこか施設にでも入れるかい?」

「いや、そんな!」

賢一は慌てて首を横に振った。

「ただ、本人の意思も尊重しないと」

「それはもう、確認ずみよ。ねえ、ミドリちゃん」

小母さんはそう言って奥の部屋にいるミドリを呼んだ。

ミドリはまるで自動人形のようなトコトコした歩き方でやって来ると、いまだ涙の跡が残る赤い目で賢一を見上げた。

「ミドリちゃんは、お兄ちゃんのところに行きたいんでしょう?」

「うん。お兄ちゃんのところがいい」

ミドリはこの数日間ですっかり別人になったかのように見える。あの天真爛漫にして天衣無縫のミドリはもういない。憔悴して痩せたこともあるが、東京ではしゃいでいた頃と比べると、急速に大人びたような気がする。とにかく、何かが決定的に変わってしまったことは間違いない。

「お兄ちゃんのところがいい」

おじさんだ、と心の中で訂正しながら賢一がその顔を見つめると、ミドリもまた賢一の顔を、まるで初めて見るかのように凝っと見つめ返した。

「俺のところに来るとなると、学校も転校することになるけど、それでもいいのか。友達とも別れることになるぞ」

「仕方ないよ」

「だけど……もう充分わかっていると思うけど、俺のアパートは狭いぞ。一週間くらいならあれでも良いかも知れないけど、これからずっとなんだぞ。それに男一人だから、お前の面倒あんまり見られないぞ」

「ミドリ、一人で何でもできるもん。迷惑かけないもん。お手伝いだってやれるもん」

「いや、迷惑とかそういうことじゃなくて……。本当に、俺のところがいいのか？」

「お兄ちゃんのところがいい。だって……」

ミドリはそこで急に言い澱み、それからしばらく躊躇っていたが、やがて意を決したかのように続けた。

「お兄ちゃんのところだったら、苗字変わらないで済むから」

確かに、もし仮に小母さんのところに引き取られたら、藤崎姓になるわけだが――。

「苗字変わるの、嫌か」

「だってそうなったら、もう家族がなくなっちゃうもん……」

それを聞いて賢一は、はっと胸が衝かれた気がした。もしも自分の苗字が変わってしまったら、かつてこの家で確かに生活していた筈の一つの家族が、完全に跡形もなく消滅してしまう――ミドリはそんな風に感じたのだろう。そして自分なりに、今は亡き両親のために自分ができることは何なのか、精一杯考えたのだろう。

どんな物事にも、必ず両面がある。そしてこの世の正義と呼ばれるものもまた、すべて相対的なものであろう。戦争をはじめる国々は、どちらも自分たちの方が正義だと主張する。

あの販売員や骨董屋だって生活がかかっていたわけで、彼らから見たらミドリは正義の味方どころか、憎き営業妨害者に他ならなかったことだろう。また禍福は糾える縄の如しで、ミドリが自殺を思い止まらせたあの中年男だって、その後心機一転頑張るものの、やはりいろんなことが上手く行かず、自暴自棄になって今度は犯罪に走る可能性だってないとは誰にも断言はできず、もしそんなことになったら、その被害者からしたらミドリが行ったことは、とんでもなく余計なことだったということになってしまう。そう考えると、何が正しい行いなのかを人間が決めることは、とても難しい。

だがこれが、この子がこの小さな身体で、一生懸命行っていたことに対する報いだとするならば、神様、それはあまりにもむごい。

そんなことにはさせない。

賢一は決心した。もはや子供が苦手だとか、他人と暮らす煩わしさがどうのこうの、そんな甘ったれたことを言っている場合じゃない。この子は絶対に間違っていない。この子は俺が育てる——。


——


そんな中、ふと点けたテレビの報道で、行方不明になっていた幼女たちを誘拐していたグループが一網打尽になったというニュースを聞いた。彼らのやり方は巧妙で、誘拐を実行する役はいつも女性がつとめていたという。小さな女の子は「知らない男の人に声をかけられても、ついて行っちゃだめよ」と聞かされていることが多いため、「知らないお姉さん」には比較的警戒が緩むのだ。

かつてあのプロファイルを報道していたのと同じニュース番組が、そのことはすっかり忘れたように、実行犯は女だったんですね、などと話している。行方不明になっていた少女たちの安否はいまだ確認されていないが、グループのアジトからは悍ましい幼女ポルノのビデオやDVDのマスターテープが多数発見され、その中には行方不明の少女たちが映っているものもあるらしいとの憶測が流れていた。その憶測によれば、一味はそれを海外のダミー会社を通して裏ルートで販売し、相当な額の利益をあげていたというのである。逮捕の裏には一般人の協力があったとも言っていたが、それに関してはそれ以上の報道はなく、賢一は何だか遠い異国の話であるかのような虚ろな気分でそれを聞いた。

――

まだまだやることは無数にあった。竜二の免許証の廃止は地元の警察署へ、保険証の廃止は社会保険事務所へ、さらには二人の持っていたクレジット・カードの解約など、本来崇高なものであるべき個人の消滅を、単なる事務のレベルに引き下げてしまう無数の社会的手続きが、潮のように押し寄せてきた。竜二の財布に種茂メディカルクリニックという病院の診察券を見つけ、発行日がまだ新しいので、ひょっとして予約でもしていたらと電話することを考えたが、まあそこまですることはないだろうと思い直した。

それにしても本人が死んだあとの病院の診察券というのも、何とも空しいものである。

賢一はその合間を縫って、東京から持って来た実務翻訳の仕事を、ほぼ三日三晩徹夜で片付け、メールに添付してクライアントに送った。この状況で集中しろという方が無理な話で、能率はおよそ最低――だからこそ三日も徹夜しなければならなかった――だったが、自分はこれから先も生活して行かなければならず、信用を落とさないためには納期は絶対に守らなければならない。翻訳や通訳などの語学屋仕事は、一般に〈自由業〉の代表のように思われているが、先方の都合に一〇〇％こちらが合わせなければならないという点で、実はかなりの〈不自由業〉なのだ。

どうせミドリを引き取るならば、自分が東京のアパートを引き払って郷里に戻るという選択肢もあり得たわけだが、それでは収入の道が絶たれ、どちらにしてもローンを払うことは難しくなる。実務翻訳の仕事はどこにいてもできそうでいて、やはり実際に会って専門的な内容の打ち合わせができる首都圏在住者に、優先的に仕事が回ってくる。内容が正確さを欠いた場合に企業が被る損害は甚大なものになるので、温情で仕事を回してもらえるようなことはまず期待できない。それに非常勤で出世の見込みも先々の保証もないとはいえ、大学から貰っている給料が全くなくなってしまったら、すぐに立ち行かなくなることは目に見えている。

地元の警察から連絡があり、事故車のブレーキ類と計器類には、特に異常の跡は見られなかったという話だった。どうやらそれは二人の死が、当初の調査通り事件性なし、運転手の過失によるものとして最終的に処理されるということを意味するものらしかった。

初七日が終わり、二人の遺骨を寺の納骨堂に仮納骨したところでやっと一息ついた。一周忌に両親のいる墓に埋骨することになるだろう。百合子さんには舅と姑と一緒で多少気詰まりかも知れないが、この家に嫁に来た以上、そこは我慢してもらうしかない。

この家を手放すつもりであることをミドリに告げた。ミドリは一瞬淋しそうな顔を見せたが、やがて仕方がないものと納得した様子だった。不動産屋は物件を見て、このご時勢ですからね、すぐに買い手が見つかるかどうかは判りませんから、家財道具の処分はゆっくりでも構いませんよと、やる気があるのかないのかわからないことを言ったが、まだ遺品整理に取り掛かるところまで気持ちが整理できていない賢一は、その言葉に甘えて弟夫妻のものはなるべく動かさず、神棚には神棚封じの白い紙を貼ったまま、少しずつミドリを連れて上京する準備に取り掛かった。

III

1

ふと点けたテレビのニュースに、どこかで見た顔が映っていた。

逮捕された聖川拓弥容疑者、と写真の下に書いてある。

聖川容疑者は、主に競馬や競輪、裏カジノなどで多額の借金を抱えており、その返済のために数年前から、警察官の立場を利用して得た捜査情報を……

「あ……」

画面を指差しながら賢一は叫んだ。その時奥の部屋から、ミドリがちょうど出て来た。

……反社会的組織に流すことによって、多額の謝礼を受け取っていたことが明らかになっており……

　だが画面を見てもミドリは、それほど愕いた様子はなかった。

「やっぱり仲間割れしたんだ」

「お前、聖川が怪しいとはじめから思っていたのか？」

「ちょびっとね。兄ちゃんの友達だって言うから、言ったら悪いと思って言わなかったけどさ」

「何でだよ……」

　平然と答えるミドリに、賢一は力なく尋ねた。

「だって、あたしの写真をあんなに何枚も撮るなんて変でしょ。親戚とかならいざ知らず、よそん家のクソガキの写真なんてさ」

「むう……」

　このニュースだけではわからないが、もしも聖川が今回の誘拐犯一味とも通じていたとするならば、これまで見えなかったいろいろなものが見えてくる。

　今回の犯人は、誘拐する少女を〈厳選〉しているふしがある——聖川は自らそんな話をしたが、実はあの時、どうして〈犯人〉という言葉を使うのだろうと、ほんの少し訝しく思ったことは事実なのだ。少女たちが失踪したきりで、身代金の要求も犯行声明も、助けを求める連絡も一切ないならば、まだあの時点では誘拐とは決めつけられないのではないか？

　ひょっとするとあの日突然俺のところにやって来たのは、単なる捜査員としての義務を果たす以上の目的があったのだろうか？　そうたとえば、一般人からの通報にあった〈三十代半ばの男が連れている小さな女の子〉とやらを自分の目で確かめるためとか？

「と言うか、そもそもそんな通報の電話があったということ自体、真っ赤なウソなんじゃないの？　あの人それを言う時、グラスを見つめて兄ちゃんと目を合わせないようにしてたし。それにパトロールの強化って、メールで依頼したりするもん？　あの時打ってたメールは、別の誰か宛てでしょ」

「言われてみると……」

　となると、百貨店からこっそり後を跟けて来たあの小肥りの女から、次のターゲット〈候補〉として連絡を受けて、実物を確かめにやって来たということなのか？

　そして聖川がスマホのカメラに収めて持ち帰ったミドリの整った目鼻立ちは、一味によって〈合格〉と判断され、正式に次のターゲットと決められた？

　するとほんのちょっとのスキに誘拐された少女の話など、言わなくて良いようなことを言って俺を脅かしていたのは？　あれは俺の注意を喚起するためではなくて、俺の反応を見て、内心サディスティックな喜びを感じていた？

「それにあの人、あたしがいつまでいるのか、さりげなく訊いていたじゃん。普通の刑事だったら、兄ちゃんが犯人じゃないとわかった時点で、そんなこともうどーでも良くなんない？」

「それは……」

ということは、あれは実行のタイムリミットを正確に定めるためだった？　そしてあの夜、一瞬の隙を突いて計画が実行された？

すると実行犯の女が捕まった夜、聖川が大急ぎでやって来たのは？　あれにも意味があったというのか？　何とかして実行犯の女と顔を合わせ、取調べに負けて自供をしないよう、黙秘を続けるよう、無言のプレッシャーをかけるためだったとか？

考えれば考えるほど、次々とショックなことがらに思い至るのだった。

ただし、良いニュースもあった。

その翌日、犯人一味の中の一人が自供し、行方不明になっていた少女たちが、機動隊員の手によって、監禁されていた都下の一軒家から救出されたことだった。

少女たちは目隠しして手錠をかけられ、手錠には鉄アレイや水の入ったポリタンクが繋がれてあった。衰弱はしているが、とりあえず命に別状はないという。もちろん精神的外傷を負っている可能性は大きく、その治療には今後かなりの歳月が必要とされることだろうが……。

　こうして、首都圏を騒がせていた連続幼女誘拐事件は、ちょっとしたきっかけ——一人の少女の蛮勇と、交番の巡査の咄嗟の正しい判断——から、芋づる式に解決を見たのだった。〈自供した一味の中の一人〉が誰なのか、それはもちろん報道されていないが、そのニュースを見ながら賢一は、せめてそれが聖川であってくれたら良いがと願った。

　こんなに続けざまにショックなことが起こるなんてと、世を儚みたい気持ちでいっぱいだった。正直、弟夫妻の死と聖川の裏切りのどちらか一つだけでも、普段の賢一ならば、長期間立ち直れないほどの出来事なのだ。

　そんな賢一にとって唯一の慰藉となったのは、言うまでもなくミドリの存在だった。この短期間に自分よりも何倍もハードな体験をしているのに、一日一日、表面上かも知れないが、持ち前の明るさを少しずつ取り戻しつつあるその姿を見ていると、自分も落ち込んだり世を儚んだりしている暇などないぞという気持ちに、否応なくさせられるのだった。

　その数日後、もっともっとショックなことが自分を待っているなんて、想像することさえできなかった。

2

　その男の来訪は突然だった。

歳は四十代の中頃あたりだが、異様に押し出しの強そうなその男は、丁重だが同時に堂々とした態度で名刺を差し出して来た。そこには森岡卯一郎事務所私設第二秘書という肩書きがあった。

「ああ、葬儀の際はどうもありがとうございました。立派な花環に香奠まで頂いて」

賢一は深々と頭を下げた。

それにしても森岡卯一郎には、私設秘書だけで全部で一体何人いるのだろう。葬儀に来てくれた秘書はもっと若い男だったから、この男が第二秘書ということは、彼はさらに下の秘書だったということか——。

「この家をお売りになりたいと伺いましたが」

若い頃はラグビーでもやっていたと思われる、がっしりとした体つきの私設第二秘書は、開口一番こう言った。賢一は頷いた。

「お恥ずかしいことですが、多額の住宅ローンが残っておりまして、家を売却することでその返済に充てようということです」

「では私どもが買い取りましょう。僭越ながら、不動産屋の評価額を調べさせていただきました。その二倍で引き取らせていただきましょう」

私設第二秘書が勢い良く言い、賢一は思わず耳を疑った。評価額の二倍だって？

もちろんそれは願ってもない話である。ローンが早期完済できるのみならず、多少はまとまったお金が手許に残ることになるだろう。これからミドリはいろいろとお金がかかる時期である。もちろんできればそのお金には手をつけないようにして、今から十一年後、ミドリが成人に達したときにでも、亡き両親からの思いがけないプレゼントとして贈ることができれば、それが一番良いのだろうが——。

それに心臓に持病を抱えている自分が、その十一年間、無事だという保証はどこにもない。万が一の蓄えがあれば、もしもの時にも少しは安心することができるだろう。

しかし——賢一は当然の疑問を口にした。

「それは実にありがたいことですが、しかしどうしてそこまで良くしてくれるのですか？」

「もちろん条件はあります」

「条件？　それは一体何です？」

「それについては、私どもの事務所でお話しさせてもらえませんか」

何故ここでは駄目なのか、それがよくわからないが、相手は地元の名士であり、取って食われるわけではあるまい。賢一は森岡卯一郎の私設第二秘書の車に同乗して、事務所へと向かった。

森岡卯一郎の事務所は、そのエントランスだけで東京都下の賢一のアパートより広かった。

しかもそれは、県内に無数にある事務所の一つに過ぎないらしい。応接間のソファーは、今まで賢一が座ったことのないようなふかふかの本革張りだった。

森岡卯一郎の顔はテレビなどでよく見て知っているが、本人に会ったことはない。この地方の天皇のような存在の人間に、一般人が近づけるチャンスなどそうそうないのだ。

やがて扉が開いて、背広を着た五〇歳くらいの男が入って来たが、やはり代議士本人ではない。今度の男は、スポーツマンというよりは有能な会計士といった雰囲気で、銀縁眼鏡のフレームを光らせながら、物腰柔らかくお辞儀をして名刺を差し出した。その名刺を見て賢一は、男が私設第一秘書であることを知った。恐らく公設秘書は公設秘書で、また別に何人もいるのだろう。

私設第一秘書はそれから改めて今回の事故についてのお悔やみを述べた。賢一は恐縮しながら、もう一度丁重に花環と香奠の礼を述べた。

だがそれが終わると男は短刀直入に話しはじめた。言葉遣いはあいかわらず丁寧だったが、押し出しはやはり強かった。

「私はまどろっこしいことは嫌いです。だからズバリ申し上げます。我々があの家を評価額の二倍で買い取るにあたっての条件、それはあなたの姪の女の子――ミドリちゃんですか――です」

意味が全くわからなかった。賢一はきょとんとした。

「ミドリ？　一体どういうことです？」

「ですから、我々に引き取らせていただきたいということです」

第一秘書はあっさりと言ってのけたが、賢一としてはただただ面食らうばかりだった。

「えぇ？　ど、どうしていきなり、そんな話になるのですか？」

「いきなりではないのです」

「意味がわかりません」

賢一は首を横に振った。

「では、はっきり申し上げましょう」

第一秘書はそこで一瞬間を置いた。それは自分の言葉の威力を、充分に知っている人間のやり方に思われた。

「あなたの弟さんの配偶者で、今回不幸にも亡くなられた百合子さんが、みつばち園の出身であることはご存知ですね？　みつばち園は森岡卯一郎がその設立に尽力し、その後運営にも深く関わって来た養護施設です」

「もちろん知っています」

「話が手前味噌になりますが、そこは養護施設につきものの暗い雰囲気は微塵もない、すばらしい施設です。県内外の教育関係者はもちろん、最近は文部科学省や海外の児童施設からも視察団が訪れるほどです。親のいない子供を引き取って育てるだけでなく、その子の才能を伸ばすために、できる限りの援助をする。実際交通遺児だった百合子さんが、無事に高校まで卒業し、さらに小さい頃から習われていた生け花を、やめるどころか免状を取るところまで続けることができたことは、あなたもご存知でしょう？　こんなことは、他の養護施設ではまず考えられません」

「だからミドリもそこへ入れろと言うんですか？」

賢一は憮然としながら言った。

「勘違いなさらないでいただきたい」

だが第一秘書は冷静な顔で首を横に振った。

「そういうことではありません」

「では、どういうことです？」

「旦那様は、養護施設の孤児たちの成長をいつも楽しみにされ、多忙なスケジュールの合間を縫っては、定期的に施設を訪問されていました。つまり旦那様は百合子さまのことは、彼女がとても小さな頃から知っておられたのです」

百合子さんが百合子さまに変わった。何かいやな予感がした。

「つまりこういうことです。百合子さまと、小さい頃から百合子さまを可愛がっておられた旦那様は、百合子さまが成長するにつれ、いつしか愛し合うようになったのです。もちろんそれは百合子さまが、あなたの弟さんと知り合う以前のことですが」

賢一は顔を顰めた。できることなら聞きたくなかった話である。

だがそれが百合子さんが竜二と知り合う前のことだと言うならば、いまさら問題にすることではあるまい。ましてや自分なんかが口を出す問題ではないだろう――。

「だったら、別に関係ないでしょう」

「いえ、それが大いに関係あるのです」

第一秘書はそこでまた、じらすように一瞬間を置いた。

「しかし、あまりにも境遇が違いすぎる。旦那様にも世間体というものがある。成人された百合子さまは旦那様の庇護の下を離れ、その後知り合ったあなたの弟さんと結婚されます。百合子さまは美しく成長されましたから、弟さんもさぞや鼻が高かったことでしょう」

「一体、何が言いたいんです？」

「ここからが本題です。ところがある日をきっかけに――それがいつなのか正確には私も知りませんが――旦那様と百合子さまの間の関係が復活してしまったのです」

「何だって？」

自分の耳を疑った。すると百合子さんは、それからずっと竜二を裏切り続けていたというのだろうか？

「ですから、そういうことなのです」

そういうこととはどういうことなのか――賢一は男の顔をじっと見つめた。

男はおや、という顔をした。まだわからないのか、と言いたげな表情だ。

「もう言うまでもないと思いましたが、仕方がないので、ではっきりと申し上げましょう。あの女の子――ミドリちゃんですか――は、旦那様と百合子さまの間の子供なのです。だから言っているのです。我々に引き取らせていただきたい、と」

賢一はやっとの思いで言葉を絞り出した。

「な、何をいい加減なことを……」

だが賢一の言葉の途中で、すでに森岡卯一郎の私設第一秘書は首を横に振っていた。

「いえ、間違いはありません。あなたの弟さん夫妻には、あの子以外に子供がいないでしょう？」

「そんなの、何の証拠にもならないでしょう！」

「私は事実を申し上げているだけなので、気を悪くなされませんように。弟さんは亡くなる三週間ほど前に、種茂クリニックで診察を受けていますね。種茂クリニックは不妊治療専門のクリニックです。その診断結果を我々は手に入れました。あなたの弟さんは先天的な造精機能障害で、女性を孕ませる能力はなかったのです。従ってミドリちゃんがあなたの弟さんの子供ということは、絶対にあり得ない」

賢一は絶句した。

「それでもまだ足りないと仰られるのなら、これをお見せしましょう」

そう言って男は、テーブルの下から分厚い書類のようなものを取り出した。

「これは……？」

「ＤＮＡ鑑定の結果です。万が一にも引き取ってから違っていたでは冗談では済みませんから、あらかじめちゃんと調べさせていただきました。御覧下さい。ミドリちゃんは、旦那様の子供に間違いありません」

息が切れ、呼吸が苦しかった。心臓がどくどくと脈打ち、額に脂汗が流れるのがわかった。

「い、一体いつの間にＤＮＡ鑑定なんて……」

すると男は涼しい顔で答えた。

「簡単なことですよ。葬儀のときに、ミドリちゃんの毛根付きの髪の毛を一本拝借しましたから」

葬儀にやって来た若い秘書が、ミドリを慰めながら、その頭を何度も撫でていた光景を思い出して、賢一は慄然とした。

あれは、そういうことだったのか！　何がキングメーカーと呼ばれている名士のやることはしっかりしているだ。自分のものの見方が、如何に表層的なものであったかを思い知らされた。

男は鑑定書をテーブルの上にこれ見よがしに広げたが、賢一はそれを見る気にもならなかった。

「この診断結果を家庭裁判所あたりに提出して、女の子を引き取る訴訟を起こせば、もちろん一〇〇％我々が勝つわけですが、我々としても何もわざわざ裁判沙汰なんかにはしたくない。もちろん我々はあなたが、これをスキャンダルとして週刊誌に持ち込んだりしないことを確信して話をしています。何故ならこのスキャンダルによって最も大きく傷つくのは、亡き弟さん夫婦の名誉ですからね。ミドリちゃん本人も、仮にこんなことが週刊誌に載って全国の人が読んだと知ったら、一生消えない心の傷を負うことでしょう。まあそもそもあなたが何を言おうとも、大手の出版社はどこもあなたのことなど相手にしないことでしょうがね。三文ゴシップ雑誌を出している零細出版社がくれるかも知れない雀の涙ほどの取材協力費と引き換えに、ミドリちゃんの心に深い傷を負わせたいのならば、どうぞ勝手になさって下さい」

「…………」

「おっと、そんな怖い顔をなさらないように。ですからここは一つ、お互い大人の取り引きをしませんかと言っているわけです。つまりこのことはあくまでここだけの話で、旦那様は不幸にもお母さんと同じ交通遺児になってしまったミドリちゃんを不憫に思い、養女にするという形で引き取ります。あなたは独身で、失礼ですが子育てに慣れているとは到底思えないし、この形ならば百合子さまの名誉もあなたの弟さんの名誉も守られる。もちろんミドリちゃんには、今後何一つ不自由のない生活と教育を授けて差しあげます」

「しかし……そんなこと急に言われても……」

賢一の声はかすれていた。

「何故です？　ミドリちゃんの将来にとっても、その方がはるかに良いと思いますが？　本人に対する説明は、私どもにお任せください。もし彼女が旦那様のお屋敷に住むのが嫌だと言うならば、我々が買い取るあの家で、このまま生活してもらってもいいのですよ。家政婦を同居させて、その場合も何不自由ない生活を保障します。ただし旦那様の養子――いや本当は実子なわけですが表面上はそういうことに――になることが、絶対条件ですが」

ショックな話の連続に、自分がどうにかなってしまいそうだった。だが今は考えなければならないことが山ほどあった。

小松崎の言葉を憶い出した。事故を起こす前々日の朝、竜二はセルフのスタンドでガソリンを入れながら、目の下に隈を作り、ひどく憔悴した様子だったという。

竜二の財布の中に入っていた種茂クリニックの診察券も目に浮かんだ。男の子が欲しかった竜二は、なかなか第二子ができないことに悩んで病院で診察を受けたのだろう。数年前に竜二はお多福風邪に罹っているが、成人に達してからのお多福風邪は、男性の生殖機能に甚大な悪影響を及ぼすことがある。ひょっとしてそれが原因かと疑い、調べてもらおうと考えたのだろう。それまではそんなこと疑ったこともなく、従って調べてもらったことなどなかった。

ところがその結果、自分に子供を作る能力が先天的に欠けていることを、生まれてはじめて医者から教えられた。二人目は絶対に男の子をなんて悠長なことを言っている場合ではもはやなく、それならばミドリは一体誰の子なのだという疑問が当然湧いて来る——。

だが竜二はすぐさまその疑問を相手にぶつけられるようなタイプの人間ではない。むしろ溜め込んで、一人で悶々と思い悩むタイプである。そのミドリが東京へ行き、恐らくはその前から計画していた温泉旅行に二人は出掛ける。なかなか話を切り出せない竜二は、旅行という非日常性を利用して、真実をはっきりさせる機会にしようと考えていたのかも知れない。

もちろん表面上は夫婦水入らずの楽しい旅行であり、性格的にどうしても争いごとが苦手な竜二のこと、結局切り出せないまま、帰りの途についたということも充分にあり得る。そして帰りの車の中で、何らかのきっかけで突然分水嶺を越え、妻にその疑念をぶつけたのだとすれば――。

もちろんこれは想像にすぎない。だがその正確なタイミングや状況はさておき、竜二が全てを知ったことは確実に思われた。動揺した竜二はいつの間にか、普段だったら決して出さないようなスピードを出していた。そこにボールを追って子供が飛び出した。

そもそも道路に飛び出した子供を見たら、まずブレーキを踏み、それでも避け切れないと判断したら車線をはみ出すというのが普通の順序だろう。だが竜二はブレーキを一回も踏むことなく車線から飛び出して、対向車線の歩道橋の支柱に激突している。それが警察の調査でも問題となり、計器類について詳しい調査も行われたわけだが――。

ひょっとして――。

恐ろしい想念がふと頭に浮かんだ。

ひょっとして、自殺だったのだろうか？

普段もの静かで温厚な人間ほど、頭に血が昇った時、思い切った行動に出ることがあるというのはよく言われることだ。信じ切っていた妻が長年にわたって自分を裏切っていたこと、そして愛娘（まなむすめ）が自分の子ではないとはっきり知ったこと、その二重のショックによる――。

竜二がミドリの本当の父親が誰であるかを知ったのだとすれば、その男への意趣返しのつもりで、その男が愛する女を道連れに――。

するとミドリを俺に預けたのは？

もちろん預けるのを頼んできた時点で、死の覚悟まで決めていたということではないだろう。ただ竜二は真実を妻にぶつけた時、相手の出方次第で自分がどういう行動に出るのか、自分でも予測がつかなかった。だがミドリには醜い争いは見せたくないし、何があろうと巻き込むようなことだけは絶対にしたくない。だから真実の追求を、ミドリが不在の間に行うことに決めていた。そしてあの日がその最後のチャンスだった――？

おい竜二、ひょっとしてそれが真実なのか？

もちろんそれらは憶測にすぎない。賢一としては、たとえどんなに大きなショックを受けたにせよ、竜二がそんな自暴自棄で無責任な行動を取るとは信じたくなかった。運転しながらも心ここにあらずという状態だったため、咄嗟の状況に、普段ならば起こさないような初歩的なミス――ブレーキとアクセルを踏み間違える――を犯してしまったのだと思いたかった。

それにあの絵葉書の一文がある。

《今度は三人で行こう。》

竜二はミドリに最後にこう呼び掛けている。あのハガキは温泉に行く前日に投函されたものだ。あの時すでに竜二は、ミドリが自分の血を頒けた子供でないことを知っていた筈だ。

だがもう一度三人で、やり直すつもりでいた——。

「しかし……何だって今ごろになって、急にそんなことを」

賢一は腹の奥から何とか声を絞り出した。

「実は旦那様のお身体の具合が、あまり思わしくないのです」

第一秘書は暗い表情で答えた。

「医者はまだまだ大丈夫と言っていますが、旦那様は弱気になられて、自分が元気なうちに、以前から気にかかっていることを、ちゃんとしておきたいと考えるようになられたのです」

「だけどそんなの、全部そちらの都合じゃないですか！」

賢一は叫んだ。

だが第一秘書は、賢一の怒りの意味を理解している様子はなかった。

「落ち着いてよく考えてみて下さい。これまで旦那様は、女の子が自分の子供であることを薄々悟りながらも、父親として名乗りを挙げるようなことはせず、黙って百合子さまに金銭的な援助をするだけで満足なされていたのですよ？　失礼ですが、いくらローンを組んだとはいえ、田舎の一介のサラリーマンが若くして建てたにしては、あの家は身分不相応だとは思いませんでしたか？　百合子さまが頭金となった金銭の出所について、あなたの弟さんにどう説明されたのか、それについて弟さんがどう思ったのかは、今となっては知る由もありませんが」

　そう言われると、賢一としては返事のしようがなかった。

「しかし今回の不幸な事故によって、旦那様の考えもまた大きく変わらざるを得なくなったというわけです。百合子さまのことを深く愛しておられた旦那様は、百合子さまの唯一の忘れ形見である女の子を引き取って、自らの嫡子と同じように、何一つ不自由のない生活と超一流の教育を授けてやりたい。人生の残り時間が少ないと思い込んでおられる旦那様には、それが現在の最大の関心事となっているのです」

「しかし……」

「それでもあなたがもし母方の親戚でしたら、そしてあなたがそれをどうしてもと望むなら、今のままあなたに育ててもらうという選択肢も、考えられないことではなかったのかも知れません。ですがあなたは父方だ。つまりあなたとあの子の間には、血の繋がりは一切ないわけです。何の血縁もないあなたとあの娘が、今後ひとつ屋根の下で一緒に生活して行くのは、どちらにしても無理があるでしょう？　ましてやミドリちゃんはかなりの美形だし、これからどんどん女らしくなる年齢です。何かまちがいがあってからでは取り返しがつかないですからね」

それを聞いた瞬間、それまでぎりぎりのところで耐えていた賢一の頭に血が昇った。

何という下劣な発想だ。人を一体何だと思っているんだ？　いい加減にしろ！

そもそも竜二を一〇年近くも欺いておいて、それに対する詫びの言葉は一切なく、今ごろになってただ子供だけを引き取りたいだなんて、そんなのあまりにも身勝手だろ！

そう言って目の前の男を殴りつけ、そのまま席を立ってしまいたかった。

だがそのとき脳裏を掠めたのは、ミドリ本人の幸せという考えだった。

果たして自分に、ミドリの人生の可能性を狭める権利があるだろうか？

森岡卯一郎の養女になるということ。それがミドリの人生にとって、この上ない大きなチャンスであることは間違いない。

副総理を何期も務めたような大物政治家の養女になって、不自由のない生活と超一流の教育や躾を受けられるとなったら、ミドリの将来の可能性は大きく拡がってくる。もちろんこの世の中、お金や物質的な豊かさが全てではないと思いたいが……。

それに比べて自分には何もない。いまだ結婚もできず、心臓病持ちで、東京都下の狭いアパートに一人で住んでいる、明日をも知れない三十代半ばの大学非常勤講師。そんな自分に、ミドリの将来の可能性の芽を握りつぶす権利があるのだろうか。ましてや自分とミドリに、血の繋がりが一切ないとわかった今となっては――。

　ならば森岡卯一郎の望み通りにするのが、結局はミドリにとって一番良いのではないのか。経済力においても社会的地位においても自分とは雲泥の差の、森岡卯一郎の望む通りに――。

　賢一の揺れる心を見抜いたのか、第一秘書はさらに追い討ちをかけて来た。

「考えてみてください。森岡卯一郎から養女の申し出があったとなれば、それを二つ返事で承諾したところで、あなたを責める人など誰もおりますまい。しかし仮に断ったことが知れたら、あなたは親戚じゅうからきっと指弾されますよ？　ミドリちゃん本人だって、もしも大きくなってから、自分の人生の一大チャンスを、あなたが自分の一存で勝手に握りつぶしたことを知ったら、一体どう思うことでしょう？」

「う……」

　賢一は座ったままがっくりと肩を落とした。言われてみれば確かにその通りだった。

　考えてみれば森岡卯一郎ほどの人物が、勝算もなく行動する筈はなかった。恐らく向こうは、あらゆる点を調べ上げ、あらかじめ打つべき手は全て打ち、賢一が承諾する以外にない状況にあることを確認した上で、この話を持って来たのに違いなかった。

「あなたは一切、何もする必要はありません。我々が一からちゃんと段階を踏んであの子に真実を伝えます。我々は人の心を開かせるプロですから、それに関しての心配はご無用です。

養子縁組の手続きに関しても、全て私どもの民事弁護士にお任せください。ミドリちゃんは六歳を超えていますから、特別養子ではなく普通養子ということになるわけですが、ご存知かも知れませんが、法律的には嫡子と分け隔てなく全く同じ権利を手に入れることになります。またミドリちゃんは十五歳未満ですから、本人に代わる現在の法的後見人であるあなたの許諾書が必要になりますが、これはこちらでひな形を作って送りますから、あなたはただそれにサインをして返送してくださるだけで結構です」

数分間の沈黙のあと、賢一はようやく口を開いた。

「わかりました。ミドリをどうかよろしくお願いします」

そう言って頭を下げた。

「そうそう。それが賢明ですよ。あなたが一時的な感情に流されない、冷静な判断ができる人で良かった」

第一秘書はそんな歯の浮くようなお世辞を言ったが、賢一は構わずに続けた。

「ただし家はあなた方には売りません。誰か市価で買ってくれる人を探します」

すると第一秘書はこの会見で初めて相好を崩した。眼鏡の奥の目を光らせ、まるで共犯者を見るような目付きで、唇の端を歪めてニヤリと笑ったのだ。

「ほう、我々相手に釣り上げ交渉とは、なかなかやりますね。市価の二倍程度では、まだまだ足りないというわけですか」

「ち、違いますよ！」

　賢一は叫んだ。

「ミドリは竜二の子じゃないかも知れない。いや、あなたがそこまで自信満々に言うんだから、恐らくそうなんでしょう。でもあの家は誰が何と言おうと、竜二が朝から夜遅くまで、来る日も来る日も働いて働いて、妻子を養いながら血の滲む思いで建てて、そして守ってきた家です。買い手を選ぶ権利は肉親である僕にある！」

　すると男は賢一に向けて両の掌を広げ、宥めるかのようにゆっくりと上下させた。

「わかりました、わかりました。それでは市価の二・五倍、いや三倍まで出しましょう。その代わり今後一切我々には接触しない、女の子とも会わないという念書を書いてもらいます。普通養子の場合は、養子縁組が成立する前の血縁も残すことが可能ですから、あなたが希望するならば、元伯父としてごくたまに彼女と会うことくらいは認めて差しあげても良いと思っていたのですが、そういうことにさせて頂く。それで手を打ちましょうか」

「だから違うと言っているでしょう！」

　目から火が出るような気がした。自分の尺度でしかものを考えることができない人間を相手にしている以上、声を荒らげても無駄だとわかっていたが、荒らげずにはいられなかった。

「たとえ市価の一〇倍だろうと二〇倍だろうと、あなた方には決して売りません！　何でも金で片がつくと思っている人の手には、竜二が死ぬ思いで守ってきたあの家は絶対に渡さない！」

理解不可能という顔で自分を見ている男を尻目に賢一は立ち上がった。

それが賢一のせめてもの抵抗だった。

――――

打ちひしがれて家に帰った賢一は、東京に持って行くつもりなのか、はしゃぎながら服を選んでいるミドリに向かって告げた。

「今日、お前のお母さんの知り合いに会ってきた」

ミドリはきょとんとした顔を向けた。

「ママの知り合い？」

「ああ。ママが昔お世話になった人で、お葬式の時に大きな花環を送ってくれた人の代理の人だ。あの真ん中にあった一番大きな花環、憶えているか？」

するとミドリはばつが悪そうな顔で、つんと尖った白い鼻の先を、ポリポリと掻きながら言った。

「うーん……。花なんか食えねえからなー。いまいちよく憶えておらん」

「だから、お前が持っているあの鉛筆をくれた人だよ」

「うーん、わて、鉛筆使わねーからなー。一度使うと削るのメンドー臭いし」

「と、とにかくその人が、お前に明日会いたいそうだ」

するとミドリは一転して、無邪気な歓声を上げた。

「きゃあ♪　と言うことは、トーゼン何かゴチソウしてくれるのよねぇ♪」

その顔を見ていると悲しくなったが、もう自分には何も言う権利はないのだと思った。

《私の見るところ、あなたとあのお嬢さんは、あまり似ていませんよ》――いみじくもあの小肥りの女に、デパートの中で面と向かって言われた台詞などを思い出した。あれはとんでもない人間だったが、少なくともあの言葉は、見事なまでに正鵠(せいこく)を射ていたわけだ――。

「あ、ああ……。もちろんしてくれるさ」

「まさか散々食ってから、ワリカンとか言わねーよな？　オレ、金ねえぜ」

「そ、それは言わないよ。大丈夫だよ」

「よっしゃあ！」

小さなコブシを握ってガッツポーズをする。

「だったら心置きなく食ってやるぜ！　早く明日にならねーかな」

「…………」

賢一はその夜、手酌で日本酒をしこたま飲んで酔っ払った。

「兄ちゃんがお酒飲むなんて珍しいねぇ」

そう言って目を丸くしたミドリは、翌日思いっきりお洒落な格好をして、さあ食うぞーと目を輝かせながら、迎えに来た黒塗りの車に元気いっぱいで乗り込んで行った。

3

その日から賢一は、毎日のようにアルコールを飲むようになっていた。決してお酒に強い方ではないし、そもそも美味しいとも思わない。さらに心臓のことを考えると自分で自分の命を縮めているようなものだったが、飲まなければ、とてもやっていられなかった。

ミドリが行ってしまった翌日、再び黒塗りの車が家の前に停まり、中から胸板の厚い例の第二秘書が出てきた。応対した賢一に、第二秘書は心ばかりの品と言って菓子折りらしい箱を手渡そうとした。賢一は頑として受け取らずに玄関を閉めた。すると第二秘書はいったん箱を持って帰り、その翌日宅配便で同じ大きさの荷物を送ってきた。

賢一はその荷物の包装も解かず、そのまま送り返した。

その二日後、賢一は弟夫妻の白木の位牌を抱えて新幹線に乗った。新幹線の窓ガラスにはいろんなものが浮かんだが、賢一は心を固く閉ざして、何も見ないように心がけた。車内販売でカップ酒を買い、それを呑んで無理やり眠ろうと試みた。呑み慣れないカップ酒で痛む頭を抱えて東京都下の自分のアパートに戻ると、そこにはトランプの札が散乱していた。そう言えばあの日、神経衰弱のリベンジ・マッチをしようとしているところに電話が鳴って、カードを片付ける暇もなく、そのまま家を出たことを憶い出した。

そして流し台には洗い物が溜まっていた。

賢一は無表情でそれらを片付けた。食器類を洗い、部屋じゅうを掃除して澱んだ空気を入れ替えた。それから棚の一つを空け、そこに白木の位牌を置いた。どんな風に置くべきか迷ったが、二人が十数年間夫婦であったことは間違いない事実であり、やはり二つくっつけて置くことにした。そして夜はまた一人で酒を呑んだ。

不在の間、警察からの留守電が二件入っていたが、特に急ぎの用事ではなさそうだったので、こちらから連絡を取ることはしなかった。もし何か訊きたいことがあるならば、またかかって来ることだろう。

朝になっても蒲団からなかなか出られなかった。と言っても眠くもないのだ。ただ身体が動かないのだ。昼過ぎにやっと玄関に新聞を取りに行くが、その新聞を拡げる気にもならず、一度も開かないままの新聞が、部屋の隅に溜まっていくだけだ。

部屋の中で何かをしている時も、ついつい目線が下になり、自分の腰の脇あたりの、何もない空間を見てしまう。

日常のルーティーン以外、唯一自分の意思でできたことは、ジョルジョーネの画集を開いて、『テンペスタ』を眺めることだった。既に嫌というほどの時間、それと向き合ってきた作品であり、もう細部に到るまで脳裏に焼きついているのだが、凝(じ)っと絵を見つめ続けて、気がついたら何時間も経っていたということもあった。

こうして一週間ほど経ったある日のことだった。一人で呑んでいた駅前の居酒屋で、つまらないことで口論になり、見知らぬ男と殴り合いのケンカになった。

店が壊されるのを心配した飲み屋の親爺の通報で、警察がやって来た。賢一と相手の男は、一晩トラ箱に入れられた。

明朝の七時に、相手の男には同居しているという女がやって来て、身柄引受人(ガラウケ)になって出て行った。

賢一の身柄引受けに来てくれる人は、当然のことながら誰もいなかった。誰かいないのかと何度も尋ねられたが、その都度賢一は誰もいないと答えた。留置場で一晩を過ごしたことも、もちろん生まれて初めてのことだったが、考えてみると昨夜自分が家に帰らなかったことを知っている人間さえ、この世に自分以外誰もいないのだ。

もっとも警察の方も、単なる酔っ払いのケンカに対して、これ以上構っていられるほどヒマではないようで、結局九時半過ぎには、厳重注意を受けてトラ箱から出された。

だが賢一は家に帰る気にならず、そのままパチンコ屋の開店待ちの行列に並んで玉を弾いた。パチンコなんて滅多にやらないし、こんなれっきとした賭博場がどこの駅前にもあるなんて、この国はおかしいのではないかと常日頃から思っている方だが、どうしてもこのまま家に帰る気にならないのだった。

最初は面白いように玉が出て、捨てる神あれば拾う神ありだななどと自嘲気味に呟いていたが、やがてぱったりと入らなくなり、そんなことを言っていられる余裕もなくなった。

その後少し一進一退を繰り返したが、やがてずるずると負けが込みはじめ、結局午後の三時過ぎに所持金が底をついて、賢一は席を立たざるを得なくなった。だが所詮はこんなものだろうというあきらめの気持ちの方が強く、なけなしの金が消えたことも、大して悔しいとは思わなかった。

それから残ったわずかな小銭で牛丼屋で牛丼の並だけの遅い昼食を摂り、駅前の本屋や雑貨屋を冷やかしているうちに、もう陽が傾いて来た。時間の感覚がなくなっているのか、いつの間にか夕方になっていたのだが、それに驚くでもなかった。

さすがにいい加減アパートに帰ることにした。

ジーンズのポケットに両手を突っ込み、とぼとぼとアパートの外階段を上った。

自分の部屋の玄関の前に、小さな黒い影が見えた。

階を間違えたのかと思って確かめたが、間違えていない。隣の家かと思ったが、やはり自分の部屋の前である。

とうとう幻覚を見るようになったのかと自嘲気味に首を振ったが、小さな影はやはりそこにある。見慣れない洋服の襟を立てて、玄関先にぐったりと座り込んでいる。

賢一は心臓のことも忘れ、全速力で駆け寄った。

「ど、どうしてここに？」

思わず口から出たのは、そんな言葉だった。

目を閉じて座り込んでいたミドリは、薄目を開けて賢一に気がつくと、拗(す)ねたような口調で言った。

「何だよー。もっと喜べよー。せっかく人が、老体にムチ打って来てやったんだからよー」

「お前一体いくつなんだよ。それにそれを言うなら〈老骨にムチ打つ〉な」

するとミドリはその場で突然仁王立ちになり、しゃがんでいる賢一の頬に、いきなり平手打ちを喰らわせた。

「そんなことよりてめー、こんな時間までどこをほっつき歩いていたんだよ！」

頬の痛みはこれがまぎれもない現実であることを示していた。賢一は我に返ったような気分で慌てて言った。

「お前、一体いつからここにいるんだ？」

「昨日の夜からだよ！」

ミドリの目は憤怒に燃えている。

「何だって？　昨日の夜？」

「そうだよ！」

そう言って地団太を踏む。

詳しく聞くと、記憶を頼りに新幹線と電車を乗り継いで、昨夜の深夜近くにアパートに着いたのだが、絶対にいると信じて疑っていなかった賢一がいないので部屋に入れず、途方に暮れながらも一晩じゅうドアの前でずっと待っていたのだという。外階段を上って来る跫音（あしおと）がするたびに、変な人だと怖いので、例の廊下の壁の窪みに隠れてやりすごし、跫音がこっちに向かって来ると、慌てて非常階段を下りて別の階の廊下の窪みに隠れたりしながら夜を明かしたのだという。

「そ、それじゃあお前、それからずっとここに？」

ついこの前、あんな目に遇ったばかりのミドリが、たった一人でどれだけ不安で心細い時間を過ごしたことだろうかと思うと、暢気にトラ箱に入ったりパチンコをしたりしていた自分自身を呪ってやりたかった。

「朝方にあの人が自分の部屋に戻って来たから、訪ねて行って、部屋に入れてもらって少し寝た」

「あの人？」

「オカマの人」

「日出夫か……」

「お菓子ももらった。でも仕事だって言ってさっき出て行ったから、またここに来て待っていた。すっごく心配してくれて、お店に一緒に行こうって誘ってくれたけど、それは断った。メイワクかけたくないし、今日こそは兄ちゃんゼッタイに帰ってくると思ったから」

「そうだったのか……」

朝方になってからとはいえ、少しでも休むことができたのは幸いだった。賢一は日出夫に心の中で感謝した。また日出夫が〈出勤〉するような時間まで、街をうろついていた自分の愚か極まりない行動を、もう一度改めて呪った。

「だけど、そもそもこっちに来るなら、来る前に一言連絡を……」

取るものも取りあえず財布から鍵を出し、玄関のドアを開けながら言うと、それまでフグのように膨れていたミドリの両頬がぺたりと引っ込み、代わりにその両目から、大粒の涙がぼろぼろと零れはじめた。

「兄ちゃんのバカ！　一体どーやって連絡するんだよ！　あたしケータイ持ってないし、近くの公衆電話から、兄ちゃんのケータイと部屋にかけたけど出ないし！」

「そ、そうか……」

そう言えばトラ箱で携帯を一時的に取り上げられた時、貧乏根性で電源を切って渡した。電源が切ってある間にかかって来た電話は、履歴にも残らない。

「だから、新幹線に乗る前に電話してくれれば……」

「そんなヒマ、あるわけねーだろ！　あいつらの目を盗んで、電車代かっぱらって逃げ出して来たんだからよ！」

そう言って、泣きながら飛びついて来た。

「あたし、あの人たち大大大大大大っ嫌い！　つまんないくせに気取っちゃってさぁ！」

「そ、そうなのか」

「ねえ兄ちゃん、一緒に逃げよう！」

「えっ？」

「もういなくなったことはバレてる。まさか一人で東京へ行ったとは思わないから、今はまだ市内を捜していると思うけど、それもきっとジカンの問題。早ければ今夜じゅうにでも連れ戻しにやって来るよ」

「だったら尚更のこと、逃げたって何も変わらないよ」

「変わるよ」

ミドリが何を根拠にか力強く言った。

「一ヶ月。何とか一ヶ月逃げ切れば変わるよ！」

「一ヶ月？　どうして？」

「だってあの人死ぬから」

「死ぬ？」

「あたしにはわかるの。あの人もう長くない。そしてあの人が死んだら、もうあたしのことなんか、誰も気に留めない。むしろいなくなって欲しいに決まってる」

そうか、と思った。法律にはあまり詳しくないが、自分が書類にサインしていない以上、まだ養子縁組の手続きは完了してはいない筈である。そしてもし森岡卯一郎が亡くなったなら、その遺族にとってミドリなんて養子は、いない方が善いに決まっている。養子は嫡子と同じ法的権利を持つのであり、彼らからしたら遺産の取り分が減ることになるからだ。彼らは民事弁護士に手を回し、手続きを中止させようとするだろう。

　この子がそこまで的確に、自分の置かれた状況を把握していることに舌を巻きながらも、賢一はそれならばなおのこと一層、一つのことがどうしても引っかかってしまうのだった。

「だ、だけど、聞いたんだろう？　俺とお前は、あの……その……」

「聞いたよ」

　ミドリはあっさりと言ってのけた。

「兄ちゃんは、ミドリの伯父さんでしょう？」

「えっ？」

「兄ちゃんは伯父さんでしょう？　ちがうの？」

　ミドリは自分を凝っと見つめている。

　この世で嘘つきが一番嫌いと言って憚らなかったあのミドリが、両目に涙をいっぱいに溜めながら、一世一代の嘘をつこうとしている――それに気付いた瞬間賢一は、身体を電流で貫かれたかのように感じた。おい、お前！　この子がこんな小さな躰で、とても受け止め切れないようなことを知らされながら、必死に行動して身体全体でそれを訴えているのに、お前はそれに応えてやらないのか？

「あ、ああ、そうだ！　俺はお前の伯父だ！」

　賢一はほんの一瞬ためらった後、きっぱりと言い切った。この世界には、言い切ることで本当になることだってあるかも知れない。そうだ、現実とは失われた可能性の総体なんかじゃない。獲得された潜勢態の総体と考えることだってできるのだ！

「じゃあ、一緒にいてもいい？」

　ミドリは泣きじゃくりながら言った。

「ああ、俺と一緒にいろ！　もうどこへも行くな！」

　賢一はもう一度しゃがみ込んで、泣きじゃくるミドリの小さな身体を抱きしめた。

「あんなところにいたら、ミドリ、息苦しくて死んじゃうよ。だから」

　賢一が腕を緩めると、ミドリはぺこりと小さく頭を下げた。

「お願いします。ミドリのおとうさんになってください」

　賢一は頷いた。滲む風景の中で、腕に再び力を罩(こ)めた。

「痛いよ」

「あ、ごめん」

　慌ててミドリを離した瞬間、胸が苦しくなった。呼吸(いき)ができなくなり、賢一は玄関先で海老のように身体を曲げた。考えてみると定期的に嚥まなければならない心臓の薬を、昨夜から一度も嚥んでいない。

「く……薬を……」

賢一は何とか声を絞り出した。

「どこにあるの？」

ミドリは玄関先のコンクリートの上にしゃがんで、賢一の顔を覗き込んだ。

「だ、台所の戸棚の、一番上の引き出しの中だ」

ミドリは靴を脱ぐのももどかしく、戸棚まで飛んでいった。だが一番上の引き出しには手が届かない。今にも再び泣き出しそうな顔で、キャスター付きの椅子を戸棚の前に引きずって来てその上に乗ろうとしたが、その瞬間椅子が動いて転げ落ち、ミドリは頭を戸棚の角にしたたかにぶつけた。ゴン、という重くて鈍い音がした。それでも泣き出すのを懸命にこらえ、何とかもう一度椅子を据え直すと、今度は慎重に慎重にその上に乗って、引き出しから薬の包を出して、コップの水と一緒に持ってきた。

賢一は這うようにして板の間に上がり、薬を嚥んだ。

台所に横たわっていると、少しずつ不整脈が治まって行くのがわかった。

「ありがとう。もう大丈夫だ」

のろのろと上体を起こしてミドリを見た。すると目尻に大粒の涙を溜めたままのミドリが、顔をくしゃくしゃにしながら懸命に笑った。

「腹へった！　父（ちゃん）、ぴゃん！　さっさと何か食わせろー、この大ばかやろう！」

解　説

福井健太

　一世紀半を優に超える歴史の中で、本格ミステリは多彩な手法や演出を育んできた。それらのエッセンスを咀嚼（そしゃく）し、カラフルな創作を続ける作家は多いが、デビューから十年間にわたって野心作を繰り出してきた深水黎一郎はその筆頭格だろう。

　深水黎一郎は一九六三年山形県生まれ。慶應義塾大学文学部卒。同大学院後期博士課程単位取得退学。在学中に仏政府給費留学生としてフランスに留学し、ブルゴーニュ大学修士号を取得。パリ第十二大学博士課程研究専門課程修了。第三十六回メフィスト賞受賞作『ウルチモ・トルッコ』（文庫化時に『最後のトリック』と改題）で二〇〇七年にデビュー。一一年に「人間の尊厳と八〇〇メートル」で第六十四回日本推理作家協会賞（短編部門）に輝いた。一五年刊の『ミステリー・アリーナ』は『2016本格ミステリ・ベスト10』の第一位に選ばれている。

本書の話を始める前に、著者の作風をざっと分類しておきたい。まずは正統派の本格ミステリからだ。『エコール・ド・パリ殺人事件』に始まる〈芸術探偵〉シリーズでは、芸術家一族の御曹司である「世界をまたにかけるフリーター」神泉寺瞬一郎と、その伯父にして警視庁捜査一課強行犯捜査第十係の海埜警部補が活躍する。殺害方法に凝った『世界で一つだけの殺し方』と犯人側から事件を描く『倒叙の四季』の両連作集も、この系譜の著作と捉えるのが妥当だろう。

本格ミステリの類型を逆手に取り、メタフィクションの趣向を盛り込むのも著者の得意技だ。デビュー作からして読者を巻き込むトリッキーな内容だったが、ジャンルへの揶揄が詰まった『大癋見警部の事件簿』と多重解決を積み上げた『ミステリー・アリーナ』は、より先鋭的な実験作として注目を浴びた。正統派の技術の持ち主だからこそ、秀逸なメタが可能であることは言うまでもない。

狭義の本格ミステリとは異なるが、細工を施したサスペンスも深水ミステリの一角を成している。テノール歌手が婚約者の死の真相を探る『ジークフリートの剣』では、文庫版あとがきに「既存の本格ミステリーに対するアンチテーゼ」として「世の大部分の人間の生の現実に近い」構成を目指したとあるように、主人公の知らない間に状況が進んでいく。理知に徹した本格ミステリとは対照的に、同作や『美人薄命』のようなサスペンスでは正義感と純愛を描いているのも興味深い。

そしてもう一つ。言葉への強い拘りも著者の特徴だ。『花窗玻璃』の約七割を占める神泉寺の書いた実話小説は（海外の地名や人名も含めて）ルビ以外にカタカナを使わない文体実験だった。言葉をモチーフにしたユーモア小説集『言霊たちの夜』では、同音異義語や紋切り型をネタにしたブラックなギャグが展開されている。ここに表現者の矜持を見るのも無理筋ではないだろう。

これらの例からも解るように、著者の作風はすこぶる広い。端正な本格ミステリ、尖ったメタミステリ、技巧的なサスペンス、エモーショナルなドラマ、言葉への拘り、ブラックユーモアなどのセンスを併せ持ち、器用に組み合わせるテクニシャンなのである。

深水黎一郎の第七長篇『テンペスタ　天然がぶり寄り娘と正義の七日間』は、一二年から一三年まで『パピルス』（Vol. 41〜47）に連載された後、一四年に幻冬舎から四六判ソフトカバーで上梓された。本書『テンペスタ　最後の七日間』はその文庫版である。東京の大学で美術の非常勤講師を務める三十代後半の独身男・賢一は、田舎に住む弟・竜二に頼まれ、小学四年生の少女ミドリを一週間預かることになった。耳年増で頭の回転が速いミドリの毒舌に翻弄されながらも、賢一は彼女と心を通わせていくが……。

ごく大雑把に表現すれば、本作はエキセントリックな少女が大人を振り回し、勘の良さでトラブルに対処するユーモア小説だ。先入観に囚われない子供にクリティカルな指摘をさせる手法は古典的だが、美術と大学に対する批評はいかにもこの著者らしい。「シンリガクの実験」(『五声のリチェルカーレ』所収) や「不可能アイランドの殺人」(『世界で一つだけの殺し方』所収) で利発な子供を描いた著者が、そのスキルを長篇に活かしたのである。本作はユーモラスなだけではなく、思いがけない展開によって転調するが、この加速感も著者の持ち味に違いない。

見所は他にもある。著者は『ジークフリートの剣』の手法を押し進め、ユーモア小説の被膜の下で別の事態を動かしている。賢一の視界に縛られた読者がロジカルに推理することは難しいが、それは本質的な問題ではない。必要最低限の伏線を張り、水面下の思惑を浮上させて驚きを生む演出は、本格ミステリの高等テクニックそのものだ。ミステリに詳しい人であれば、泡坂妻夫の「紳士の園」(『煙の殺意』所収)や「歯痛の思い出」(『亜愛一郎の逃亡』所収)を連想するかもしれない。批評的なユーモア小説にして、苦い真相を孕んだ家族小説——という体裁を保ちつつ、本格ミステリの刃を隠し持った本作は、テクニックが統合された深水ミステリの真骨頂なのである。

参考までにタイトルにも触れておくと、五日目で説明されるように「テンペスタ」は「十五世紀末から十六世紀初頭のイタリアの画家ジョルジョーネの代表作」であり、日本では「嵐」とも訳される（単行本の表紙はそのパロディだった）。ミドリを嵐に喩えたようにも取れるが、画中の人物——授乳する女と棒を持つ男に対するミドリの「全くの奇天烈な解釈」が皮肉な伏線になっている点にも留意すべきだろう。

最後に著書リストを挙げておく（♯は神泉寺瞬一郎の登場作）。本書との出逢いを契機として、変幻自在な作品群を愉しむ一助になれば幸いである。

【深水黎一郎・著書リスト】

『ウルチモ・トルッコ　犯人はあなただ！』講談社ノベルス（〇七）→『最後のトリック』河出文庫（一四）

♯『エコール・ド・パリ殺人事件　レザルティスト・モウディ』講談社ノベルス（〇八）→講談社文庫（一一）

♯『トスカの接吻　オペラ・ミステリオーザ』講談社ノベルス（〇八）→講談社文庫（一二）

＃『花窗玻璃　シャガールの黙示』講談社ノベルス（〇九）↓『花窗玻璃　天使たちの殺意』河出文庫（一五）
『五声のリチェルカーレ』創元推理文庫（一〇）　※中短篇集
＃『ジークフリートの剣』講談社（一〇）↓講談社文庫（一三）
『人間の尊厳と八〇〇メートル』東京創元社（一一）↓創元推理文庫（一四）　※短篇集
『言霊たちの夜』講談社（一二）↓『言霊たちの反乱』講談社文庫（一五）　※短篇集
『美人薄命』双葉社（一三）↓双葉文庫（一六）
＃『世界で一つだけの殺し方』南雲堂（一三）　※中篇集
『テンペスタ　天然がぶり寄り娘と正義の七日間』幻冬舎（一四）↓『テンペスタ　最後の七日間』幻冬舎文庫（一六）　※本書
『大癋見警部の事件簿』光文社（一四）　※短篇集
『ミステリー・アリーナ』原書房（一五）
＃『倒叙の四季　破られたトリック』講談社ノベルス（一六）　※短篇集

――書評家

この作品は二〇一四年四月小社より刊行された『テンペスタ——天然がぶり寄り娘と正義の七日間——』を改題したものです。
JASRAC 出 1605759-601

テンペスタ

最後の七日間

深水黎一郎

平成28年10月10日　初版発行

発行人——石原正康
編集人——袖山満一子
発行所——株式会社幻冬舎
〒151-0051東京都渋谷区千駄ヶ谷4-9-7
電話　03(5411)6222(営業)
　　　03(5411)6211(編集)
　　　振替00120-8-767643
印刷・製本—中央精版印刷株式会社
装丁者——高橋雅之

幻冬舎文庫

ISBN978-4-344-42536-1　C0193　ふ-30-1

幻冬舎ホームページアドレス　http://www.gentosha.co.jp/
この本に関するご意見・ご感想をメールでお寄せいただく場合は、
comment@gentosha.co.jpまで。